Le mot de la fin

J'AI LU

ELLERY QUEEN

Le mystère du théâtre romain	*J'ai lu* 2103/3
Le mystère de l'éléphant	*J'ai lu* 2534/3
Le mystère du soulier blanc	*J'ai lu* 3349/4
Deux morts dans un cercueil	*J'ai lu* 2449/3
Le mystère égyptien	*J'ai lu* 1514/3
La mort à cheval	*J'ai lu* 3130/3
Le mystère des frères siamois	*J'ai lu* 2905/4
Le mystérieux monsieur X	*J'ai lu* 1918/2
Le mystère espagnol	*J'ai lu* 3494/4
La maison à mi-route	*J'ai lu* 1586/3
Le mystère du grenier	*J'ai lu* 1736/3
Le mystère de la rapière	*J'ai lu* 3184/3
Le quatre de cœur	*J'ai lu* 1876/3
La ville maudite	*J'ai lu* 1445/4
Il était une vieille femme	*J'ai lu* 1489/2
Le renard et la digitale	*J'ai lu* 1613/3
La décade prodigieuse	*J'ai lu* 1646/2
Griffes de velours	*J'ai lu* 1675/3
Coup double	*J'ai lu* 1704/4
L'arche de Noé	*J'ai lu* 1978/3
Le roi est mort	*J'ai lu* 1766/3
Lettres sans réponse	*J'ai lu* 2322/3
Le village de verre	*J'ai lu* 2404/3
Le cas de l'inspecteur Queen	*J'ai lu* 3023/3
Le mot de la fin	*J'ai lu* 1797/3
L'adversaire	*J'ai lu* 2690/4
Et le huitième jour...	*J'ai lu* 1560/3
Sherlock Holmes contre Jack l'éventreur	*J'ai lu* 2607/2
Face à face	*J'ai lu* 2779/2
Un bel endroit privé	*J'ai lu* 1811/3
La dernière femme de sa vie	*J'ai lu* 2052/3
Les dents du dragon	*J'ai lu* 2148/3
La maison aux étrangers	*J'ai lu* 2192/3
Les quatre côtés du triangle	*J'ai lu* 2276/3

Recueils

Les aventures d'Ellery Queen	
Le dragon creux	
Calendrier du crime	*J'ai lu* 4445/3
Bureau de recherches	

Romans sous le nom de Barnaby Ross

La tragédie de X
La tragédie de Y
La tragédie de Z
La dernière affaire du Drury Lane

Ellery Queen

Le mot de la fin

Traduit de l'américain
par Alexandre Ralli

Éditions J'ai lu

Titre original :

THE FINISHING STROKE

PREMIÈRE PARTIE

1

Vingt-cinq ans auparavant : Janvier 1905.

Une dame, dans une situation intéressante,
connaît une fin tragique
par suite de l'entêtement de son mari.

Claire Sebastian avait salué la nouvelle année avec joie. Le bébé vivait, intensément. « Sera-ce un garçon, John? » Dans l'intimité de leur chambre d'hôtel, elle permit même à son mari de palper le petit être qui gigotait et frappait contre les parois de son ventre. Ils avaient beaucoup ri ensemble, cette semaine-là.

L'idée venait de John, qui avait persuadé sa femme de passer quelques jours à New York à l'occasion des fêtes du Nouvel An. « Je sais combien vous avez été privée de gaieté, ces derniers mois, cloîtrée à Rye, avait-il dit. J'aimerais que vous vous amusiez un peu avant d'affronter les terribles responsabilités de la maternité! »

Etant donné son état, Claire avait d'abord hésité à l'idée de se plonger dans l'agitation mondaine. Puis elle s'était décidée soudain, avec un frisson heureux, en se détournant de l'image déformée que lui renvoyait sa psyché. Que ces dindes new-yorkaises la dévisagent, peu lui importait!

Tout s'était passé à merveille jusqu'au mercredi 4 janvier. Délaissant la maison Sebastian et Craig, pour la durée de ses vacances, John avait loué un appartement à l'hôtel Waldorf. « Je vous consacre cette semaine, ma chérie : l'édition et Arthur Craig se débrouilleront sans moi pendant quelques jours. » Et il avait ponctué ces mots d'un baiser amoureux qui fit rougir sa jeune épouse – la lune de miel continuait. « Vous m'embrassez tout le temps, John, cela devient une manie! avait-elle dit avec un rire heureux. Si nous allions danser, sur ces affreux airs de ragtime? Qu'en pensez-vous? » Mais John s'y était opposé.

Claire se fit une raison. Ils passèrent la veille du Jour de l'An chez un ami de son mari, éditeur comme lui, en compagnie de nombreuses personnalités du monde littéraire qui se pressaient dans les salons cossus du maître de maison. Le champagne coulait à flots, les propos légers fusaient, Claire fut même priée de donner son opinion sur les succès du jour – *La Traversée,* de Winston Churchill, *Le petit berger de nulle part,* de John Fox, *Rebecca de la ferme de Sunnybrook,* de Mrs Wiggin – ainsi que sur de jeunes écrivains, Jack London, G.-B. McCutcheon. Claire fut aux anges car elle avait rarement l'occasion de partager la vie brillante que son mari menait à New York.

Se conformant aux désirs de son John, la jeune femme prenait son petit déjeuner au lit, pendant qu'il parcourait les journaux, lisant tout haut les passages particulièrement intéressants. Claire avait le sentiment que le monde entier se mettait en frais pour faire honneur au bébé attendu. Comme si l'événement la concernait personnellement, elle suivit les derniers jours du siège de Port-Arthur et lorsque les journaux annoncèrent, le 2 janvier, que le général russe Stoessel se rendait au général Nogi, elle fut étonnée du ton grave de son mari. « Des costauds, ces Japonais. Nous les aurons sur les bras un jour ou l'autre! » Elle le trouva bien pessimiste. Mais elle rit lorsqu'il lut la proposition du président Roosevelt – que les hommes qui rossaient leurs femmes devraient être fouettés publiquement.

Ils dînaient dehors tous les soirs avant d'aller au théâtre, soupaient ensuite chez Delmonico. L'après-midi, Claire courait les magasins de Broadway, et choisissait des robes convenant aux dernières semaines de sa grossesse. Elle se laissa même tenter par des parures destinées à ses relevailles, des jupons de taffetas à frous-frous, descendant au niveau de la cheville, le dernier cri; des bottines de chevreau aux tons pastel; de subtiles armatures en fil de fer, destinées à faire bouffer sa coiffure; de nouvelles épingles à chapeau, fort longues, plus chic, assura la vendeuse, que les deux épingles courtes habituelles et, bien entendu, de nombreuses robes.

– Pas fâché? demandait-elle à son mari, anxieusement.

Pour toute réponse, il l'embrassait en riant.

Jusqu'à la tempête, ce fut donc le paradis sur terre. La chute de neige à travers laquelle leur voiture avait peiné pour les mener au théâtre, mardi soir, dura toute la nuit, furieusement. Au matin, la ville se trouva prise dans une blanche camisole de force, et la neige tombait toujours. Le *Herald* annonça que toutes les communications étaient interrompues entre New York et l'extérieur. Arrêtés en cours de route, de nombreux trains avaient dû être évacués et abandonnés. Long Island se trouvait isolé.

Les Sebastian passèrent la journée de mercredi au Waldorf et l'humeur de John s'assombrit : impossible de se rendre au spectacle, après le dîner – une pièce à succès pour laquelle ils avaient retenu des places. Il commanda une bouteille de whisky et passa la soirée à boire, en boudant. Claire commença à regretter son voyage.

Jeudi matin, la ville émergea lentement de son linceul. John laissa Claire qui prenait son petit déjeuner et resta absent longtemps. En rentrant, il dit brusquement :

– Nous partons.

– Bien, John, répondit Claire, tranquillement. Les trains roulent à nouveau?

– Pas encore et l'on ignore quand ils reprendront leur service. S'il pleut maintenant, il y aura de la boue, et s'il gèle nous serons coincés.

La vraie raison de sa hâte à l'emmener hors de New York, il ne la dit pas : McAdoo, le chef de la police, réclamait 1 500 hommes de renfort, craignant que ses effectifs actuels ne suffisent pas à réprimer le pillage qui avait commencé dans les quartiers de l'Ouest.

– Plus vite nous partirons, mieux cela vaudra.

– Mais comment rentrer, John?

– Par le même moyen.

– La voiture? dit Claire en pâlissant. Mais la route...

– Ne vous inquiétez pas, la Pierce peut rouler partout, répondit son mari, confiant. Habillez-vous et faites les valises, ma chérie, nous partons immédiatement.

Claire sortit du lit, sachant l'inutilité d'une discussion avec John au sujet de ses chères automobiles.

Elle était terrifiée, n'ayant jamais pu vaincre l'appréhension que lui causaient ces voitures sans chevaux, bien qu'elle manifestât toujours un enthousiasme de commande. Son mari avait vendu son ancienne automobile, trop lente à son gré, et s'était rendu acquéreur, moyennant quatre mille dollars, d'une Pierce-Arrow de 28-32 chevaux-vapeur, munie d'un changement de vitesse sur l'arbre de direction, de lanternes à pétrole et d'un coffre à outils sous le siège du conducteur. Cette voiture, cependant, ne lui paraissant pas assez moderne, John venait d'acheter une White qui dépassait le mille à la minute. Claire rendit grâce au ciel que son mari eût choisi la Pierce pour venir à New York.

Elle et John surveillèrent le chargement des bagages que les employés de l'hôtel placèrent à l'arrière de la voiture. Dans les rues, à peine dégagées, des charrettes traînées par des chevaux et des fiacres s'aventuraient avec précaution. Au coin de la 34e Rue et de la Cinquième Avenue, un policier monté – une nouveauté pour New York – essayait de mettre de l'ordre dans un encombrement provoqué par les voitures qui dérapaient. Aucune automobile en vue.

Sous son manteau de fourrure, Claire frissonna. Insouciant, John sifflotait un air à la mode.

Il l'installa confortablement, entoura ses genoux d'une couverture imperméabilisée, ajusta ses lunettes sous la visière de sa casquette, lança un dollar aux employés et démarra.

Ce jour-là, le jeudi 5 janviers 1905, le jour le plus important de la vie de Claire Sebastian – elle avait trente-trois ans – fut un véritable cauchemar empuanti d'odeurs d'essence; glissante, dangereuse, la route était jalonnée d'affreux spectacles. L'humeur joyeuse de John était particulièrement exaspérante : on aurait dit que les traîtresses ornières, le ciel sale, les véhicules abandonnés dans les rues et sur les routes – parfois les jambes raides d'un cheval mort qui sortaient d'un amoncellement de neige – avaient été volontairement jetés devant Sebastian pour le provoquer au combat. Energique, le visage congestionné, il affrontait les éléments avec la confiance que donnent la force et la volonté. A côté de son mari, la femme enceinte frissonnait sous sa fourrure, regardait avec terreur à travers ses lunettes givrées, serrait autour de son cou l'écharpe qui la protégeait mal... à moitié morte de froid et de faim, et complètement démoralisée.

La seule chose qui semblait ennuyer Sebastian était la privation de certains plaisirs. Il ne cessait de vitupérer contre le mauvais temps qui allait l'empêcher d'entendre *Aïda* le lendemain soir au Metropolitan avec Mme Nordica et le jeune ténor Enrico Caruso, « l'héritier de Jean de Reszke », à en croire les critiques. Parmi les nombreuses passions de John, l'opéra et le théâtre étaient celles que Claire partageait sans restriction. Malgré l'épreuve actuelle, la jeune femme regrettait la soirée, et la robe du soir en satin rose soutachée de velours noir qu'elle devait porter avec son diadème et son collier de perles.

Au moment où ils débouchaient du Bronx et s'engageaient sur la Boston Post Road, la pluie se mit à tomber. Claire saisit le bras de son mari.

– John, il ne faut pas continuer! cria-t-elle pour dominer le bruit du moteur. Nous allons sûrement capoter!

– Où voulez-vous que nous nous arrêtions? hurla-t-il à son tour. Ne vous inquiétez pas, Claire, tout ira bien. La Pierce s'est vaillamment conduite jusqu'ici, vous serez chez vous avant la nuit.

Bien avant le coucher du soleil, il dut s'arrêter et allumer les lanternes. Bientôt ils ne dépassèrent pas cinq milles à l'heure. Claire sentait les roues de l'automobile qui glissaient, patinaient, s'efforçaient d'avoir prise sur la neige qui se glaçait rapidement.

Sebastian ne grommelait plus gaiement. Il cessa même de parler.

Beaucoup plus tard, Claire ouvrit les yeux. La Pierce s'était arrêtée devant une écurie de chevaux de louage, attenante à une maison en bois. Des lampes-tempête oscillaient dans le vent. Claire vit son mari descendre et patauger dans la neige. Il frappa contre la porte qui s'ouvrit enfin. Un homme vêtu d'un tricot déchiré les dévisagea, stupéfait.

– J'ai vu votre enseigne, cria John. J'ai besoin

d'essence. En avez-vous à vendre? Et ma femme prendrait volontiers une tasse de café.

L'homme fit un signe d'assentiment. John dut porter Claire dans la petite cuisine où régnait une chaleur étouffante. Malgré la saleté répugnante du logis, Claire se crut au paradis. Accroupie près du poêle rouge, elle avala du café brûlant – sorte d'ambroisie faite avec de la boue – et sentit la vie renaître en elle.

– Pauvre bébé! s'entendit-elle murmurer, es-tu encore là?

L'absurdité de ces paroles la fit rire; elle comprit qu'elle se trouvait au bord de la crise de nerfs : une forte gorgée de café fut le fer rouge qui la cautérisa.

Ils s'attardèrent trop peu, à son gré. John avala vivement une dernière tasse de café et elle sut qu'il fallait tout recommencer.

– Le faut-il vraiment? demanda-t-elle en essayant de maîtriser le tremblement de sa voix, car John détestait les femmes peureuses. Je préférerais rester ici. Cela devient dangereux. A défaut de penser à notre sécurité, songez à celle du bébé.

– Tout ira très bien.

L'homme au tricot déchiré dit :

– Votre femme attend un enfant? Je ne mettrais pas une chèvre sur la route, ce soir! Ma maison n'est pas un palais, madame, mais je vous offre mon lit bien volontiers.

– Vous êtes très bon, murmura Claire, sachant que rien n'y ferait.

Toute critique, toute opposition aggravait toujours l'obstination coléreuse de John.

– Prête, Claire?

Le loueur de chevaux s'exclama :

– Vous êtes fou, monsieur!

John Sebastian jeta de l'argent sur la table, prit le bras de sa femme et la poussa dans la nuit. Il l'installa dans la Pierce, se contentant de dire sèchement :

– Il faut que vous dormiez dans votre lit, ce soir. D'ailleurs, il n'est plus question de renoncer, à présent.

Quel qu'en fût le prix : ne jamais renoncer. Telle était la règle de John.

De nouveau la terreur envahit Claire; instinctivement, elle porta les mains sur son ventre, sous les couvertures.

L'accident survint, inopinément. La pluie avait recouvert la neige boueuse d'une pellicule de glace. Arrivé dans le haut d'une côte, la Pierce hésita, fit une embardée, et se mit à dévaler, échappant au contrôle du conducteur.

Tout le corps de Claire se contracta. Elle s'arcbouta contre le plancher, son regard épouvanté sondant l'obscurité. La grosse voiture prit de la vitesse. Furieusement, John Sebastian tournait le volant fou, en tous sens.

Puis ils dérapèrent. Claire cria : « John! » Ce fut le dernier mot qu'entendit Sebastian avant la catastrophe.

Il lui sembla que son crâne résonnait sous des coups violents et la douleur l'éveilla, dans l'obscurité glacée. John gisait sur un talus en bordure de la route, depuis quelque temps sans doute, car la lune éclairait la scène maintenant et il ne pleuvait plus. S'asseyant dans la neige, il prit sa tête à deux mains, mais la douleur lancinante ne le quitta pas. Il se leva péniblement, constata que son corps était douloureux, mais qu'il n'avait rien de cassé.

« J'ai eu de la chance! » songea-t-il. Soudain, il pensa à sa femme. « Claire! »

Tout d'abord, il ne la vit pas. La Pierce était couchée sur le dos comme un animal mort. Elle avait buté contre un gros arbre et capoté. Les bagages étaient répandus de tous côtés. Puis il la vit.

La jeune femme avait été projetée hors de la voiture, et celle-ci était retombée sur elle. Son corps était bien dégagé, mais sa jambe gauche, jusqu'à mi-cuisse, restait prise sous la lourde machine.

Elle gémissait.

– Claire! cria-t-il, soulagé néanmoins.

Péniblement, il parvint jusqu'à elle. La jeune femme était inconsciente et du sang marquait la place où sa tête avait heurté le sol. De toutes ses forces, Sebastian poussa la voiture et tenta de la soulever, mais elle était bien prise dans la glace. La rage l'envahit. Il fit une seconde tentative, et parvint à un léger résultat. Mais il dut s'arrêter, comprenant qu'il ne pouvait dans le même temps soulever la machine et tirer sa femme au-dehors.

Affolé, il contempla le visage exsangue de Claire. Puis il se mit à courir sur la route déserte. Il glissa une fois, tomba lourdement, se releva ensuite. Son coude droit et sa hanche le firent beaucoup souffrir, mais il reprit sa course.

Et là, dominant la route, miraculeusement, il vit une porte à claire-voie, une rangée d'arbres givrés et, derrière, une petite maison éclairée. Sur la porte, une inscription, des lettres dorées qui scintillaient sous la lune.

Le souffle coupé, Sebastian lut : « Dr Cornelius F. Hall. »

Une grande joie l'envahit. Il ouvrit violemment la porte à claire-voie, pataugea jusqu'à la maison et frappa contre la porte d'entrée à coups redoublés.

– C'est plus sérieux qu'une jambe cassée et une blessure à la tête, je le crains, Mr Sebastian, dit le Dr Hall.

Agé d'une quarantaine d'années, le médecin avait des cheveux roux et un regard mélancolique.

– J'ai remis la jambe et j'ai soigné la blessure à la

tête, mais il me faudra du temps pour me prononcer sur la commotion qu'elle a reçue. Pour l'instant, ce n'est pas le plus grave...

John Sebastian l'entendait à peine. Le monde extérieur l'atteignait difficilement, par suite du bruit sourd et de plus en plus fort qui martelait ses tempes. C'est à peine s'il se souvenait de ce qui s'était passé : comment avaient-ils pu libérer Claire et l'amener jusqu'ici? Pendant deux heures, il était resté dans le salon qu'un feu réchauffait difficilement, pendant que le médecin et sa femme – infirmière diplômée, selon Hall – s'étaient mystérieusement occupés de Claire derrière la porte close.

– Pas le plus grave? répéta-t-il, stupidement.

Le médecin le dévisagea avec insistance.

– Etes-vous sûr d'aller bien, Mr Sebastian? Je devrais vous examiner, maintenant...

– Non. Ma femme, soignez ma femme. Ne restez pas là à bavarder... Que croyez-vous?

– Ses blessures, le choc provoqué par l'accident ont précipité le travail. Elle va mettre au monde prématurément... Mrs Hall est en train de tout préparer. Excusez-moi, je vous prie.

– Attendez, attendez, je ne vous suis pas.. murmura l'éditeur. (Sur le mur, un dessin encadré pendait de travers et distrayait son attention.) ... Vous voulez dire que ma femme va accoucher ici, maintenant?

– Oui.

– Mais c'est impossible! Il ne le faut pas!

Le visage du Dr Hall s'empourpra.

– L'homme propose et Dieu dispose, monsieur. Vous n'avez pas le choix, je le crains.

– Je ne le permettrai pas! s'écria Sebastian dont les veines temporales gonflèrent. Son médecin, à Rye... Où est votre téléphone?

– Je n'en ai pas, dit Hall.

– Alors une voiture – un traîneau – n'importe quoi? C'est insensé! J'irai chercher le médecin!

– Je n'ai pas d'automobile, monsieur, et mon traîneau est inutilisable. J'ai cassé un patin cet après-midi en revenant de chez un malade. Ma carriole est dans le garage, mais ni vous ni mon cheval ne feriez cinquante mètres sur cette glace, ajouta le médecin dont la voix prit des inflexions plus dures. Chaque minute de retard met la vie de votre femme en danger, Mr Sebastian. Certes, c'est à vous de prendre une décision, mais je vous conseille de ne pas trop attendre.

Sebastian s'affala dans le fauteuil, sous le regard amer de Hall. La porte mystérieuse s'ouvrit et Mrs Hall appela son mari avec insistance.

Dans l'entrebâillement, Sebastian aperçut Claire, étendue sur le lit comme un cadavre, un cadavre qui gémissait comme une bête. Mrs Hall disparut. Puis la porte s'ouvrit à nouveau.

– Vite, Mr Sebastian. Je l'accouche, oui ou non?

– Oui, murmura l'éditeur. Faites pour le mieux...

– Votre femme est très affaiblie, monsieur. Vous me comprenez?

– J'ai compris. Allez! Pour l'amour de Dieu, sauvez-la!

Une éternité commença.

Au début, John Sebastian crut que sa tête éclaterait si les cris ne cessaient pas. Mais lorsqu'ils prirent fin, il se surprit à prier pour qu'ils reprennent.

Impossible de penser de façon cohérente. Il voyait tout à travers une brume, la plante verte, le chromo représentant un homme barbu, sur la cheminée, le piano droit recouvert d'une broderie festonnée, le stéthoscope sur la table, les portières qui masquaient la sordide petite entrée.

Il se leva une fois pour rectifier l'aplomb du dessin accroché au mur, et dont l'allure penchée lui devenait intolérable. D'autres reproductions décoraient la pièce, des scènes du vieux Far West, violemment colorées. Mais dès que son regard s'abaissait, il devenait incapable de dire ce que représentaient ces gravures.

Puis le Dr Hall se trouva là, de nouveau, comme une apparition. Il était entré silencieusement, en avalant quelques gorgées de thé dans une tasse qu'il tenait à la main. De longues taches rouges maculaient sa blouse, comme s'il s'y était rapidement essuyé les mains.

Fasciné, le mari regarda les taches.

– Vous avez un fils, monsieur. Il est né à 1 h 09 du matin. Mes félicitations.

– Du matin, répéta Sebastian d'une voix forte. Quel jour sommes-nous?

– Votre fils est né le vendredi 6 janvier, puisqu'il était minuit passé, répondit le Dr Hall, d'un air enjoué, bien que ses yeux bruns, au regard las, restassent vigilants. Le bébé est petit, il pèse quatre livres environ.

– Où sommes-nous? murmura l'éditeur. Où se trouve cette maison ?

– Près de Mount Kidron. Quatre livres, ce n'est pas mal pour un prématuré et il se porte à merveille. Vous devriez vraiment me permettre de vous examiner, Mr Sebastian, lorsque tout sera terminé.

– Mount Kidron, répéta Sebastian, détachant enfin ses yeux de la blouse ensanglantée. Et ma femme?

Hall dit rapidement :

– Les circonstances m'obligent à être franc. Son état est critique. Je ferai tout mon possible, bien entendu...

– Oui. Mon Dieu...

– Je dois vous prévenir, monsieur. Elle va avoir un second enfant.

– Quoi?

– La première délivrance l'a dangereusement affaiblie... Une deuxième... (Les cheveux roux du petit docteur semblèrent s'envoler dans toutes les directions; mais il secouait la tête, simplement.) ... Reposez-vous, maintenant, pendant que je m'occupe de la malade. Tenez, buvez le reste de ce thé.

– Mais cela va la tuer!

D'un bond, Sebastian se leva, les yeux exorbités, tirant sur son faux col.

– Espérons qu'elle vivra, monsieur.

– Sacrifiez l'enfant! Sauvez-la!

– Dans l'état où elle se trouve, votre femme ne supporterait pas une opération qui serait presque certainement fatale. En outre, l'enfant se présente normalement.

– Je veux voir ma femme!

Les yeux tristes du Dr Hall dévisagèrent Sebastian.

– Elle ne veut pas vous voir, monsieur, répondit-il.

Puis il disparut de nouveau.

Sebastian s'effondra dans son fauteuil, essayant de se reprendre, de redevenir l'homme fort qu'il était auparavant. Le médecin lui avait mis dans la main la tasse de thé; le breuvage chaud coulait sur sa cuisse; il ne s'en aperçut même pas. « Un jumeau... Que Dieu le damne! »

« Elle ne veut pas vous voir. »

« Qu'il soit damné, damné! »

La tasse lui échappa, se brisa sur l'âtre en envoyant un jet de liquide dans le feu qui produisit un sifflement rageur.

Mais il n'entendit que l'écho de ses paroles, à elle, qui lui reprochait sa folie; chargé de remords, il serrait les poings, le désespoir au cœur.

Sebastian leva la tête.

– Eh bien? demanda-t-il d'une voix rauque.

Mrs Hall resta près de la porte fermée. Une

femme aux lèvres minces, insignifiante, presque asexuée. Sa main serrait si fort la poignée de la porte qu'elle paraissait toute blanche, comme un squelette de main.

Le Dr Hall s'approcha lentement de Sebastian. Il avait enlevé sa blouse, ses manches de chemise étaient retroussées.

– Eh bien? répéta Sebastian.

– Monsieur... le second enfant, un garçon jumeau identique, est né à 2 h 17.

– Peu importe! Ma femme?

– Je suis navré, monsieur. Elle est morte. (Un silence régna, absolu.) ... Si vous désirez la voir...

Par deux fois, Sebastian fit un violent signe de dénégation.

– Les bébés, alors... reprit le médecin.

– Non!

L'homme à la puissante carrure se leva d'un bond. Son visage était devenu de pierre.

– ... Quelle heure est-il, je vous prie?

Hall tira sa montre de son gousset.

– 4 heures, Mr Sebastian...

– S'il s'agit de vos honoraires, dites-les-moi, je vous signe un chèque.

– Non, non, ce n'est pas cela...

– Avez-vous rédigé l'acte de décès?

– Pas encore, monsieur...

– Faites-le, je vous prie. J'enverrai l'entrepreneur dès que possible. Quant à l'enfant, j'aimerais que vous vous en occupiez jusqu'à ce que je puisse le faire chercher. Le médecin habituel de Mrs Sebastian voudra très certainement envoyer une nurse qui l'amènera à Rye.

– L'enfant? fit le Dr Hall, surpris. Vous voulez évidemment dire les enfants?

– J'ai dit l'enfant, le premier-né.

– Mais...

– Ma femme ne m'a donné qu'un fils, docteur. Le second l'a tuée, il ne sera jamais mon fils. Je ne veux pas le connaître. En fait, il me sera très difficile... même le premier...

Il se détourna. Le médecin et sa femme se regardèrent, puis le Dr Hall dit :

– Vous ne parlez pas sérieusement, monsieur?

Sebastian se mit à rire.

– Où puis-je trouver un traîneau et un cheval?

– Vous êtes capable de renier ainsi la chair de votre chair? Sans sourciller?

– Comprenez donc, répondit l'éditeur avec mépris. Ce petit monstre a tué ma femme.

Le médecin se tut. Près de la porte, Mrs Hall remua légèrement.

– Mais vous avez sûrement quelque projet concernant le... deuxième enfant? demanda enfin le médecin. Qu'allez-vous en faire?

– Je vous donnerai l'argent nécessaire pour que vous le gardiez ici jusqu'à ce que mon avoué puisse s'en occuper et le placer quelque part. Bien sûr, si cela devait vous gêner...

– Nullement, dit vivement Mrs Hall.

– Non, enchaîna son mari avec empressement. Je reconnais peut-être la main de la Providence... Mr Sebastian, ma femme et moi n'avons jamais eu d'enfant et nous en avons beaucoup souffert. Si la mort tragique de Mrs Sebastian vous a vraiment décidé à n'accepter que le premier-né...

– Dois-je comprendre, docteur, que Mrs Hall et vous aimeriez adopter ce garçon?

– Oui. Si vous acceptez de nous le donner.

– Il est à vous, dit Sebastian avec un geste amer. Et qu'il vous porte plus de chance qu'à moi.

Mrs Hall poussa un léger cri, puis elle disparut, comme une souris.

– Il faudra légaliser la situation, dit le Dr Hall. Afin que vous ne puissiez changer d'avis ensuite, ce qui serait par trop dur pour nous. J'aimerais que vous fassiez établir un acte en règle.

– Je ferai le nécessaire. Je placerai même une

somme sur sa tête. Tout ce que vous voudrez, dans des proportions raisonnables. J'en parlerai à mon homme d'affaires dès que possible.

– Merci, monsieur, en mon nom et en celui de ma femme.

– Je vous en prie, répondit Sebastian, sèchement.

Puis il trébucha et dut se retenir au dossier du fauteuil. Le médecin se précipita.

– Non, non, je n'ai rien... Un étourdissement... la fatigue...

– Vous devriez vous étendre, monsieur.

– Non, dit l'éditeur en se reprenant. Vous n'avez pas répondu à ma question : où puis-je trouver un traîneau?

Hall le dévisagea un instant. Puis, il murmura :

– Oui, cela vaut peut-être mieux ainsi. A un mille environ, sur la route de la Poste...

La vieille servante parlait sur un ton pleurnichard.

– Mr Sebastian, Mr Muncie est ici. Mais vous ne devriez voir personne. Laissez-moi appeler le docteur...

Sebastian répondit, de son lit où il était couché :

– Cessez donc de gémir ainsi! Faites entrer Muncie.

C'était le 11 janvier, un mercredi après-midi. Du lit à colonnes où il reposait, Sebastian voyait les vagues se briser sur la plage de Rye, des vagues glacées, comme son propre corps – glacées comme Claire... si elle pouvait encore sentir...

– Eh bien, Mr Sebastian! dit une voix enjouée.

– Entrez, Muncie, asseyez-vous...

– On me dit que vous êtes malade, dit l'avoué en s'asseyant à côté du lit. En effet, vous n'avez pas bonne mine.

Sebastian eut un geste d'impatience.

– Muncie...
– Avant l'enterrement, même, vous avez eu des vertiges, paraît-il. Et des éclipses de mémoire, depuis cinq jours. Pourquoi vous obstiner à refuser les soins d'un médecin?
– Je n'en ai pas besoin, Muncie. Je veux rédiger un nouveau testament.
– Maintenant? dit l'avoué, gêné.
– Bien sûr! Vous ne comprenez plus l'anglais?
– Il me paraîtrait plus raisonnable, Mr Sebastian, d'attendre votre complet rétablissement. L'accident que vous avez eu...
Sebastian le regarda, furieux.
– Insinuez-vous que je ne jouis pas de toutes mes facultés?
– Non, non, répondit vivement l'homme de loi, en ouvrant sa serviette. Quelles modifications désirez-vous apporter au testament que vous avez déjà fait?
– Ne changez rien en ce qui concerne les legs aux domestiques et aux employés de ma maison, Sebastian et Craig. Mais les revenus de ma fortune, ainsi que ceux de la fortune de ma femme lorsque les formalités seront accomplies et que j'en hériterai, devront aller à mon fils John. (Sebastian se souleva sur ses oreillers.) ... Vous savez de quel fils je parle, Muncie?
– Bien sûr, dit l'avoué, étonné. Le garçon qui est dans la nursery, avec sa nurse. Un beau petit gars... mais ne vaudrait-il pas mieux remettre tout ceci à un autre jour, monsieur?
– L'enfant qui est dans la nursery, murmura Sebastian. En effet, Muncie, mon fils John, mon unique enfant. Rédigez en ces termes : « Mon fils unique, John. » Compris?
– « Mon fils unique », John, répéta l'avoué.
– Il touchera les revenus jusqu'à l'âge de vingt-cinq ans. A cet âge, le capital lui sera remis. Si je meurs avant sa majorité, il devra être confié à mon

associé et ami Arthur B. Craig, qui accepte d'être son tuteur dans cette éventualité. Craig restera aussi mon exécuteur testamentaire, comme il est spécifié dans le testament existant déjà, et il administrera la fortune. Si mon fils meurt avant d'atteindre vingt-cinq ans, je lègue mes biens à Craig. C'est tout, Muncie. Rédigez le document immédiatement.

– Je vous l'apporterai demain, monsieur, vous pourrez le signer...

– Ce soir! J'entends le signer ce soir! dit Sebastian qui se laissa aller sur ses oreillers, épuisé.

Muncie consulta sa montre.

– Je ne sais si... Ce n'est vraiment pas si urgent, Mr Sebastian? ajouta-t-il en essayant de rire. Même si nous avions le malheur de vous perdre en ce moment, votre fils hériterait tout naturellement, puisqu'il est votre seul héritier...

Sebastian répondit en un murmure :

– Je veux le texte que je vous ai dicté, Muncie. J'entends signer ce testament aujourd'hui. Que le diable vous emporte! Comprendrez-vous enfin?

L'avoué s'enfuit.

Accompagné de deux clercs, Muncie revint dans la soirée. Il lut le document d'une voix sèche, un peu hostile. L'éditeur l'écouta avidement jusqu'au bout, puis il signa l'original et la copie. Les deux clercs apposèrent ensuite leurs signatures en qualité de témoins et les trois hommes s'apprêtèrent à partir.

– Merci, messieurs, dit Sebastian. Excusez-moi, Muncie, d'avoir usé d'un langage un peu péremptoire. Vous avez été très compréhensif.

– Dans une certaine mesure, Mr Sebastian, répondit l'avoué dont la raideur s'assouplit un peu. Enfin, c'est fait. Y a-t-il autre chose?

– Oui. Un règlement... une somme d'argent que je

désire placer en fidéicommis... il faudra rédiger un acte...

– Cela peut sans doute attendre à demain? demanda Muncie avec un sourire. Je vous conseille vraiment de consulter un médecin avant de faire de nouveaux efforts.

– Vous avez peut-être raison, murmura l'éditeur. J'appellerai le Dr Westcott demain matin. Quant à cette question dont je vous ai parlé... Bien, Muncie, un autre jour.

Sa voix s'affaiblit. L'avoué hésita un instant, puis il partit.

Satisfait, John Sebastian se détendit. L'assassin était mis en échec, le testament ne le mentionnait pas; personne – ni Muncie, ni Craig, ni aucun familier de John Sebastian, éditeur et veuf – personne, sinon le Dr et Mrs Hall, ne connaissait l'existence de ce petit meurtrier, et ces deux-là avaient toutes les raisons de se taire.

Sebastian s'endormit.

Il mourut dans la nuit, sans s'être réveillé. La vieille servante le trouva le lendemain matin, déjà froid. A la requête de son ami et associé, Arthur Benjamin Craig, le médecin légiste pratiqua une autopsie et trouva un caillot de sang dans le cerveau. Projeté sur le sol au moment où l'automobile capota, Sebastian avait reçu une forte commotion à la tête, avec blessures internes, et son refus de se laisser soigner ensuite avait sans doute provoqué sa mort. On estima que son attitude assez étrange de ces cinq derniers jours provenait du traumatisme.

John Sebastian fut enterré dans le caveau de famille, à Rye, à côté de sa femme.

Lorsque le Dr Cornelius F. Hall apprit par les journaux la mort de l'éditeur, il dit à sa femme :

– Nous avons peut-être de la chance. Cet homme était capable de tout.

Mrs Hall frissonna et se rendit vite dans la pièce

où était morte Claire Sebastian; une chambre d'enfant, maintenant.

Le Dr Hall se renseigna discrètement et apprit que Sebastian était mort avant d'avoir placé une somme d'argent sur la tête de l'enfant, comme il l'avait promis. Lorsque le testament fut publié (1), le médecin lut le texte attentivement. Aucun legs n'était prévu pour un second fils dont l'existence n'était pas mentionnée. Hall sourit. Pour autant qu'il le sache, personne au monde ne soupçonnait que la femme de John Sebastian ne s'était pas contentée de donner la vie au seul enfant mâle élevé dans la nursery des Sebastian, à Rye.

– Dieu soit loué! dit la femme du médecin, qui se remit à pouponner avec un enjouement qui réchauffa le cœur de son mari, quand celui-ci conduisait son traîneau clopin-clopant sur les routes du Westchester.

Il déclara les naissances à la mairie de Mount Kidron. Le médecin prit soin d'attendre afin de pouvoir mêler les certificats à sept autres, concernant des enfants mis au monde par lui à Mount Kidron et aux alentours. Sourd et presque aveugle, le greffier avait inscrit tant de noms depuis quarante-cinq ans qu'il tenait cet emploi, que les détails ne restaient plus dans sa tête.

– Nous voici protégés, dit Hall à sa femme.

– Contre quoi, Cornelius?

– On ne sait jamais, répondit-il en haussant les épaules.

Tout ceci arriva l'année où naquit Ellery Queen et un quart de siècle avant qu'il acceptât d'assister à cette extraordinaire réunion de Noël à Alderwood, Etat de New York.

(1) En Angleterre et en Amérique, les testaments sont publiés dans les journaux *(N.d.T.)*.

DEUXIÈME PARTIE

2

Mardi 24 décembre 1929, veille de Noël.

Ellery Queen se rend à une réunion de Noël à Westchester, près de New York, et John Sebastian fait allusion à des événements prochains.

Ellery était vraiment jeune, alors. On peut en juger par le fait qu'il restait fort sensible à la critique. Dans l'ensemble, celles du *Mystère du Chapeau de Soie* avaient été flatteuses et encourageantes, mais les réserves d'une revue littéraire eurent le don de l'exaspérer... Bref, le livre parut en août et, vers la mi-décembre, ces piqûres d'épingle appartenaient au passé. Il accepta l'invitation d'Arthur B. Craig pour la semaine entre Noël et le Jour de l'An sans la moindre surprise : n'était-elle pas due à un jeune auteur « reconnu »? Il eût souffert d'apprendre que l'invitation s'adressait plutôt à sa personne qu'à sa situation de romancier d'avenir; fort heureusement, il ne le sut jamais.

Le seul lien qui le réunissait à Craig était John Sebastian, pupille de Craig et ami d'Ellery. Sebastian habitait un appartement dans Greenwich Village (1). Ellery l'avait connu dans des soirées artistiques ou littéraires. Un certain manque de

(1) Quartier « artiste » de New York *(N.d.T.)*.

stabilité les avait attirés l'un vers l'autre. Sebastian était un poète dilettante plein de charme et non dépourvu de talent. Il portait les cheveux assez longs et son regard perçant lui donnait un air romantique à la Byron : à cette époque, le genre fatal sévissait dans la bohème de New York. Sebastian parlait toujours de son opulent tuteur avec une affectation de cynisme et le ton amusé, supérieur, dont usent les jeunes gens envers leurs aînés.

Imprimeur de son état, Arthur Benjamin Craig était un artiste qui avait élevé son métier à la hauteur d'une profession; on lui devait nombre de beaux ouvrages. A part les liens qui unissaient Craig et le jeune Sebastian, et le fait que les éditions de luxe publiées par l'éditeur d'Ellery, Dan Z. Freeman, sortaient des presses de Craig, Ellery ne savait rien de lui.

Notre héros avait accepté l'invitation sans réfléchir, mais il pensa soudain, juste avant Noël, que son départ laisserait son père, l'inspecteur Queen, seul pendant les vacances. Il lui offrit de se décommander, mais l'inspecteur ne voulut pas de ce sacrifice filial et se borna à recommander à son fils la prudence, car on annonçait de fortes chutes de neige.

Ellery se mit donc en route dans sa vieille Duesenberg, un modèle de 1924, une voiture décapotable. Les employés du garage avaient tiré la capote et assujetti les rideaux latéraux, ce qui le protégea contre la neige qui tomba en effet avec abondance. Mais le vent traversait la toile néanmoins et le fit souffrir malgré sa casquette à oreillettes et son manteau de fourrure. Quand il arriva dans le comté de Westchester, il était transformé en glaçon. Un dîner rapide à Mount Kidron, arrosé de cognac, le ranima un peu. Ellery ne voyageait jamais sans sa gourde en argent; lorsqu'il parvint à Alderwood, la gourde était vide.

Située à quarante milles de New York, Alderwood

était une petite agglomération de 6 000 âmes. Ellery se renseigna : la propriété de Craig se trouvait au nord de la ville; notre voyageur arriva enfin devant la maison. Enorme, de style 1880, couvrant une vaste étendue de terrain, elle était surmontée d'une superstructure carrée composée de deux étages et d'un grenier. Deux grands bow-windows en saillie sur le parement du mur longeant la route donnaient à la construction un air étonnamment moderne. L'entrée se trouvait à angle droit avec la route principale et se composait d'un porche soutenu par deux piliers en pierre. La grande baraque était entourée d'épais arbustes et dominait des pelouses recouvertes de neige.

Peut-être dut-il cette impression à l'alcool qui le réchauffait, mais Ellery, en longeant la seigneuriale allée d'accès, se crut en Angleterre, au temps de la reine Elisabeth. Son esprit embrumé battait la campagne : il n'eût pas été étonné de se voir reçu par des laquais en livrée ducale, par un hôte en pourpoint et cravaté d'une fraise. Il imaginait d'énormes bûches de Noël, des dallages couverts de joncs, des chiens aux crocs de loups dévorant des quartiers de venaison et du punch chaud en abondance, servi dans des pots d'étain.

Notre héros stoppa enfin devant la porte qui s'ouvrit. Grand, élégant, racé, John Sebastian apparut au côté d'un énorme personnage, une vraie montagne, qui tenait à la fois du président Hoover et de Henri VIII, avec un visage carré entouré d'une barbe; l'hôte fumait une pipe et souriait aimablement.

– Vous voilà! Bravo! s'écria le jeune Sebastian qui se précipita dans la neige pour serrer la main d'Ellery. Ne vous occupez pas de l'automobile, ni de vos bagages. Arthur, je vous présente Ellery Queen, la terreur des criminels! Un cerveau d'élite. Son père est un inspecteur de police, un vrai.

– Grand amateur de tabac à priser, comme chacun sait, dit Ellery d'une voix pâteuse. Mr Craig, je suis honoré, ravi et glacé. Broyé, aussi, ajouta-t-il en massant sa main droite.

La poignée de main de Craig correspondait en effet aux dimensions du personnage. Il portait allègrement ses soixante-trois ans, ses cheveux et sa barbe étaient restés blonds; dans le massif visage, les yeux sombres vivaient aussi intensément que ceux de son pupille, mais ils exprimaient une patience, une générosité absentes chez John, et également inconnues chez Henri VIII.

– Un vrai père! dit John, solennel. Cette prise solide m'a tenu en respect depuis mon enfance.

– Avec des résultats douteux, dit Craig, gaiement. Mr Queen, soyez le bienvenu. Pourquoi êtes-vous honoré et ravi? Il n'y a pas de quoi. Mais nous pouvons immédiatement remédier à votre état de glaçon. Felton, occupez-vous de la voiture et des bagages.

Un domestique à forte carrure s'approcha de l'automobile.

– ... Et venez prendre un grog, lança John.

Les grogs fumaient dans des pots d'étain, en effet. Ellery n'éprouva aucune surprise de se trouver dans un grand hall lambrissé, au plafond soutenu par des poutres apparentes, chauffé par une énorme cheminée à la hotte de cuivre; partout des sièges confortables, en cuir, cloutés de cuivre également. Il monta l'escalier derrière Felton, accompagné par son ami et chargé d'un pot d'étain dégageant une odeur réconfortante.

– Quel admirable cadre pour des vacances de Noël, John! dit-il avec enthousiasme. Je ne serais pas étonné d'entendre sir André Aguecheek crier à sir Toby : « Si nous organisions quelques divertissements? »

– Et le vieux Belch hurler sa réponse : « Que

faire de mieux? Ne sommes-nous pas nés sous le signe du Taureau (1)? »

– Moi, je suis né sous les Gémeaux...

– Castor et Pollux! comme dirait une vieille raseuse que vous allez bientôt connaître. Mon cher ami, je suis ravi de vous voir ici. On va bien s'amuser, ajouta John avec une gaieté d'écolier.

– Pas de crimes, j'espère!

– Puisque vous n'y tenez pas... on n'en mettra pas sur le menu! Si vous avez besoin de quoi que ce soit, sonnez Felton. Quand vous serez dégelé, descendez. J'ai quelque chose de très bien à vous présenter...

– Déjà?

– Cela s'appelle Rusty Brown, pour ne rien vous cacher.

– Rusty Brown? On dirait un nom de joueur de base-ball.

– Ciel! Pour tout vous dire, nous sommes très liés. Bas les pattes, Ellery!

– Ai-je l'air d'un mufle?

– Je me méfie de tout le monde quand il s'agit de ma chère miss Brown! A propos, ne vous égarez pas dans cette vieille baraque, les nombreux corps de bâtiment comprennent une trentaine de chambres, dont la moitié ne sert jamais. Vous n'imaginez pas les cachettes dont je disposais, du temps de mon enfance. Si vous vous perdiez dans quelque recoin, nous ne vous retrouverions qu'à l'Epiphanie, peut-être! Dépêchez-vous, maintenant.

D'emblée, Ellery approuva le choix de John : très vivante, Rusty Brown avait le fameux « quelque chose », et du chic naturel. Bien faite, un visage encore enfantin agrémenté d'une fossette, des cheveux couleur de flamme coupés court, à la dernière mode, la jeune fille portait avec aisance une robe

(1) *La Nuit des Rois*, de William Shakespeare *(N.d.T.)*.

élégante et des boucles d'oreilles en argent travaillé, assez voyantes. Elle ressemblait beaucoup à Clara Bow. Mais le regard de ses yeux verts était franc, franche aussi sa poignée de main. Dessinatrice de bijoux, elle créait aussi des maquettes de tissus et de papiers d'ameublement. Agée de vingt-quatre ans seulement, comme son fiancé, elle avait déjà monté un magasin dans Madison Avenue et les journaux de mode commençaient à mentionner les « Créations Rusty Brown », que la société élégante recherchait déjà.

– Vous êtes donc le jeune romancier d'avenir dont John nous a rebattu les oreilles? dit Rusty Brown. Il m'a même obligée à lire votre livre.

– Je n'ai jamais pu résister à un pareil exorde, dit Ellery. L'avez-vous aimé, au moins?

– Je l'ai trouvé infiniment intelligent.

– Dois-je apercevoir un ver dans le fruit?

– Peut-être trop intelligent, répondit Rusty dont la fossette se creusa. Dirai-je... précoce?

– Méfiez-vous de cette sirène, dit John avec de l'adoration dans la voix. Elle sait faire jaillir le sang...

– Je saigne déjà, gémit Ellery.

– Etre jeune n'est pas un crime, Mr Queen. La jeunesse consiste à le laisser voir.

– Je me sens atteint d'hémophilie, dit Ellery. Et voici sans doute la mère de la redoutable miss Brown?

Mrs Brown évoquait Rusty, vue dans le miroir déformant d'un parc d'attractions. Des yeux verts, mais un regard sournois; des dents gâtées, des cheveux roux qui avaient viré au rose grisâtre, une sorte de Méduse émettant de constantes vibrations; et on croyait les entendre. Ellery la classa aussitôt parmi les femmes qui défendent une cause : une fanatique. En fait, elle était férue d'astrologie, d'occultisme et avait des dons de médium amateur. Elle portait le prénom d'Olivette.

– Les Gémeaux sont votre signe, n'est-ce pas, Mr Queen? lui demanda-t-elle immédiatement.

– Mais oui, madame...

– Bien sûr. Les Gémeaux régissent l'intellect et John vous dit très intelligent.

– Ma mère a des dons, bien qu'elle ne dédaigne pas à l'occasion de glaner d'avance quelques renseignements utiles, dit Rusty, sèchement. Chéri, puis-je avoir encore un peu de ce grog?

– Et cette jeune fille, Mr Queen, dit Arthur Craig, est ma nièce Ellen : elle est venue de Wellesley College passer ses vacances avec nous. (De sa large patte, il caressait une main fine et longue.) ... Ellen, John et les Presses ABC sont mes trois raisons de vivre. Je les ai marqués de ma griffe.

– Vous êtes un artiste, Mr Craig, et cette édition-ci est adorable! Vous avez aussi élevé cette charmante jeune fille?

– Le père d'Ellen – mon seul frère – mourut peu de temps après sa naissance. Ma belle-sœur et sa fille vinrent tout naturellement habiter avec moi, d'autant que la mauvaise santé de Marcia l'empêchait d'élever son enfant sans aide. Marcia mourut à son tour et je devins le père et la mère d'Ellen.

– A ma connaissance, la seule mère en captivité! dit Ellen Craig. Unique en bien des manières aussi. Vais-je encourir votre mépris, Mr Queen, parce que je n'ai pas encore décroché mon diplôme?

– Mon récent cri d'admiration vous aura renseignée sur mes sentiments, miss Craig. Votre collège regrettera certainement votre départ définitif. Quand doit-il se produire?

– En juin.

– Je serai là pour vous enlever, répliqua Mr Queen, galamment.

Ellen se mit à rire, un rire musical, féminin et dépourvu d'affectation. Grande, belle fille, un visage aux traits bien dessinés encadré par des cheveux blonds, un port de tête spirituel. Ellery décida vite que miss Craig n'était pas tout en surface. Un trésor à découvrir : il se sentit d'humeur à creuser.

Aussi, lorsque Rusty et John s'éloignèrent pour veiller aux préparatifs d'accueil – d'autres invités devant arriver incessamment – et lorsque Craig se laissa emmener, d'ailleurs avec bonne humeur, par Mrs Brown qui voulait tirer son horoscope, Ellery dit :

– Regrettez-vous de rester seule avec moi, miss Craig?

– Je vais vous confier un secret, Mr Queen : j'ai un béguin pour vous depuis que j'ai lu votre livre.

– Dieu merci, vous ne me trouvez pas précoce! Vous avez plus de vingt et un ans, n'est-ce pas? ajouta-t-il, inquiet.

– J'aurai vingt-deux ans en avril, répondit-elle en riant.

– Alors, allons à la recherche de quelque coin de feu abandonné, dit Mr Queen avec enthousiasme, et poussons cette conversation plus avant.

Dépourvue de chaînes sur ses pneus, la grosse Marmon 8 remontait péniblement la rue principale d'Alderwood, couverte de neige, et la façon excentrique dont la femme conduisait inquiétait fort son compagnon.

– Pour l'amour de Dieu, Valentine! Surveillez la route!

– Compose un poème, Marius, dit la jeune femme, et n'y pense plus. Tu arriveras entier.

– Tu devrais t'arrêter au prochain garage et faire mettre des chaînes. Cela s'impose.

– Calme-toi, nous sommes presque arrivés.

Légère, passionnée, Valentine Warren était actrice, c'est-à-dire qu'elle jouait des rôles assez importants en tournée, et d'insignifiants à Broadway. Elle s'efforçait d'imiter Joan Crawford, elle rêvait d'engagements à Hollywood et d'un avenir de star.

Pour se rendre à la campagne elle avait revêtu la

tenue sportive et hivernale conseillée par *Vogue*, un lainage vert, de style norvégien, un béret et un manteau assortis. Elle estimait que le vert convenait à ses cheveux blonds, à son teint crayeux, et lui faisait un masque de tragédie grecque. Valentine avait horreur d'être qualifiée d'« amusante », à ses yeux la gloire n'allant pas sans solennité.

Naturelle chez lui, l'allure sombre et romantique du jeune Marius Carlo contrastait avec la personnalité de sa compagne. D'ascendance espagnole et italienne, avec quelques gouttes de sang irlandais, son âme était aussi noire que sa peau. Connaissant trop bien ses défauts physiques, il avait la manie de se déprécier et se défendait avec des sarcasmes.

Sans grande originalité, Carlo était un musicien de talent, influencé par Stravinski et Hindemith. Séduit depuis peu par Arnold Schönberg, il s'était lancé à corps perdu dans la composition d'œuvres atonales avec pour seul auditoire la clique admirative de Greenwich Village, qui lui collait à la peau comme une lèpre. Pour gagner son pain quotidien, il jouait du violon dans l'orchestre symphonique de Walter Damrosch, qui se faisait entendre à la radio chaque samedi soir : une croix lourde à porter. Invité à passer les vacances de Noël à Alderwood, il s'était empressé de se faire porter malade chez Damrosch, excipant d'une double pneumonie. « Qu'ils jouent leur Tchaikovski sans moi! » avait-il grommelé à ses amis. « Ils me mettront peut-être enfin à la porte! »

Né avec les pieds plats, il portait des chaussures orthopédiques qui lui donnaient une allure déplaisante, surtout lorsqu'il devait se presser. « Marius le crabe, c'est moi », disait-il avec amertume.

Malgré le verglas, Valentine parvint au bout de la rue principale d'Alderwood sans encombre et se dirigea vers l'extrémité nord de la ville.

– Marius, que se passe-t-il, au juste? A propos de quoi, cette réunion?

– Comment le saurais-je? John ne me confie rien depuis longtemps.
– Il a fait de mystérieuses allusions à un événement important qui doit se produire vers le Jour de l'An. Je me demande quoi, ajouta Valentine, songeuse.
– Interroge-le, répliqua le jeune musicien en ricanant. Pourvu que la boisson coule à flots... Peut-être vaut-il mieux ne rien savoir...
– Pourquoi?
– Ralentis, bon Dieu!
– Oui, oui... Marius, que sais-tu au juste?
– As-tu vu Rusty dernièrement?
L'actrice parut surprise.
– Non.
– Son annulaire gauche s'alourdit visiblement.
– Ils sont fiancés? s'écria Valentine.
– L'anneau de l'amitié, disent-ils. Un petit rien de quatre carats...
– Tu crois que cette réunion...
– Avec John, rien d'impossible, même le mariage, dit Marius, haussant les épaules. *Kismet*...
– Allons, allons! Je n'y crois pas.
– Vraiment? dit-il doucement.
Les yeux violets de la jeune femme se posèrent sur son compagnon, puis revinrent à la route.
– Cela ne me paraît pas inéluctable, répondit-elle sur le même ton. Tu sais, Marius... tu pourrais m'aider. Nous pourrions nous aider mutuellement.
Il la regarda avec haine. Puis il se mit à rire.
– Garce!... Tu as compris. Je ne pensais pas que cela se voyait.
– Veux-tu, Marius?
Après un silence, il répondit :
– Pourquoi pas? et enfonça son visage dans son cache-nez.

– Il neige encore, annonça Ellery qui venait de revenir dans le hall avec Ellen Craig.

Les deux jeunes gens secouèrent la neige de leurs chaussures.

– Et le temps s'assombrit, il fait plus froid, ajouta Ellen. Quel merveilleux début de Noël!

– Venez près du feu, vous deux, dit son oncle. Ellen, tes mains sont gelées.

– Mais ses yeux sont embrasés! lança John Sebastian en riant. (Il servait les boissons en l'absence de Felton, parti à la gare dans la Peerless de Craig.) ... Un cocktail, petite sœur? Vous aussi, Ellery?

– Volontiers. Combien de personnes attendez-vous encore?

– Quatre. Encore un verre, Marius?

– Encore et toujours, répondit Marius Carlo.

– Je ne suis pas inquiet, dit Craig. Dan Freeman et Roland Payn viennent ensemble et la Lincoln de Dan est à toute épreuve. Quant à Sam Dark, il habite l'autre bout d'Alderwood. Et si Mr Gardiner vient par le train...

– J'espère que les trains de New York roulent normalement, dit Rusty. La réunion ne serait pas complète sans ces délicieux vieillards, n'est-ce pas, chéri?

– Je me suiciderais... Val, un cocktail?

– Non, merci, dit Valentine, qui enchaîna, souriante : Est-il vrai que vous attendez un pasteur, Rusty?

Celle-ci rit de bon cœur.

– Chaque chose en son temps, les amis, dit John. Ellery, encore un peu?

– Doucement, mon vieux! Mr Craig, avez-vous dit que Freeman doit venir? Dan Freeman?

– Oui, Mr Queen.

– C'est inouï! Comment l'avez-vous décidé à accepter? Il n'aime guère le monde, ne va nulle part. Vous savez, c'est mon éditeur.

– Je le sais, répondit Craig, souriant.

– Deux personnes au moins pourront échanger des idées, grommela Marius Carlo en regardant son verre. Vous pourrez vous plaindre du mauvais lancement de votre livre et Freeman vous donnera les chiffres de vente des titres importants de son catalogue.

– Marius! dit Ellen, consternée.

– Ne faites pas attention à lui, Ellery, dit Rusty. Marius méprise tout ce qui n'est pas de l'art, selon lui.

– L'art de mauvaise qualité, notamment.

– Surtout si cet art-là rapporte, dit Ellery sèchement.

– Marius, assez! dit Valentine. Il n'en pense pas un mot, Ellery, l'envie le dévore. J'ai trouvé votre livre merveilleux!

– Et je pense qu'il faudrait changer de sujet, dit Ellery gaiement, mais en regardant Marius avec intérêt. Mr Craig, puis-je vous demander qui est Mr Roland Payn?

– Mon avoué, un vieil ami, dit l'hôte qui, lui aussi, dévisageait le jeune musicien. Quant à Sam Dark, il est notre médecin de famille depuis son installation à Alderwood. Ah! Mrs Brown, nous vous attendions.

– J'ai revu cet horoscope, Mr Craig, s'écria la mère de Rusty qui arrivait en trombe, et je crois avoir commis une légère erreur... la position de Jupiter en ascendant...

– Ne vous en faites pas, dit Craig, souriant. Un Martini?

– Avec joie. Le genièvre est très important... Ne coupez jamais un genévrier au pays de Galles, vous mourriez dans l'année!

– Buvez le gin qu'ils en tirent aujourd'hui, dit John, et vous mourrez beaucoup plus vite!

Ellery dit gravement :

– Le genièvre guérit aussi les morsures de serpent et consolide le nerf optique, Mrs Brown.

– Vraiment? s'écria la mère de Rusty. Je l'ignorais. John, Rusty dit que vous attendez encore du monde ?

– Quatre personnes.

– Nous serons douze, alors. Voilà qui est rassurant. Pensez donc ! Si vous aviez invité une personne de plus...

Elle frissonna en avalant son Martini.

– Douze ? dit Marius Carlo en tendant son verre vide. Vous ne comptez pas les domestiques, madame ?

– Les domestiques ?

– On ne les compte jamais. Vienne la...

– ... révolution. Nous connaissons la chanson, Marius, interrompit Valentine, agacée. Allons, Johnny, confiez-nous le grand secret ?

Sebastian se mit à rire.

– D'abord, mon anniversaire. Le 6 janvier, dans deux semaines; j'espère que vous restez tous jusque-là.

– Pourquoi ?

– Pour quatre raisons, dit John qui s'amusait. Quatre événements importants de ma vie doivent se produire juste après minuit, le 5 janvier... (D'un geste, il écarta leurs questions.) ... Attendez l'arrivée des autres.

– Me voici ! dit une voix masculine, au timbre aigu, venue de la porte d'entrée. Que la fête commence !

– Sam ! s'écria Craig, avec empressement. Vous n'avez pas eu trop de mal à venir ? Mabel, prenez les affaires du docteur.

La servante de Craig, une Irlandaise au teint rose, courut au-devant du nouvel arrivant qui l'accueillit en lui pinçant vigoureusement la joue, ce qui fit rire la jeune fille. Elle emporta le bonnet de fourrure, le manteau et les galoches du médecin, et disparut.

– ... Sam, je crois que vous ne connaissez pas encore Mrs Brown...

Le Dr Sam Dark était gros et grand, presque aussi

massif que Craig. Evoquant un bonnet à poil, ses cheveux blonds et hirsutes surmontaient une tête assez petite; mais ses yeux pétillant d'intelligence l'empêchaient de paraître ridicule; son costume était fripé, d'une manchette pendait un bouton au bout d'un long fil. Néanmoins, on était frappé par l'aspect solide et franc du personnage : en cas de besoin, on devait pouvoir compter sur lui. D'emblée, Ellery le trouva sympathique.

– Vous restez toute la semaine? demanda Craig lorsque le Dr Dark fut installé près du feu avec un breuvage chaud. Je n'accepte qu'une réponse affirmative.

– Mon remplaçant s'occupera de mes malades, répondit le gros médecin. Il y a longtemps que je n'ai eu l'occasion de passer des vacances de Noël dans une atmosphère de famille. Nous sommes deux vieux célibataires, Arthur, mais vous vous en êtes mieux tiré que moi. Ellen, John, je bois à votre union!

Il avala une énorme rasade de punch.

– Vous n'avez pas mis John au monde, docteur, n'est-ce pas? demanda Ellery qui savait vaguement que la naissance de son ami avait eu lieu dans de curieuses circonstances.

– Ciel, non, dit le Dr Dark. John est venu sous ma coupe *post uterum*, dirai-je.

– J'avais six semaines, docteur Sam? demanda John.

– Sept, dit Craig, reprenant son pupille. Voyez-vous, Mr Queen, les parents de John moururent en 1905 à quelques jours de distance. Claire et John – John porte le prénom de son père – revenaient de New York vers Rye dans le blizzard. La voiture capota près de Mount Kidron. L'accident provoqua la naissance prématurée de ce garçon et Claire mourut cette nuit-là. Moins d'une semaine plus tard, John mourut à son tour des suites de ses blessures. Avant sa mort il me désigna comme le tuteur du bébé, car il n'avait pas de parents proches, sa femme non plus, et le petit John était leur premier enfant. Une nurse, une certaine Mrs Sapphira, dont John avait retenu les services à la mort de Claire, vint avec le bébé. Une femme dévouée qui ne nous a jamais quittés : elle est morte ici même il y a quelques années. A nous deux, nous sommes parvenus à élever ce garnement.

– N'oubliez pas mon aide, dit le Dr Dark. Combien de fois ai-je été obligé d'accourir au milieu de la nuit parce que le petit Johnny vous avait regardés de travers!

– Avec l'aide de tous, dit John, posant sa main sur l'épaule de Craig. Sapphy, le Dr Sam, Ellen, lorsqu'elle est venue vivre avec nous – mais c'est envers mon tuteur barbu que j'ai la plus grosse dette... Je crains, Arthur, de ne pas vous avoir témoigné toute la reconnaissance qui vous est due.

– Bravo! dit Marius Carlo, avant que Craig puisse répondre. A la première larme, je jouerai *Le cœur et les fleurs* sur ce piano, s'il est accordé, ce qui reste à voir.

– Marius est insensible au sentiment, dit Rusty, gentiment. Le pauvre, il n'a jamais eu ni père ni mère. Il a été pondu sur une eau stagnante... N'est-ce pas, mon cher?

Marius lui lança un regard noir, puis haussa les épaules et porta son verre à ses lèvres.

– N'étiez-vous pas l'associé du père de John, Mr Craig? demanda Valentine pour changer de sujet.

– Oui, Sebastian et Craig, Editeurs. Je m'occupais surtout de la fabrication. Peu versé dans l'édition proprement dite, je vendis, à la mort de John, et revins à mon premier métier : l'imprimerie.

– A vous entendre, il s'agirait d'une déchéance, dit Ellery. Je préférerais être le propriétaire des Presses ABC que de bien des maisons d'éditions.

Vous n'avez pas vendu votre maison à Dan Freeman? Non, il était trop jeune.

– En effet. Elle changea de mains plusieurs fois depuis 1905. Dan l'a achetée après 1920. A propos, le voici! Avec Roland. Entrez donc!

L'éditeur et l'avoué formaient un couple assez étonnant.

Dan Z. Freeman était un homme de quarante ans, au teint blême, à l'aspect fragile. Sa grosse tête paraissait encore plus vaste par suite d'un front dénudé très haut, jusqu'au milieu du crâne; il avait de beaux yeux bruns et vifs.

L'éditeur sembla embarrassé de voir tant de personnes réunies et qui lui étaient étrangères. Il serra la main d'Ellery avec l'ardeur d'un noyé qui s'accroche à un morceau de bois flottant. Notre héros ne l'avait vu qu'une fois, lorsque Freeman avait accepté de publier le manuscrit du *Mystère du Chapeau de Soie*.

– Je suis si heureux de vous revoir, Queen, murmura Freeman sans lui lâcher la main.

A la première occasion, il s'assit dans un fauteuil et s'effaça.

Même s'il l'eût voulu, Roland Payn ne pouvait, lui, s'effacer. Grand, le teint coloré, il avait une cinquantaine d'années. De beaux cheveux blancs et drus, le sourire facile et gratuit d'un politicien, une voix de basse, bien timbrée. Ellery avait entendu parler de lui par l'inspecteur Queen, qui se vantait de connaître tous les hommes de loi de New York. Prudent, avisé, Payn attirait surtout la clientèle riche et conservatrice – il était une valeur or. Plaidant rarement, il s'occupait surtout de questions testamentaires et de successions.

– Maintenant que MM. Payn et Freeman sont ici, dit John, je suis prêt à vous révéler les deux premiers événements, sur les quatre dont je vous ai parlé – tous d'importance mondiale, bien sûr! Vous êtes l'avoué de la famille, Mr Payn. Voulez-vous annoncer ce qui va changer pour moi le 6 janvier?

– Cette date sera celle de votre vingt-cinquième anniversaire, dit l'avoué en souriant. Aux termes du testament de votre père, vous hériterez de sa fortune en toute propriété, cette fortune ayant été administrée jusque-là par votre tuteur. Mes compliments, jeune homme!

– Il va devenir insupportable! dit Ellen Craig en serrant le bras de John. Un millionnaire! Voyez-vous!

– C'est écœurant, n'est-ce pas? rétorqua John en riant. A vous, Mr Freeman, en votre qualité d'éditeur : qu'avez-vous à révéler?

Tous les yeux se tournèrent vers Freeman.

– Un événement encore plus important, je pense, que la possession d'une fortune! Le 6 janvier, la maison Freeman publiera le premier volume de vers d'un jeune poète d'avenir, *La Musique et l'Amour*, par John Sebastian.

Les exclamations fusèrent. Rusty s'écria :

– C'est merveilleux, John! Vous ne m'en aviez rien dit. Etiez-vous au courant, Mr Craig?

La barbe de Craig s'agita.

– Vous pensez bien que je n'aurais laissé à personne le soin d'imprimer le premier livre de John! Mais Dan et moi savons garder un secret.

– John, je suis si heureuse! dit Valentine qui embrassa le jeune homme. Mes félicitations!

Rusty Brown sourit.

– A mon tour! dit Ellen, gentiment.

Elle s'intercala entre Valentine et John et, après l'avoir embrassé, elle resta contre lui.

– Avouez que c'est une belle surprise! dit John. J'ai encore peine à y croire!

– On en vendra exactement quatre cent cinquante-neuf exemplaires, dit Marius en brandissant son verre vide. La Revue de Médecine Vétérinaire lui consacrera sans doute un article élogieux.

Mais sa voix aigre se perdit dans le brouhaha et lorsque le dernier invité arriva, Marius dormait dans son fauteuil.

L'homme qui venait d'arriver dans la Peerless et dont Felton portait la modeste valise était un vieillard d'aspect très vigoureux, aux cheveux à peine blanchis, aux yeux bleus un peu enfantins et au nez proéminent. Arthur Craig le présenta : le révérend Arthur Gardiner, qui avait récemment pris sa retraite. Il se trouvait être un ami des Brown. Olivette Brown avait communié dans son église pendant des années : il avait baptisé et confirmé Rusty.

Dès qu'elle vit le vieux prêtre, Valentine se tut. Elle se tassa sur le bras du fauteuil où dormait Marius Carlo, lui caressant les cheveux d'une main légère. Ses yeux violets se posèrent souvent sur Rusty, jamais sur John.

Ellery l'observait. Il murmura à Ellen Craig :

– Que se passe-t-il, Ellen?

– Je l'ignore. A vous de le deviner, puisque rien ne vous échappe.

– Vous connaissez ma nièce Ellen, je crois, dit Craig qui s'approchait avec le nouveau venu. Je vous présente un ami de John, Mr Gardiner – Ellery Queen, le romancier... le révérend Gardiner.

La vigoureuse poignée de main du vieillard étonna Ellery.

– J'apprends que vous avez pris votre retraite, Mr Gardiner. Pourquoi accorder sa retraite à un homme qui conserve une force pareille dans les doigts?

– Je crains que le Ciel n'y soit pour rien, Mr Queen, répondit le prêtre en souriant. Mon évêque m'a rappelé gentiment que j'avais passé la limite d'âge des soixante-douze ans, voilà tout! Ellen, je vous trouve plus radieuse que jamais.

– Mon influence, sans doute, dit Ellery.

Ellen rougit un peu, mais de plaisir.

– Dans ce cas, dit Mr Gardiner, gaiement, la présence d'un ecclésiastique, même en retraite, peut encore rendre des services. Mr Craig, si vous le permettez, je voudrais entendre la messe de minuit. Vous avez une église épiscopale à Alderwood, je crois. Si je pouvais emprunter une voiture...

– Pas question! Felton ou John vous conduira, dit Craig. Mais dans quelques heures la route peut devenir impraticable.

– N'importe. Si nécessaire, j'irai à pied, la distance n'est que d'un mille environ, je l'ai remarqué. Je n'ai jamais manqué une messe de Noël et, à mon âge, mieux vaut rester en état de grâce.

– Comptez sur nous, dit John. Attention, tout le monde!

Marius s'éveilla en sursaut. Assise sur le bras du fauteuil, la fille blonde tenait fermement les cheveux du musicien. Ellery le remarqua.

– Maintenant que Mr Gardiner est arrivé, dit John, l'air heureux, je puis annoncer le troisième et colossal événement qui doit se produire le 6 janvier. Mr Gardiner va rester avec nous pendant la durée des vacances, même au delà, pour des raisons autres que mondaines. Dès que minuit aura sonné, le 5 janvier, le révérend célébrera un mariage. Oui, Rusty et moi.

Profitant du tumulte qui s'ensuivit, Ellery parvint à rester en arrière pour observer Valentine et Marius. Très pâle, l'actrice manifestait un vif énervement, et le timbre de sa voix était aigu à l'excès, comme elle embrassait Rusty et John; Ellery la crut sur le point de s'évanouir. Marius eut évidemment le même sentiment, car il lui saisit le bras et le serra fort. Un instant après, Valentine se dégagea violemment. Ellery entendit Marius qui lui disait : « En somme, tu es une mauvaise actrice. » Et l'autre répondit : « Tais-toi, imbécile! » Puis ils sourirent tous deux et tendirent leurs verres à Felton, redevenu maître d'hôtel, et qui les remplissait en vue d'un toast.

Ensuite, Rusty, elle-même, demanda à son fiancé :

– Mais, chéri, vous avez dit que quatre événements se produiraient le 6 janvier. Quel est le quatrième?

– C'est mon grand secret! répondit John en riant. Personne n'en saura rien avant la nuit en question. Pas même ma fiancée!

Malgré les cajoleries de Rusty et l'amicale insistance de l'entourage, Arthur Craig y compris – il ignorait complètement ce à quoi John faisait allusion, il ne cessa de le répéter – le jeune poète resta muet.

Un peu plus tard, les hôtes s'assemblèrent dans la salle à manger lambrissée de chêne et réchauffée par un magnifique feu de bois. La table était parsemée de branches de houx. Au moment de prendre place près d'Ellen, Ellery dit :

– Voici une amusante coïncidence.

– Laquelle?

– Du 25 décembre jusqu'à la nuit du 5 janvier – de Noël jusqu'à ce qu'on nomme officiellement la douzième nuit – cela fait des vacances de douze jours, Ellen.

– Eh bien?

– Regardez autour de vous. Douze personnes. N'est-ce pas intéressant?

– Pourquoi? demanda Ellen. Quel drôle de tour d'esprit vous avez!

A ce moment, Olivette Brown s'écria :

– Nous sommes douze. Pas un de plus, Dieu merci! Je suis vraiment soulagée.

– Vous voyez? murmura Ellery à Ellen Craig.

3

La première nuit : Mercredi 25 décembre 1929.

Où l'on voit un mystérieux Père Noël sorti des limbes se matérialiser et où un bœuf, une petite maison et un chameau occupent le centre de la scène.

Au matin, les invités de Craig constatèrent qu'un épais manteau blanc recouvrait le paysage. On ne distinguait ni l'allée d'accès de la propriété, ni la route. Une vraie carte postale! Des monceaux de neige, partout où le regard se posait.

Tôt levés, les invités s'exclamaient sur la beauté du spectacle qu'on admirait à travers les bow-windows, tout en faisant honneur au petit déjeuner préparé par la cuisinière et femme de charge de Craig, la robuste Mrs Jansen, et servi par la servante irlandaise aux joues roses. La salle à manger était bruyante.

Le révérend Gardiner ne se consolait pas d'avoir manqué la messe de Noël. On avait dû renoncer à le conduire en voiture et lui-même se rendit compte qu'il eût été insensé d'essayer de se frayer un passage à pied jusqu'à l'église à travers les nombreuses congères. Craig l'avait un peu consolé en lui faisant entendre, à minuit, la messe à la radio, transmise depuis le temple du Sacré-Cœur. Tous se groupèrent autour de lui; la main dans la main, John et Rusty s'assirent par terre devant l'appareil. Ellery fut frappé par le visage de Valentine Warren qui observait le couple : un masque blanc, rigide, et aussi par l'expression sardonique de Carlo. Leur attitude n'avait pas non plus échappé à Ellen qui s'en était émue.

Plus tard, ils chantèrent des cantiques et décorèrent le grand sapin, dans le living-room, puis la plupart d'entre eux allèrent se coucher.

Après le petit déjeuner, John annonça qu'il avait préparé des cadeaux surprises pour tous ses amis et il les entraîna dans le living-room.

– Sous l'arbre, dit John, qui s'arrêta, stupéfait.

Il n'y avait rien sous l'arbre. Le jeune homme regarda Rusty qui porta ses regards sur sa mère.

– Je ne comprends pas, dit Rusty. Nous les avons placés là nous-mêmes, dès que les autres sont allés se coucher.

– Bizarre, murmura John. Mabel! dit-il, comme la fille montrait son visage dans l'entrebâillement de la porte menant à la salle à manger. Avez-vous vu des paquets sous cet arbre lorsque vous avez préparé le feu, ce matin?

– Non, Mr John.

– Si c'est une plaisanterie de l'un de vous... commença John assez froidement.

Puis il se mit à rire; ils se retournèrent tous : dans l'embrasure de la porte conduisant au hall se tenait le Père Noël, les bras chargés de petits paquets.

– Le Père Noël!

– John, vous auriez dû être acteur!

– Mais je n'ai pas...

– Quelle jolie idée!

C'était le vrai Père Noël, avec un gros ventre, une belle barbe et des sourcils blancs. En silence, il s'empressa de distribuer les petits paquets.

– John! Quelle exquise broche!

– Un clip porte-billets en forme de... qu'est-ce donc?

– Le mien ressemble à un mouton.

– Ne comprenez-vous pas? glapit Olivette Brown. Ce sont vos signes personnels : vous êtes Bélier, Ellen, vous recevez donc un bélier; Valentine, vous êtes Sagittaire, vous avez donc un archer, et ainsi de suite. C'est moi qui en ai eu l'idée, n'est-ce pas, John?

– Certes. Rusty les a dessinés et les a fait exécuter par Moylan, le bijoutier de la Cinquième Avenue.

– Nous nous sommes donné beaucoup de mal pour découvrir toutes les dates de naissance, remarqua Rusty en riant, mais nous y sommes parvenus : douze personnes, chacune née sous un signe différent du Zodiaque. Vous les aimez?

C'étaient de jolis bibelots en or, sertis, pour les détails, de pierres semi-précieuses, des broches pour les femmes, des clips porte-billets pour les hommes. Celui d'Ellery, très réussi, représentait Castor et Pollux.

– Nous devons des remerciements à Felton, dit notre héros. Quel magnifique Père Noël, John! Où est-il?

Le Père Noël avait disparu.

– Felton? dit John. C'était Felton?

– Vous devriez le savoir...

– Je l'ignorais, Ellery. Je n'ai rien manigancé de pareil. Vous, Arthur?

– Moi? fit Craig. Je n'y suis pour rien.

Un court silence s'établit.

– Cela devait être Felton, dit Ellery. Nous étions présents, tous les douze, lorsqu'il nous a offert les cadeaux. Ce n'était certes ni Mrs Jansen ni Mabel, donc ce ne pouvait être que Felton.

– Moi, monsieur?

Surpris, ils se retournèrent et virent le maître d'hôtel, dans l'embrasure de la porte donnant sur la salle à manger; il portait un tablier et des gants de caoutchouc savonneux.

– ... J'étais dans l'office, reprit Felton; je lavais les plats du petit déjeuner. Mrs Jansen pourra vous le confirmer.

Le silence s'appesantit. Arthur Craig dit brièvement à Felton de sortir.

– Je me demande qui ce pouvait être?

– Un fantôme, peut-être? murmura Dan Z. Freeman, inopinément.

Personne ne rit.

– La treizième personne, dit Mrs Brown, haletante. Treize!

John s'approcha d'une fenêtre. Maussade, il contempla le paysage de neige. Rusty le rejoignit, lui dit quelques mots. Il haussa les épaules.

– N'êtes-vous pas un spécialiste du mystère, Mr Queen? dit le Dr Dark, de sa voix aiguë. Résolvez donc celui-ci!

Paroles qui allégèrent la tension. Tous firent chorus.

– C'est peut-être infiniment simple, dit Ellery. Quelqu'un aura fait venir un Père Noël de l'extérieur. Le coupable ne pourrait-il avouer? Je trouve l'heure un peu matinale pour jouer au détective!

Mais tous proclamèrent leur innocence.

– ... Attendez un moment, ajouta Ellery qui sortit.

Il revint quelques instants plus tard, tapant sur son pantalon pour en faire tomber la neige.

– Aucune empreinte autour de la maison. Donc personne ne s'est introduit ici cette nuit, du moins pas après que la neige eut cessé de tomber. Quelqu'un sait-il quand la neige s'est arrêtée de tomber?

– Vers 2 h 30 ce matin, dit Rusty. Avant que John et moi montions.

– Si quelqu'un s'est introduit dans la maison il l'a donc fait bien avant 2 h 30, sinon la neige porterait des empreintes. Si je me souviens bien, nous sommes tous allés nous coucher une heure environ avant Rusty et John. Je n'ai rien entendu. Et vous?

Tous répondirent négativement.

– ... Hé, fit Ellery, c'est intéressant.

L'hôte esquissa un geste, accompagné d'un sourire.

– Je crois que nous ferions bien d'oublier cet incident.

– Ce ne sera pas si facile, Mr Craig.

– Pourquoi?

– La neige vierge, au-dehors, nous apprend deux faits. Tout d'abord, et s'il vint du dehors, le Père Noël entra chez vous bien avant 2 h 30 ce matin; ensuite, qu'il soit entré chez vous la nuit dernière ou l'année dernière, *il est encore ici.*

– C'est certainement bizarre, Arthur, dit Roland Payn en fronçant les sourcils. Qui est-ce, croyez-vous?

La voix de Marius Carlo rompit le silence qui s'ensuivit.

– Que va faire l'expert?

– Cela ne me paraît pas très compliqué, Marius, répondit Ellery avec un sourire. L'inconnu est encore dans la maison, caché sans doute dans quelque recoin des ailes inutilisées. Si Mr Craig m'y autorise, je vais me mettre à sa recherche.

– Cela vaudrait peut-être mieux, Mr Queen, dit l'hôte avec un geste troublé.

– Ellen, vous connaissez la maison à fond, accompagnez-moi. Pour le principe, ajouta-t-il avec une certaine sécheresse, veuillez tous rester ici, je vous prie.

Ellen monta l'escalier devant Ellery.

– Qu'en pensez-vous? demanda-t-elle, anxieuse.

– C'est évidemment une farce, fort bien exécutée, d'ailleurs. Jouons le jeu gaiement.

Une heure plus tard, Mr Queen ne semblait plus être un homme qui s'amuse en jouant. Les deux jeunes gens avaient fouillé les ailes inoccupées du bâtiment, ils étaient même montés dans le grenier, avaient visité les chambres de domestiques, sous les combles : en vain. Revenu en bas, Ellery insista pour visiter les caves. Atteints maintenant du malaise général, la cuisinière, la femme de chambre et Felton causaient à voix basse dans la cuisine. Pour terminer, malgré le témoignage éloquent de la neige, Ellery se rendit au garage, situé dans les anciennes écuries, mais n'y trouva rien, pas la moindre trace d'une treizième personne.

– L'ennui, dit notre héros à Ellen, c'est l'abondance de pièces encombrées de vieilleries et le grand nombre de cabinets; un intrus pourrait s'y dissimuler indéfiniment en passant d'une cachette à l'autre, à mesure que ses poursuivants se rapprocheraient. Je me demande ce que tout cela signifie?

– C'est déplaisant, certainement.

– Douze, grommela Ellery, douze personnes, douze jours et douze nuits à partir de Noël, et maintenant un Père Noël qui distribue douze signes du Zodiaque avant de disparaître...

Ce fut la femme de chambre qui fit la découverte. Mabel allait mettre la table pour le déjeuner lorsqu'elle poussa un cri perçant. Ellery, Ellen, Mr Gardiner et d'autres, qui écoutaient la radio dans le living-room, se précipitèrent : le dos au mur, l'Irlandaise, horrifiée, contemplait un grand coffre à linge en chêne.

– Je... Je l'ai ouvert pour prendre des dessous d'assiettes, dit-elle en claquant des dents. J'ai soulevé le couvercle et... le voilà! ajouta-t-elle en désignant le meuble d'un doigt tremblant.

Dans le coffre, un costume complet de Père Noël était soigneusement rangé : robe, bonnet, bottes, mitaines, perruque et fausse barbe.

Pendant qu'Ellen calmait la fille terrifiée, Ellery s'empressa d'examiner le costume, d'aspect neuf et dépourvu de marques.

– L'auteur de cette farce ne manque pas d'humour, dit le gros médecin en riant. Il devait savoir que Mabel ou quelqu'un d'autre ouvrirait le coffre aujourd'hui, tôt ou tard.

Roland Payn grommela :

– Une farce de bien mauvais goût!

– Tout ce que vous voudrez, dit Olivette Brown avec des frémissements dans la voix, mais il y a quelque chose dans cette maison. Du *danger*, je le sens. Oui... Et il me submerge, comme une vague.

Elle avait les yeux fermés et Ellery crut qu'elle allait entrer en transes. Mais le commentaire amusé du Dr Dark la galvanisa.

– Laissez là ces sornettes, Mrs Brown! Vous n'y croyez pas, je pense!

– Des sornettes! hurla-t-elle. Ne blasphémez pas à propos de ce que vous ne comprenez pas, docteur! Il est plus de choses au ciel et sur la terre...

– Que n'en comprend ma philosophie, enchaîna Ellery qui contemplait l'énigmatique costume rouge. Je n'ai pas vos prémonitions, Mrs Brown, mais j'avoue ne pas beaucoup apprécier tout cela. Personne n'a aperçu – si peu que ce soit – celui qui a placé ce costume dans le coffre, ce matin?

Personne n'avait rien vu.

Assombri, au propre et au figuré, l'après-midi s'écoula. Des nuages gris masquèrent le soleil, la température s'éleva et Alderwood commença à émerger des congères. Des chasse-neige se mirent à l'œuvre. Un garagiste des environs apparut avec un petit camion muni d'une grosse planche à l'avant et il déblaya l'allée d'accès. John et Ellery prirent des pelles et aidèrent Felton à ménager un étroit chemin praticable autour de la maison.

Mais l'atmosphère n'était plus à la joie. Rusty, Valentine et Ellen essayèrent bien de batailler avec des boules de neige; elles y renoncèrent vite. Il fut aussi question d'atteler un des chevaux de l'écurie à un vieux traîneau qui se trouvait dans le garage : l'initiative fut bientôt abandonnée elle aussi.

Marius Carlo s'installa dans la salle de musique. La cigarette au coin des lèvres, un œil fermé pour éviter la fumée, il joua dans un style caricatural des airs d'opéra sur le grand piano à queue, les entremêlant de furieux arpèges; il s'arrêtait souvent pour remettre de la glace dans son verre de whisky. Assise dans un coin et sourde aux sarcasmes musicaux de Carlo, Olivette Brown lisait un livre qu'elle avait déniché dans la bibliothèque, *Les merveilles du Monde invisible*, de Cotton Mather. Deux personnages assez curieusement harmonisés.

Dan Freeman, le Dr Dark et Mr Gardiner firent une promenade dans les bois derrière la maison. Ils se prirent à discuter chaudement les mérites de deux best-sellers du moment, *Le livre de San-Michele*, par Axel Munthe, et l'*Art de Penser*, de l'abbé Dimnet, ouvrages qui, en temps normal, n'eussent pas prêté à controverse entre eux.

Dans la bibliothèque, Craig et Payn parlaient du président Hoover et de sa politique. Un sujet brûlant, en général, mais aujourd'hui, le fameux krach de Wall Street n'excitait guère la verve de l'avoué et les arguments de Craig, en faveur d'une saine politique financière que l'entourage du président n'avait pas su mener, manquaient de conviction.

Le dîner de Noël, servi à 5 heures, n'éclaircit pas l'atmosphère. Tous semblaient à l'écoute, au moins d'une oreille, en prévision d'un pas de fantôme, à l'étage supérieur. Malgré les efforts de Rusty et d'Ellen, la conversation languissait, les silences succédaient aux silences.

– On dirait une veillée funèbre! s'écria John à la fin du repas, en jetant sa serviette. Allons prendre le café et les liqueurs dans le living-room. La radio nous ranimera, le programme peut être amusant...

– Nous pourrions prendre l'oncle Don à 6 h 30, dit Marius, faussement innocent. Mais des intellectuels et des artistes de haut vol tels que vous préféreront sans doute Amos et Andy, à 7 heures, ou les chanteurs de charme, à 8 h 30? N'hésitons pas à écouter cet admirable instrument de culture.

Mais ils n'entendirent la radio que beaucoup plus tard, cette nuit de Noël, car un nouveau mystère les attendait dans le living-room.

Sous l'arbre reposait un grand paquet enveloppé de papier métallique, rouge et vert, et ficelé avec un ruban doré. Une carte, en forme de Père Noël, portait en guise de signature et tapé à la machine, le nom « John Sebastian ».

– Voici du nouveau, dit John en riant. Qui est le discret donateur?

Il tourna le paquet en tous sens, en quête d'une indication, mais sans succès. Un froid envahit la pièce.

– Bah! fit John, soudain. On a la gentillesse de m'adresser un cadeau et nous restons là en arrêt comme s'il s'agissait d'une machine infernale!

Il arracha le papier qui entourait une boîte blanche. Soulevé, le couvercle laissa voir un certain nombre d'objets, tous enveloppés de papier de soie rouge. Sur le tout, une carte blanche, sur laquelle se détachait un texte dactylographié.

> La première nuit de Noël,
> Votre cher amour vous envoie
> Un b o e u f en bois de santal
> Dans un emboîtage de saison,
> Une m a i s o n inachevée
> Pour accueillir une prochaine épousée,
> Un c h a m e a u gris et blanc
> Avec une peau d'émail.

– Que diable! dit John. Cela ne signifie rien.

– C'est absurde! s'écria Ellen.

Ellery dit soudain :

– Puis-je voir, John?

Tous s'approchèrent pour lire ces étranges vers de mirliton.

– « Votre cher amour », répéta Ellery. Cela semble vous désigner, Rusty. Etes-vous l'expéditrice?

– Non, répondit la jeune fille. D'ailleurs, je signe

toujours de mon nom, c'est une faiblesse bourgeoise à laquelle je tiens.

– Vous, Mr Craig?

– Non, non!

– Voyons ces objets, John, dit Ellery avec calme.

John prit la boîte et la posa sur la table du living. Avec grand soin, il en sortit l'objet placé sur le dessus, puis il arracha le papier de soie, violemment.

C'était une petite sculpture en bois de santal brillant, représentant un bœuf aux cornes finement incurvées, posé sur un socle de bois.

– Cela me semble provenir d'Extrême-Orient, murmura Ellery.

– Des Indes, plutôt, dit Rusty.

Ellery retourna le petit objet brun et il fit un signe d'assentiment : les mots *Made in India* étaient gravés sur la base.

– Voyons le suivant, John.

John prit l'objet plus volumineux, mais ce fut Ellery qui ôta le papier de soie, cette fois-ci.

C'était une maison, un genre de maison de poupée rudimentaire, construite assez ingénieusement avec de très petits blocs peints en rouge, pour évoquer la brique. Fait de minuscules fragments d'ardoise, le toit, posé sur l'étage supérieur, était un peu de travers. Ellery l'ôta, révélant de petites chambres séparées par des couloirs et desservies par un escalier qui grimpait du rez-de-chaussée.

– Une maison non terminée, fit remarquer Ellery. Une petite porte manque ici, à l'étage supérieur et, en bas, sur le mur extérieur, on a oublié une fenêtre.

– Que signifie? demanda Ellen.

Ellery haussa les épaules. La maison de poupée n'était pas meublée et ne portait aucune marque, aucun nom de fabricant.

– Voyons le dernier objet, John. Le chameau, sans doute?

En effet, c'était un tout petit chameau à deux bosses, assez lourd, fait de quelque alliage analogue à celui des soldats de plomb d'autrefois et revêtu d'une couche d'émail gris et blanc; comme la maison, le chameau ne portait aucune marque d'origine ou de fabricant.

– Méditerranéen, sans doute, dit Rusty.

– Asiatique, plutôt, rectifia Ellery. Le chameau à deux bosses vient de la Bactriane, non de l'Arabie. Je suppose, néanmoins, que l'origine de ces objets n'a guère d'importance, bien que l'envoyeur se soit donné un grand mal en vue de son dessein. Que signifie la juxtaposition de ces trois objets? Je me le demande...

– De la loufoquerie, enchaîna aussitôt le Dr Dark.

– Je ne le crois pas, docteur, car le poème me paraît l'œuvre d'un cerveau lucide. A propos, l'un de vous a-t-il déjà vu un de ces objets?

Tous répondirent négativement.

– C'est incompréhensible! dit John avec colère.

– Non! s'écria Olivette Brown. Des influences sont à l'œuvre. Je ne vois pas tout encore, mais le chameau... aux Indes, aucun fantôme ne passera le seuil d'une maison si des os de chameau sont enterrés dessous... et il y a aussi une maison... et le bœuf ne porte-t-il pas la marque « Made in India »?

– Voilà qui est un peu compliqué, Mrs Brown, murmura Ellery. Voyons... Deux de ces objets représentent des animaux, le troisième une maison. Le matériau varie : du bois pour le bœuf et la maison, du métal émaillé pour le chameau. Leur taille est fantaisiste, le bœuf est plus grand que le chameau, la maison est à une échelle différente. Les couleurs? Du brun, du rouge, du noir, et du blanc, du gris et du blanc. A mes yeux, ces objets n'ont rien de commun entre eux si ce n'est qu'ils ont été offerts à John par un donateur inconnu et pour une raison qui l'est encore davantage. Avez-vous une explication à nous proposer, John?

– Ciel, non! répondit John. Mais je commence à trouver la plaisanterie désagréable.

– Ce n'est sans doute qu'une plaisanterie de mauvais goût, dit Rusty, prenant son bras. N'ayez pas l'air grave, mon chéri!

– Le bœuf! s'écria sa mère. Le Taureau, l'un des signes du Zodiaque! Lequel d'entre nous est Taureau? Mais vous, Mr Craig!

L'hôte barbu parut gêné.

– Sans doute, Mrs Brown, mais je puis vous assurer...

Rusty dit vivement :

– Mère, ne soyez pas sotte.

– C'est lui qui l'est.

– Ellery, dit Ellen, les mots du texte représentent peut-être une indication.

– J'avoue ne pas l'apercevoir. L'auteur s'est évidemment basé sur cette vieille ballade anglaise – comment s'appelle-t-elle? Tiens, tiens... Parbleu! « *Les douze jours de Noël.* » Dès le début de ces mystères, j'avais fait observer à Ellen la curieuse récurrence du nombre douze. Notre groupe se compose de douze personnes réunies à l'occasion de ce que nous appelons les douze jours de Noël, et ces douze personnes représentent les douzes signes du Zodiaque. Est-ce une coïncidence? Là-dessus, arrivent les cadeaux, et avec eux une parodie du Noël anglais connu sous le nom des « Douze jours de Noël ». Vous vous rappelez l'original? « *Le premier jour de Noël – mon cher amour m'a envoyé – un perdreau sur un poirier. Le second jour de Noël – mon cher amour m'a envoyé – deux tourterelles et un perdreau dans un poirier.* Et ainsi de suite. Le troisième jour, « *trois poules françaises* » viennent s'ajouter aux deux tourterelles et au perdreau dans le poirier; le quatrième jour, ce sont « *quatre oiseaux piaillants* » et cela continue ainsi, chaque élément nouveau étant suivi par une répétition de tous les précédents, jusqu'au finale : « *quatre hommes qui battent du tambour.* »

– Charmant, dit une voix. Et alors?

– Je n'en sais rien, Marius, dit Ellery qui n'eut pas besoin de se retourner pour l'identifier. Nous nous trouvons au commencement de quelque chose, c'est certain. La chanson n'aurait pas servi de modèle si celui qui s'en est inspiré n'avait pas l'intention d'aller jusqu'au bout.

– « *O jour heureux, O jour de joie* », dit John. Est-ce cela?

– Je l'ignore aussi. Dispenser la joie n'est probablement pas le but de notre inconnu. Malgré l'apparence de loufoquerie, je crois, John, que vous devriez prendre les faits au sérieux, car on ne se donne pas tant de mal pour une simple plaisanterie; ou, si c'en est une, son but me paraît d'une alarmante obscurité.

Personne ne trouva rien à répondre. Ellery agita la carte blanche.

– ... Il nous reste à étudier cette parodie pour en découvrir les différences avec l'original. Sur cette carte, les espaces ménagés entre les lettres des mots *bœuf*, *maison* et *chameau* semblent destinés à attirer l'attention, à souligner le caractère particulier de chaque présent.

» Voyons les différences avec la ballade. Dans celle-ci, il est dit que « *Mon* cher amour *m'a* envoyé ». Sur la carte nous lisons « *Votre* cher amour *vous* envoie », ce qui désigne John. A la troisième ligne, le perdreau dans le poirier devient – Dieu sait pourquoi – « *Un bœuf en bois de santal* », ensuite le rimailleur ajoute gratuitement deux éléments absents de l'original, même numériquement, la « *maison inachevée* » et « *le chameau gris et blanc* ». Des absurdités, direz-vous? Néanmoins, quelqu'un s'est donné le mal de réunir ou de fabriquer ces objets, de les envelopper, d'écrire un poème en vers de mirliton, de présenter le tout comme un cadeau de Noël, puis de se cacher dans quelque recoin du labyrinthe où nous sommes, jusqu'au moment propice, lui permettant de descendre sans être vu pour déposer la boîte sous l'arbre de Noël. Nous sommes quinze dans la maison, en comptant les trois domestiques, nous circulons de manière imprévisible; arriver sans encombre jusqu'à l'arbre était fort risqué, l'inconnu voulant rester invisible, du moins dans le rôle qu'il joue au cours de cette espèce de jeu du chat et de la souris. Non, les absurdités sont superficielles... Qu'est ceci?

Machinalement, il avait retourné la carte et regardait attentivement des marques au verso.

Tous se pressèrent autour de lui, un petit groupe que la frayeur gagnait. Sous son fard, le teint de Mrs Brown avait verdi, malgré son intimité avec le monde des esprits.

Les marques étaient tracées au crayon.

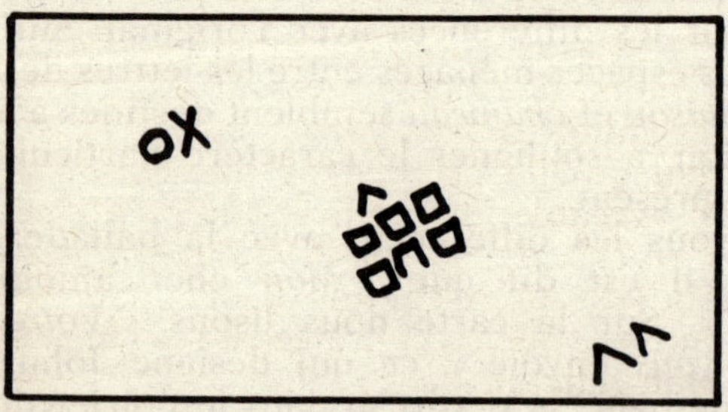

– Le mot *ox* (1), murmura Freeman, est fort clair, mais que je sois damné si je comprends le reste. Mes excuses, Mr Gardiner!

– Je vous en prie, dit le vieux prêtre, avec un

(1) *Ox* veut dire bœuf, en anglais *(N.d.T..)*

geste plein d'onction. Je suis probablement plus au courant de la damnation que n'importe lequel d'entre vous. C'est passionnant!

– Ces deux griffonnages en bas, dit le Dr Dark; on dirait les deux bosses du chameau!

– Et le dessin du centre, murmura Mr Gardiner, peut représenter la maison avec la fenêtre manquante et le faîte du toit.

– Oui, dit Ellery, ces marques se rapportent certainement aux trois cadeaux contenus dans la boîte – le chameau étant seulement commencé, comme si le dessinateur avait été interrompu, ou pour quelque raison n'avait pu terminer le croquis. Je crains de ne pouvoir aller plus loin pour l'instant, ajouta-t-il en hochant la tête, mais je prédis d'autres « cadeaux » de cette sorte, peut-être une boîte à l'occasion de chacune des douze nuits de Noël. Encore une série de douze... Douze cadeaux pour vous, John.

– Qu'il aille au diable, ce cinglé, quel qu'il soit! dit le jeune homme. J'en ai plein le dos, de ces imbécillités. Quelqu'un viendra-t-il avec moi jusqu'à la ville?

Seule, Rusty accepta. Tous deux endossèrent de gros sweaters, des bottes, et quittèrent la maison. Quelques minutes plus tard, Marius et Valentine décidèrent qu'une promenade dans la neige pourrait être agréable, en somme; Ellery les vit partir sur les traces de Rusty et John. Mais le sens ésotérique du nombre douze occupait trop son attention pour qu'il en envisageât les conséquences sur le plan humain.

Notre héros eut soudain conscience d'une présence.

– Puis-je interrompre vos pensées? demanda Ellen.

– Volontiers, d'autant plus qu'elles brillent par

leur absence, grommela Ellery. Excusez-moi, je manque un peu de galanterie. Où sont-ils, nos amis?

– Les uns jouent au bridge, les autres écoutent la radio. Ne l'entendez-vous pas?

– Je l'entends maintenant. Asseyez-vous près de moi, Ellen, ajouta-t-il en lui faisant place sur le canapé, devant le feu. Que pensez-vous de tout ceci?

– Rien, mais j'ai peur.

– John a-t-il des ennemis? En connaissez-vous?

– Des ennemis? répéta la jeune fille, surprise. C'est inimaginable! John est gai, charmant, a du talent, je suis convaincue qu'il n'a jamais marché sur les pieds de personne.

Ellery fit un signe d'assentiment, bien qu'il ne partageât pas entièrement l'opinion d'Ellen sur le pupille de son oncle. Il avait vu John manquer de charme dans certaines réunions de Greenwich Village et laisser voir, sous des dehors poétiques, un côté dur, obstiné, que la jeune fille n'apercevait pas ou ne voulait pas connaître. John a fort bien pu écraser les pieds de quelqu'un, songea Ellery, et dans ce cas il l'aura fait implacablement.

– Et Marius?

Ellen eut un geste de surprise.

– Marius est le meilleur ami de John.

– Il a une curieuse manière de le montrer. Est-il épris de Rusty?

Ellen examina les flammes.

– Pourquoi ne le lui demandez-vous pas?

– Je le ferai peut-être.

– En attendant, mon cher, permettez-vous à une simple diplômée des Beaux-Arts de vous suggérer un détail qui semble vous avoir échappé?

Ce fut au tour d'Ellery de s'étonner.

– Echappé?

– La carte est dactylographiée, ce qui suppose une machine à écrire. Vous l'avez dit vous-même, l'expéditeur est probablement sur place, dans une cachette d'où il mène les opérations. Il peut avoir tapé la carte dans la maison aussi. Si vous trouviez la machine...

– Bien sûr! J'étais tellement empêtré dans la fantaisie que je n'y pensais pas. Combien y a-t-il de machines à écrire, ici?

– Deux. L'une se trouve dans la bibliothèque de l'oncle Arthur, l'autre dans l'ancienne chambre de John.

– Allons voir.

Ils abandonnèrent le canapé et se dirigèrent vers la bibliothèque. Les joueurs de bridge ne levèrent pas les yeux; dans un coin de la pièce, le révérend Gardiner et Mrs Brown écoutaient la radio avec une attention passionnée. Ellery consulta sa montre-bracelet.

– 10 h 40. Ils sont tous trop absorbés par leur plaisir pour s'occuper de nous. Après vous, Ellen.

Les deux jeunes gens se glissèrent dans la bibliothèque et Ellery ferma doucement la porte. S'étant approprié la fameuse carte, dans la boîte adressée à John, notre héros pria Ellen d'en taper une copie sur la vieille machine à écrire de Craig, ce qu'elle fit aussitôt. A la lumière de la lampe de bureau, Ellery compara ensuite la copie et l'original.

– Non, dit-il. Cette machine est vieille, nombre de lettres sont usées ou pas à l'alignement. Rien de tel sur la carte qui a dû être tapée sur une machine plus moderne et, en outre, d'une autre marque. Examinons celle de John.

Ils gagnèrent le hall sans se faire remarquer, montèrent vivement l'escalier. Leur incursion dans la chambre de John dura trois minutes : la carte n'avait pas été tapée sur sa machine non plus.

– Vous êtes certaine, Ellen, qu'il n'y a pas d'autre machine?

– Je n'en connais pas d'autre.

– Il faut néanmoins nous en assurer. Non, je vais

m'en occuper : descendez, allez retrouver les bridgeurs.

Ellen secoua ses cheveux blonds.

– N'essayez pas d'aggraver mes craintes, je ne suis déjà pas rassurée. Nous faisons équipe, n'est-ce pas?

Elle avait donc compris sa décision de procéder à de nouvelles recherches. Ellery lui serra la main en riant et l'entraîna.

Mais ils ne trouvèrent rien : ni troisième machine à écrire ni Père Noël.

Avant de se mettre au lit, Ellery tira de sa valise un agenda, don de son père l'inspecteur à l'occasion de Noël; un agenda de 1930, dont les premières pages blanches étaient consacrées à la dernière semaine de 1929. Tenir son journal au jour le jour était un vice ancré chez lui et il lui sembla utile de prendre des notes en vue d'événements qui semblaient devoir présenter un caractère de complexité.

Ellery data la première page : *Mercredi 25 décembre 1929*, et écrivit pendant une demi-heure, en caractères minuscules.

Puis il se coucha et rêva de bœufs, de chameaux, de tourterelles et aussi d'un pur et malicieux visage, celui d'Ellen Craig.

4

La seconde nuit : Jeudi 26 décembre 1929.

Où le mystérieux plaisantin joue un jeu tragique et où le pupille de l'hôte reçoit un nouveau et surprenant cadeau.

Le ciel était gris, jeudi matin, et la température plus élevée. Par une curieuse inconséquence, les invités et l'hôte firent preuve d'une excellente humeur, lorsqu'ils se retrouvèrent dans la salle à manger pour le petit déjeuner.

– A-t-on déjà regardé sous l'arbre? demanda Valentine Warren, dramatique.

Elle portait un plaid de couleurs vives, bleu, vert et beige, qui accentuait sa pâleur et attirait tous les regards sur les lèvres violemment fardées de rouge.

– M'acceptez-vous pour compagnon, miss Warren? demanda Roland Payn, galamment. Allons voir.

L'homme de loi soupesait Valentine avec l'attention d'un commissaire-priseur.

Les longs cils de la blonde balayèrent ses joues.

– Je serais ravie, Mr Payn...

– Val est capable de tout, dit Marius, la bouche pleine de jambon. Je parie ma chemise qu'elle lui fait des avances au cas où il aurait un client parmi les producteurs de Hollywood.

– Salaud! dit Rusty, aimablement. John, croyez-vous qu'il y ait quelque chose?

– Sous l'arbre? Je l'ignore, ma chère, et je m'en moque.

– Val et Payn ne trouveront rien, il est trop tôt, dit Ellery. La carte d'hier soir disait : La première *nuit* de Noël. La concordance de temps et de lieux fait sans doute partie de ce petit jeu.

– Alors le type sera obligé de déposer des présents sous mon nez, dit Marius Carlo. La radio donne ce soir des extraits d'*Aïda* avec Rethberg, et Lauri-Volpi qui chante Radamès. Je ne manquerais pas l'émission pour un empire.

Ellen interpella Valentine qui revenait.

– Eh bien?

– Rien, dit Valentine avec une moue.

– Sinon quelques pommes de pin, ajouta l'avoué chenu qui emmena la blonde à l'écart. Parlez-moi un peu de vous, miss Warren. J'ai quelques amis sur la côte, ils ont de l'influence...

– Puis-je faire observer, dit Marius à la cantonade, qu'un relent de bouc lascif vient s'ajouter à ma prétendue saloperie?

– En tout cas, Mr Payn est un gentleman, remarqua Olivette Brown, sèchement.

– Un gentleman-bouc, enchaîna Marius, même un poétique gentleman-bouc, puisqu'il exerce ses talents sous le signe du Capricorne, n'est-ce pas, Mrs Brown? Bref, l'emploi du temps de Payn étant assuré pour la journée, comment allons-nous embellir les heures qui suivent?

L'exaspération de Mrs Brown fit place à l'espoir.

– J'ai ma planchette, la voici...

Tous prirent la fuite. Jusqu'au déjeuner, le rez-de-chaussée resta donc vide, à l'exception de Mrs Brown, araignée à l'affût; elle-même fit quelques sorties occasionnelles dans l'espoir de trouver une victime.

Ensuite tous s'en furent dans le living-room et s'y installèrent confortablement, envahis par la douce torpeur consécutive à un bon repas et engourdis par le feu de bois qui brûlait dans la cheminée. Aussi la découverte, quand elle se produisit, fit l'effet de la foudre tombant sur un pique-nique.

Cet honneur revint à John Sebastian. Craig l'avait envoyé dans la bibliothèque pour y prendre une première édition de Poe qu'il désirait montrer à Dan Freeman. John resta dix secondes dans la pièce et en sortit vivement avec des gestes désordonnés.

– Arthur... Il y a un homme mort, là...

L'extraordinaire nouvelle créa un vide. Puis Craig dit, d'une voix blanche :

– Quoi, John? Qu'as-tu dit?

– Un homme mort. Quelqu'un que je n'ai jamais vu.

Dans la bibliothèque, le vieillard décharné gisait sur le ventre, la tête tournée de côté et la bouche entrouverte; ses traits exprimaient la lassitude, comme s'il était mort résigné, non révolté. Le manche d'un poignard en bronze émergeait d'une tache sombre entre ses omoplates, évoquant l'anthère d'une fleur fanée.

– Mon poignard! articula Craig, non sans difficulté. Pris sur le bureau, là... une arme étrusque dont je me sers comme coupe-papier.

– Un poignard étrusque, répéta Dan Freeman. Je parie qu'il a déjà tâté du sang.

– Je vous en prie, dit Ellery. Que personne ne franchisse le seuil, sauf le Dr Dark. Voulez-vous entrer, docteur?

Le gros homme pénétra dans la pièce; les autres restèrent dans l'embrasure de la porte, trop stupéfaits pour être transis d'horreur.

– Depuis quand est-il mort? demanda Ellery. Pouvez-vous me le dire, même approximativement, sans le bouger?

Le Dr Dark porta un mouchoir à son front moite. Puis il s'agenouilla et palpa le corps.

– Depuis deux heures, au plus, dit-il enfin en se redressant.

Ellery fit un signe d'acquiescement et se pencha sur l'inconnu. Le Dr Dark rejoignit ses compagnons.

Le vieillard assassiné présentait un aspect informe et misérable qu'on ne pouvait imputer exclusivement à la mort. Son costume gris était très usé, le manteau de tweed aussi; le feutre, l'écharpe de mauvaise laine et les gants étaient à la limite, les souliers nécessitaient un ressemelage.

Sur le crâne livide, quelques touffes de cheveux décolorés. Une petite coupure, sous l'oreille : en se rasant, la main du pauvre hère avait dû trembler.

– Quelqu'un le connaît-il? (Personne ne répondant, Ellery insista :) ... Voyons, quelqu'un doit bien le connaître. Mr Craig?

– Il m'est absolument étranger, Mr Queen, répondit l'hôte.

Ellery posa ensuite la même question à Payn, Freeman, Marius : tous nièrent avec un réel accent de sincérité.

– ... Que diable, on arrivera bien à l'identifier! Nous verrons, ensuite... Qui l'a fait entrer dans la maison?

Nouveau silence.

– ... Voilà qui devient ridicule! dit Ellery. Il ne s'est pas matérialisé dans la bibliothèque de Mr Craig comme un djinn ou un ectoplasme de Mrs Brown! Ses souliers sont secs, donc il est dans la maison depuis quelque temps. Felton? Vous êtes là? Est-ce vous qui l'avez introduit?

– Non, monsieur!

– Mrs Jansen? Mabel? (Alors Ellery dit, d'une voix détachée :) Il faut téléphoner à la police, Mr Craig.

Alderwood comptait quatre agents de police, sous les ordres de leur chef, Brickell, qui occupait ses fonctions depuis vingt ans. Une petite pièce sombre, dans un coin de la mairie, servait de bureau; dans le sous-sol, deux cellules aux barreaux rouillés abritaient occasionnellement des pochards, le samedi soir. Mais le plus clair des occupations du chef consistait à dresser des contraventions aux automobilistes délinquants qui se fourvoyaient dans les parages.

En entrant, il s'écria :

– Bon Dieu, comment avez-vous fait, Mr Craig, pour qu'on fourre un homme assassiné dans votre maison?

– Comment voulez-vous que je le sache, Brick? rétorqua Craig.

Par où commencer? Le policier l'ignorait visiblement. Il se borna à regarder le corps, en répétant : « Un coup dans le dos, hein? », pendant que son visage tanné verdissait à vue d'œil. Apprenant que les personnes présentes ignoraient l'identité de la victime, Brickell parut soulagé.

– Alors, il n'y a pas lieu de trop se préoccuper. C'est sans doute un vagabond, entré avec un copain pour voler; ils se seront bagarrés et l'autre lui a flanqué un coup de poignard dans le dos avant de mettre les voiles. Cela expliquerait tout.

– Certes, murmura Ellery. Mais nous n'avons aucune preuve, chef. Ne pensez-vous pas qu'il vaudrait mieux approfondir davantage? Je serais heureux de vous aider.

– Vous êtes du métier?

– Non, mais j'ai quelque expérience en la matière.

– Je vous présente Ellery Queen, Brick, dit John. Son père est l'inspecteur Queen, de la police de New York. L'année dernière, Ellery résolut le crime sensationnel qui émut New York, l'assassinat de Monte Field, au Théâtre Romain.

– Oh! dit Brickell qui serra chaleureusement la main de notre héros. Enchanté de faire votre connaissance. Avez-vous une suggestion à faire?

– Je préviendrais la police du comté, chef.

– Pour leur passer nos embêtements, hein? Puis-je me servir de votre téléphone, Mr Craig?

– Bien sûr.

– A propos, Brickell. Vous me permettez de jeter un coup d'œil sur le corps, pendant que vous téléphonez?

– Certes!

– J'entends mon père d'ici, dit Ellery à voix basse lorsque le policier se fut éloigné. Laisser à un suspect le soin d'examiner le corps, en premier!

Lorsque Brickell revint, il constata qu'Ellery avait retourné les poches du mort.

– Elles ont toutes été vidées, dit notre ami. Ni

portefeuille ni papiers. Pas de clés, de bijoux, d'argent, même pas de mouchoir. Pour rendre la situation encore plus intéressante, toutes les étiquettes de ses vêtements ont été ôtées, même la bande de cuir, à l'intérieur de son chapeau. L'assassin ne veut pas qu'on reconnaisse cet homme, ce qui rend la question de son identité d'autant plus importante. Y a-t-il un médecin légiste à Alderwood?

Le Dr Dark nomma le Dr Tennant.

– Il serait bon de lui faire signe, chef.

– Oh! Bien sûr, répondit Brickell qui partit vivement, laissant derrière lui une zone de silence.

– Le Père Noël d'hier matin, dit Rusty, soudain. Serait-ce lui?

– Non, répondit Ellery. Cet homme est petit, alors que notre ami le Père Noël était plus grand que moi et je mesure 1,82 m. Il avait la taille de John. Vous faites 1,88 m?

– 87.

Le silence retomba, puis on entendit Valentine Warren s'écrier d'une voix de folle :

– Deux inconnus, l'un disparaît, l'autre est assassiné. *Deux* fantômes! Qu'est-ce que ça veut dire?

Personne ne répondit, pas même Olivette Brown.

L'arrivée du lieutenant Luria, de la police du comté, assainit l'atmosphère. Jeune, très calme, il prit l'affaire en main avec assurance, donnant des ordres précis à ses subordonnés et aux spécialistes du laboratoire criminel. Puis il s'assit et posa des questions.

A ses yeux, tous étaient suspects. Ellery y compris : dès le début, ce fut évident. Notre héros montra ses papiers, mais Luria ne se tint pas pour satisfait et appela l'inspecteur Queen, dans son bureau officiel à New York, pour obtenir confirmation.

– L'inspecteur désire vous parler, dit Luria en lui passant l'appareil.

– Dans quel nouveau pétrin t'es-tu fourré, mon fils? demanda l'inspecteur Queen, prêt à tout entendre.

– Je l'ignore, papa.

– Tu ne peux pas parler, hein? Dis-moi l'essentiel : tu n'as rien à te reprocher?

– Absolument rien.

– Tu veux que je vienne?

– Inutile, dit Ellery en raccrochant. Comment puis-je vous aider, lieutenant?

– Dites-moi tout ce que vous savez.

Ellery lui parla de l'éphémère Père Noël, des étranges cadeaux, de ses vaines recherches dans les ailes inhabitées et enfin de la découverte du mort. Le lieutenant Luria ne sembla guère troublé.

– Le Père Noël et ce paquet sentent la farce, Queen, et ne me paraissent pas correspondre au crime. Les deux peuvent être distincts.

– Je ne le crois pas.

– Quel rapport voyez-vous?

– Je ne vois rien pour l'instant.

Luria haussa les épaules.

– Nous fouillerons la maison à fond pour trouver votre Père Noël. En ce moment, le cadavre m'intéresse davantage.

Il se tourna vers le médecin légiste, un homme chauve aux yeux globuleux, portant un pince-nez retenu à son cou par un ruban de moire; un vrai type de médecin campagnard. Il se relevait, l'examen terminé.

– Eh bien, docteur?

– Je ne peux vous apprendre grand-chose, lieutenant. La mort remonte à trois heures, environ; elle a été évidemment causée par le coup de poignard dans le dos. Je ne vois pas d'autres blessures, aucune contusion sauf une légère ecchymose au front, probablement due à sa chute. Son âge, entre soixante-cinq et soixante-dix ans.

– Des cicatrices? Rien qui puisse aider à l'identifier?

– A première vue, rien.

– Et ses dents?

– Ce sont les siennes. Pas d'appareil dentaire. Quelques molaires manquent, mais je doute que ce fait présente de l'intérêt; des extractions anciennes, à mon sens.

– Merci, docteur, dit le lieutenant Luria. Nous allons l'emmener à la morgue et nous le ferons examiner de plus près. Vous en avez terminé avec les photos, les gars?

Le Dr Tennant parti, les policiers emportèrent le corps. Luria se tourna soudain vers Ellery.

– Un vieux bonhomme arrive ici, pendant les fêtes de Noël. Personne ne le connaît, on ne sait ce qu'il veut, comment il a pu entrer dans la bibliothèque et s'y faire assassiner; pour ajouter du piment au mystère, tous ses papiers, toutes les marques de ses vêtements ont disparu. Avez-vous une idée, Queen?

Ellery regarda sa cigarette.

– Vous me voyez embarrassé, lieutenant. Etant l'invité de Mr Craig...

– Vous ne pouvez rien dire?

– Néanmoins, il s'agit d'un crime. Dans ces conditions... Quelqu'un ment, c'est probable, l'un de nous connaît cet homme, l'a fait entrer au cours de la nuit, peut-être; il aurait pu, aussi, rester caché dans ce labyrinthe, là-haut, pendant des semaines. Je ne peux m'empêcher d'établir un lien entre la victime et le Père Noël qui, je le *sais*, était caché ici. Nos deux inconnus ont même pu arriver ensemble.

Le lieutenant émit un grognement.

– Trouvons le Père Noël, reprit Ellery, s'adressant à sa cigarette, sinon tout dépendra d'une identification du corps. Le fait de savoir qui était cet homme démasquerait l'assassin : c'est évidemment ce qu'il redoute.

– Vous avez procédé à un sérieux examen, je le sais, dit Luria. Ce Brickell! Qu'avez-vous à m'apprendre?

– Pas grand-chose. A moins que ses vêtements n'aient été choisis pour nous induire en erreur, c'était un homme d'un bon milieu, tombé dans un état misérable et qui se défendait de son mieux. Son costume et son manteau sont assez propres, reprisés avec soin; mais lorsqu'on a pu s'offrir des vêtements de cette qualité, on ne porte pas un feutre « habillé » avec un pardessus de tweed, à moins de n'avoir plus qu'un seul chapeau dans sa garde-robe. Ce n'était pas un travailleur manuel...

– Vous aviez remarqué ses mains, dit Luria en souriant.

– Bien sûr. Pas de cals, pas d'ongle abîmé, la paume douce. Des mains sensibles, celles d'un homme qui exerce une profession libérale, d'un artiste, peut-être d'un musicien...

Ellery s'interrompit et les deux enquêteurs se regardèrent.

– Les beaux esprits se rencontrent, dit Luria, souriant encore. Que savez-vous au juste de ce Marius Carlo?

Mais les efforts de Luria restèrent vains. Il interrogea Carlo, Val Warren, Payn et les autres – sans oublier Gardiner et Mrs Brown qui passa l'après-midi dans une sorte de transe. Son carnet se trouva bourré de notes insignifiantes, concernant leur emploi du temps pendant la matinée.

– La femme Brown a pu observer la porte de la bibliothèque toute la matinée, dit le lieutenant à Ellery. Si je l'ai bien comprise – je n'en suis pas sûr – elle n'était pas en communication avec les esprits, c'est pour cette raison qu'elle n'a pas vu l'assassin entrer ou sortir. Que signifie ce jargon?

– Pas grand-chose. Non seulement l'assassin, mais également la victime sont passés près d'elle : elle sommeillait donc, ou elle est sortie de la pièce aux moments essentiels.

– Pourquoi reste-t-elle ainsi à regarder dans le vide avec des yeux exorbités, comme si elle venait de perdre sa culotte en grimpant à un mât de cocagne?

– Elle se fie à ses dons de voyance pour découvrir l'assassin. Mrs Brown a une ligne directe avec l'au-delà; en somme, elle est un peu cinglée.

Les recherches entreprises dans la maison par Luria et ses hommes furent également stériles; ils ne trouvèrent rien, pas même des traces.

– J'y pense soudain, dit Ellery. Quelqu'un se cache ici, nous le supposons du moins. Or, il est bien obligé de manger.

– Bonne idée!

Le lieutenant questionna la cuisinière de Craig au sujet de ses provisions, mais là aussi sans succès.

– J'ai tant de monde à nourrir, dit Mrs Jansen, tant de victuailles passent par mes mains! Trois repas par jour à assurer! Comment voulez-vous que je m'y retrouve? Bien sûr, la nourriture disparaît, parfois. Dans le gosier de Mr John, surtout. Il a toujours fait des repas sur le frigidaire, quoique cela ne le fasse pas engraisser, le pauvre!

Avant son départ, Luria rassembla toute la compagnie dans le living-room, les domestiques y compris.

– Je crois utile de nous mettre d'accord, dit-il avec calme. L'affaire est insolite et je vais la mener d'une façon inhabituelle.

» Un homme a été assassiné ici, ce matin. D'après vos déclarations, il vous est inconnu. Je ne le conteste pas, j'ai vu plus étrange. En somme, Brickell peut avoir eu raison : deux voleurs se seraient introduits ici; au cours d'une dispute, l'un d'eux aurait poignardé l'autre avant de s'enfuir.

Aucune preuve n'étaye cette théorie. Rien n'a été volé, d'après Mr Craig qui a vérifié la présence des livres rares dans sa bibliothèque. On n'a vu personne s'enfuir, etc. Mais l'hypothèse Brickell peut néanmoins apparaître la bonne.

» D'autre part, continua Luria très aimable, le mort pouvait être en relations avec l'un de vous, ou même plusieurs d'entre vous. Le fait que tous les papiers d'identité, étiquettes, contenu des poches ont été enlevés semble nous orienter dans cette voie. Donc, il faut d'abord identifier la victime, ce qui prendra du temps.

Il jeta un regard sur les visages tendus.

– ... Il faut, par conséquent, reprit-il, que vous restiez à ma disposition, jusqu'à nouvel ordre. Je sais que votre réunion doit durer au delà du 1er janvier, peut-être un peu plus longtemps. Cela m'arrange, mais dix jours peuvent ne pas suffire. Dans ce cas...

La voix chaude et vibrante de Roland Payn s'éleva :

– Vous n'avez aucune preuve qui vous permette de nous retenir ici, vous le savez, lieutenant. Je compte rester jusqu'après le Nouvel An, mais qu'une affaire inattendue me rappelle à New York... Je pense traduire la pensée de tous en disant que nous sommes prêts à collaborer dans des limites raisonnables, comme nous l'avons fait pour nos empreintes digitales; mais pas au delà.

– Je comprends, dit Luria avec un léger sourire, vous me proposez un compromis?

– Comment?

– Nous pouvons nous mettre d'accord, j'y suis disposé. Aucun d'entre vous, je suppose, miss Warren moins que quiconque, ne tient à voir son nom en première page des journaux, à propos d'un assassinat?

– Ciel, non! fit Dan Z. Freeman avec un frisson.

– Je vois d'ici la tête de mon évêque! dit le vieux

Mr Gardiner, non sans une légère intonation de regret. En bon chrétien, néanmoins, mon devoir est de l'épargner.

– Continuez, lieutenant, dit Payn.

– Si vous me promettez de ne pas me chercher noise de ce que je vous aurai retenus ici, je m'efforcerai d'empêcher les journalistes de vous importuner. Je n'aurai qu'à me montrer vague sur l'endroit précis d'Alderwood où a été trouvé le corps. Mes hommes ne diront rien, je m'en porte garant. Je ne puis naturellement vous assurer que le chef Brickell ou le Dr Tennant se tairont.

– Il se trouve que je connais quelques petites histoires sur Tennant, dit le Dr Dark, et j'en fais mon affaire. Quant à vous, Arthur, votre qualité de notable devrait vous permettre d'obtenir la discrétion de Brickell.

L'hôte acquiesça.

– C'est chic de votre part, lieutenant. Vous êtes d'accord, Roland?

– Oui, répondit l'homme de loi.

– Alors c'est réglé, dit Luria. A propos, je laisse un de mes hommes ici, le sergent Devoe. Sergent?

– Oui, monsieur.

Un grand et beau gaillard entra dans la pièce, portant l'uniforme avec élégance.

– Rien de spécial, sergent. Faites le nécessaire, comme d'habitude. N'importunez personne.

– Entendu, monsieur.

– Fichtre! dit Valentine, en extase. Importunez-moi tant que vous voudrez, sergent!

Très déçue, elle vit le sergent Devoe partir avec son chef; au cours de la journée, il ne fit que de brèves apparitions.

Le dîner fut morose, la conversation languissante, l'image du vieillard assassiné planait lourdement sur la table. Après le repas, les convives s'assemblèrent dans le living-room. Aucune boîte ne se trouvait sous l'arbre de Noël.

– Si ces cadeaux et ces vers n'étaient qu'une blague, dit Rusty, la mort de ce pauvre vieux y aura mis fin.

– Je me demande qui c'était, dit Ellen, soucieuse.

– Qui c'est, rectifia Marius. N'oubliez pas, mon petit, qu'il est probablement encore ici.

Personne ne fit allusion au « Numéro Treize », ainsi qu'Ellen l'avait baptisé. Comment parler raisonnablement d'une pareille absurdité, la présence d'un inconnu dans la maison, se promenant au-dessus de leurs têtes?

Marius se rendit dans la salle de musique et joua une de ses compositions, une « Berceuse » percutante et tourmentée. Sans obtenir le moindre succès, Mrs Brown alla de groupe en groupe dans l'espoir de tirer d'éventuels horoscopes.

Assis très près l'un de l'autre devant l'un des bow-windows, sur le siège ménagé à cet effet, John et Rusty conversaient à voix basse. Ellen et Valentine obtinrent de Marius qu'il leur jouât de vieux noëls; elles les chantèrent joliment, mais sans grande conviction. Les hommes plus âgés parlèrent de livres, de pièces de théâtre, des ravages de la prohibition et même de sports; à la surprise générale, Mr Gardiner révéla qu'il était un passionné de base-ball, ce qui tonifia beaucoup le Dr Dark; pendant un bon moment, le prêtre et le médecin discutèrent avec passion de l'avenir de Babe Ruth, après ses peu brillantes performances de 1929.

Soucieux, Ellery resta seul avec ses pensées.

A 10 heures, Marius annonça que toute personne qui n'aimait pas la musique d'opéra avait la permission d'aller se coucher. Il tourna le bouton de la radio, exigea le silence et poussa des petits cris de plaisir quand la voix puissante de Lauri-Volpi, chantant *Céleste Aïda*, envahit la pièce. Pendant une heure, Marius Carlo leur imposa le silence, pour écouter Lauri-Volpi et Elisabeth Rethberg.

Mais le bonheur d'écouter la musique de Verdi ne devait pas durer longtemps pour le pauvre Carlo et il n'entendit pas la fin du programme. Car à 10 h 43, la haute stature du sergent Devoe s'inscrivit dans l'embrasure de la porte donnant sur le hall et sa voix de basse domina la radio.

– Connaissez-vous ceci, Mr Sebastian?

Sa grande main tenait un paquet de Noël.

Ellery s'élança sur la radio et la réduisit au silence.

– Bien sûr, il ne pouvait le poser dans cette pièce-ci, ce soir, il n'en a pas eu l'occasion, dit-il fiévreusement. Où l'avez-vous trouvé, sergent?

– Sur cette petite table, dans le hall. Je ne l'avais pas remarqué, lorsque je suis allé dîner à la cuisine. Ensuite, je suis sorti par la porte de service pour faire une ronde à l'extérieur. (Devoe regarda l'assemblée avec franchise.)... Personne n'a approché la maison... du dehors.

– Notre ami le père Noël qui recommence, dit Ellen d'une voix un peu aiguë.

– Voulez-vous me donner ce paquet, sergent? demanda Ellery.

– Il faut que je sollicite d'abord des instructions, Mr Queen.

– Bien, téléphonez à Luria. Dépêchez-vous.

Le sergent partit. Personne ne souffla mot. Lorsqu'il revint, il tendit le paquet à Ellery.

– Le lieutenant est d'accord, Mr Queen, mais il vous demande de l'appeler pour lui en révéler le contenu.

Le paquet se présentait de la même façon : même étiquette en forme de Père Noël portant le nom de « John Sebastian » tapé à la machine, même papier d'emballage en tissu métallique rouge et vert, même ruban doré.

A l'intérieur de l'emballage, la boîte blanche ressemblait à la première. Ellery souleva le couvercle, découvrit deux petits objets enveloppés de papier de soie rouge; sur eux reposait une carte portant des vers dactylographiés.

Ellery lut à voix haute :

La seconde nuit de Noël,
Votre cher amour vous envoie
Une p o r t e en bois de pin
Pour l'étage supérieur,
Une f e n ê t r e aux vitres teintées
Pour l'étage au-dessous.

– C'est insensé! s'écria le Dr Dark.

Ellery enleva les papiers de soie, découvrit d'abord une porte miniature en bois de pin, puis une toute petite fenêtre à la vitre teintée.

– John, dit Ellery, qu'avez-vous fait de la boîte d'hier soir, après que je l'eus montrée à Luria, aujourd'hui?

– Je l'ai mise dans ma chambre.

– Voulez-vous m'apporter la maison de poupée?

Pendant l'attente, personne ne broncha. Mais Val Warren se mit à rire et dit à Rusty, d'une voix caverneuse :

– Finie, la blague? Il me semble qu'elle commence!

Rusty ne répondit rien. John descendit l'escalier en courant et posa le jouet sur la table de réfectoire. Ellery prit la petite porte dans la nouvelle boîte et la glissa dans l'embrasure de porte qui se trouvait à l'étage supérieur de la maisonnette : elle s'adapta parfaitement. Il en fut de même lorsqu'il introduisit la fenêtre miniature dans son châssis, au rez-de-chaussée, là où manquait une fenêtre.

– Ellery, demanda Ellen qui semblait effrayée, y a-t-il des crayonnages derrière cette carte-ci?

– Non, répondit Ellery qui avait déjà vérifié.

– C'est de la folie! s'écria John. Qui diable agit ainsi? Et dans quel but? Même une sale blague en a un.

Ellery demanda au sergent le numéro de téléphone de Luria. A son retour, le romancier dit brusquement :

– C'est entendu, quelqu'un nous fait une farce. Ce serait l'œuvre d'un détraqué, Luria incline à le croire, comme John. Je ne suis pas d'accord; pour moi l'inconnu est parfaitement sain d'esprit et témoigne d'un acharnement meurtrier.

» Hier soir, John reçut une maison inachevée, ce soir il reçoit deux éléments qui la terminent, semble-t-il. J'ignore ce que cela signifie, mais je ne crois pas à l'épaississement de ce mystère : si les événements sont motivés rationnellement, ils devront devenir plus clairs à mesure que le jeu se poursuit. Voyons où nous en sommes. (Ellery se mit à marcher dans la pièce, s'adressant successivement au sol, au feu, aux poutres du plafond.) ... Le nombre des cadeaux est devenu maintenant un facteur variable : trois objets hier soir, deux ce soir. Attendons-nous donc à d'autres variations numériques. Ces variations internes n'affectent pas la probabilité externe, à savoir qu'il y aura douze groupes de cadeaux, un pour chaque nuit de Noël. Enfin le nombre total de cadeaux peut présenter un rapport significatif avec le nombre douze. Nous ne pouvons spéculer plus loin actuellement.

Son éditeur lui demanda, incrédule :

– Parlez-vous sérieusement, Queen?

Il regarda autour de lui en souriant timidement, comme pour gagner les autres à son incrédulité; mais personne ne sourit et notre héros se borna à répondre :

– Je joue le jeu, Mr Freeman, voilà tout.

L'un après l'autre ils montèrent se coucher. Ellery

et John Sebastian restèrent seuls dans le living-room.

Silencieux, les deux jeunes gens étaient assis devant le feu qui s'éteignait. John dit enfin :

– Cette sale histoire me dépasse complètement! (Puis il se leva et prépara deux whiskies; il tendit un verre à son compagnon et s'assit, tenant l'autre.) En somme, cette énigme est de votre ressort, Ellery. Vous me comprenez? Votre tour d'esprit subtil vous permet d'apercevoir ce qui reste caché au commun des mortels : en tout cas, telle est votre réputation. Comprenez-vous quelque chose à ce qui arrive?

– Non, John, pas pour l'instant. Il y a encore trop d'inconnues... (Il posa son verre.) ... Et vous? Etes-vous sûr de ne pas connaître un indice qui pourrait nous mettre sur la voie?

Le jeune poète eut un geste de surprise.

– Moi? Que voulez-vous dire?

– A ma connaissance, vous nous avez caché un élément d'information, au moins. Vous nous avez parlé de quatre événements à venir, le 6 janvier : vous héritez la fortune de votre père, votre livre est publié, vous épousez Rusty... quoi, ensuite? Le quatrième événement, avez-vous dit, serait une surprise. Laquelle?

John mordit sa lèvre inférieure.

– ... Cela pourrait concerner ces cadeaux, John.

– Je ne vois pas comment. En fait, je sais qu'il n'en est rien. Non, cela n'a aucun rapport avec ces boîtes de Noël.

– Et avec l'assassinat du vieillard?

– Aucun!

Ellery haussa les sourcils.

– Votre accent n'est pas très convaincant. On dirait que vous n'en êtes pas sûr.

– Mais si, j'en suis certain! Je jouerais ma vie là-dessus.

Ellery vida son verre, puis il se leva et dit tranquillement :

– C'est précisément ce que vous faites, peut-être. Bonsoir, John.

Ellery monta l'escalier lentement. Depuis deux jours, son ami s'était montré de plus en plus irritable; il l'avait remarqué sans y attacher d'importance, mais il se demandait maintenant si cette humeur n'était pas secrètement liée au mystère. Que cachait John? Les événements des dernières quarante-huit heures avaient provoqué chez lui un effarement qui paraissait sincère : sincère, ou simulé?

Soudain, Ellery leva les yeux. Il venait de s'arrêter sur le palier. Un corridor, sur lequel s'ouvraient les portes des chambres à coucher, s'étendait à droite et à gauche; à chaque extrémité, le corridor tournait à angle droit, vers des ailes se trouvant hors de la vision de notre héros. Deux veilleuses, l'une à chaque extrémité du corridor, diffusaient une lumière atténuée.

A gauche, une sombre silhouette d'homme venait d'apparaître, tournant le coin du corridor et, lorsque le personnage passa sous la veilleuse, Ellery vit son visage distinctement.

C'était celui de John.

Vision fugitive, car John ouvrit immédiatement la porte de sa chambre à coucher et disparut.

Etonné, Ellery resta figé sur place. Il venait de quitter John dans le living-room, en bas, une minute auparavant, comment avait-il pu se trouver là, avant lui? Impossible! A moins que... Bien sûr, John avait dû passer par la cuisine et monter par l'escalier de service.

Ellery se rendit dans sa chambre et se mit à noter dans son agenda les événements de la journée et de la soirée. Mais, tout en écrivant, une minuscule pensée ne cessait de lui tarauder le cerveau. Agacé, il cessa bientôt d'écrire pour extirper cette pensée et la mettre au jour; examinée de près, elle l'agaça encore davantage.

Passant par l'escalier de service, comment John avait-il pu parvenir au premier étage *si vite?* Certes, le parcours d'Ellery avait été accompli sans hâte : living-room, hall, escalier, palier. Mais John avait dû traverser le living-room dans toute sa longueur, la salle à manger ensuite, puis l'office du maître d'hôtel pour parvenir à la cuisine; de là, monter par l'escalier de service jusqu'au palier à l'extrémité de l'aile gauche du corridor, au premier étage, puis encore parcourir toute cette partie du corridor jusqu'au coin. Avait-il couru? Même en courant... Et du reste, *pourquoi?*

Pourquoi prendre l'escalire de service?

Enervé, Ellery secoua la tête. « L'atmosphère d'irréalité enveloppant le meurtre du vieillard doit me contaminer », songea-t-il.

Il relégua l'inquiétante pensée dans son cerveau et se remit à ses notes. A ce moment, la grande pendule du palier sonna l'heure.

Machinalement, Ellery compta les coups et frissonna.

Douze...

Il se mit à écrire nerveusement.

5

La troisième nuit : Vendredi 27 décembre 1929.

Où l'on voit un kiosque servir de décor à un conte d'hiver et un cadeau en fer assujettir le toit de la maisonnette.

Après avoir lutté pendant des heures contre la petite pensée qui agita son sommeil, Ellery s'éveilla et s'aperçut qu'il avait dormi trop longtemps. Lorsqu'il descendit, vendredi matin, il s'aperçut sans surprise que Mabel débarrassait la table.

– Oh, Mr Queen! s'écria l'Irlandaise. Nous ne comptions plus sur vous. Je vais mettre votre couvert.

– Non, non, Mabel, un peu de café, cela suffira.

Ellery prit sa tasse et se rendit dans le living-room, où il fut accueilli par des quolibets et un exemplaire du *New York World* qu'on lui lança au visage.

– Buvez votre café, lisez le journal et taisez-vous, grommela John Sebastian. Laissez-nous digérer les nouvelles.

Tous lisaient les journaux. Ellery se promena en sirotant son café, jetant un regard par-dessus les épaules de ses compagnons. Marius était absorbé par le compte rendu d'un concert donné au *Carnegie Hall* par un jeune violoncelliste, Gregor Piatigorsky. Roland Payn admirait une photo d'Helen Kane, une fantaisiste aux formes voluptueuses qui faisait un numéro au théâtre Paramount. Valentine et Ellen lisaient les critiques théâtrales, Freeman celles des livres. Craig parcourait l'article de politique, le révérend Gardiner les *Conseils pour la journée,* de son collègue le révérend S. Parkes. Le Dr Dark s'intéressait à la page sportive, Rusty à celle de la mode et sa mère, assez curieusement, aux cours de la Bourse.

Mais ce fut le choix de John qui intéressa surtout Ellery; il paraissait fasciné par la réclame d'un nouveau grille-pain électrique qui rôtissait simultanément les deux côtés d'une tranche de pain.

Ellery s'assit près de lui et dit :

– Vous ne lisez pas, mon cher. Qu'y a-t-il? Vous n'avez pas bien dormi? Je vous trouve l'air un peu fatigué.

– Quoi? grommela John.

– Ne me prenez pas pour un enfant. Je vais vous poser une question qui peut paraître étrange. Hier soir...

– Comment ?

Son air absent avait disparu. Il lança un vif coup d'œil à Ellery.

– Lorsque je vous ai quitté, hier soir, reprit Ellery, êtes-vous monté directement dans votre chambre ?

John hésita un instant.

– Que voulez-vous dire ? Si je suis monté directement... Franchement je ne me...

– Etes-vous monté par le grand escalier ou l'escalier de service ?

– L'escalier de service ? répondit John avec plus de calme. C'est possible. Qu'importe ?

Il se remit à lire, une réclame de cigares, cette fois. Ellery regarda son ami, d'un air indéfinissable.

– N'y pensez plus, dit-il aimablement en ouvrant le *New York World.*

Il regretta de ne pouvoir suivre le même conseil.

L'atmosphère resta tendue, ce jour-là, et les apparitions du sergent Devoe, aussi brèves que fréquentes, ne l'améliorèrent pas.

Au milieu de l'après-midi, Ellery, qui lisait, leva les yeux soudain : devant lui, Ellen Craig esquissait un pas de claquettes.

– Que lisez-vous ?

– *L'affaire des chocolats empoisonnés,* par Anthony Berkeley.

– Vous devenez presque aussi ennuyeux que l'oncle Arthur. Comment pouvez-vous, tous, rester ainsi à lire ? Venez donc faire un tour dehors.

– Vous êtes trop énergique pour moi, gémit Ellery. Ecoutez, ma beauté, le peu que j'ai lu me laisse prévoir que ce romancier britannique me réserve d'étonnantes surprises; il faut que je termine ce bouquin. Sortez, puisque vous en avez envie, allez prendre l'air avec le sergent Devoe.

– Je pourrais plus mal choisir! Du reste, j'ai bien failli le faire! rétorqua Ellen qui partit, tête haute.

Ellery sembla regretter cette sortie, mais il reprit sa lecture.

Ellen monta se changer. Elle revêtit un costume de ski et descendit en courant, claquant la porte d'entrée avec violence, dans l'espoir qu'on l'entendrait du living-room.

Plus élevée ces derniers jours, la température avait fait fondre la neige qui recouvrait le sol d'une mince couche de glace; des nuages gris encadraient le soleil et le vent était coupant. Ellen eut envie de revenir à la maison, mais sa pique avec Ellery l'en empêcha.

Elle fit le tour de la maison et se mit à patauger en direction des bois. Maculée de traces de pas, la neige était sale, le paysage désolé, mais Ellen se souvint tout à coup du kiosque et repartit avec plus d'entrain.

Assez éloigné de la maison, presque à l'orée du bois, le kiosque lui avait souvent servi de refuge, au temps de son enfance; la jeune fille en gardait un délicieux souvenir. Entourée de ses jouets, elle prétendait être nurse ou actrice; adolescente, elle y rêva d'amours merveilleuses. Avec John, il était convenu que ce domaine réservé ne devait jamais être souillé par la présence d'un garçon et il avait rarement transgressé le pacte.

Ellen s'approcha du kiosque avec joie, car elle n'y était pas venue depuis longtemps. Soudain, elle s'arrêta : un bruit de voix lui parvint, celles d'un homme et d'une femme, d'après l'intonation, mais elle ne put les identifier, les deux inconnus parlant bas.

Déçue, Ellen contourna le kiosque et se dirigea

vers les bois. A ce moment, son pied droit buta contre une pierre dissimulée sous la neige, sa jambe se replia et elle tomba en étouffant un cri de douleur.

– Miss Craig! Qu'avez-vous?

Agacée, la jeune fille leva les yeux : le grand policier accourait, abandonnant l'abri du buisson derrière lequel il se dissimulait. Ellen devina aussitôt que, l'oreille aux aguets, il surveillait le couple du kiosque. Son exclamation anxieuse, elle-même, avait été proférée sur le ton de la prudence.

– Je vais très bien... commença Ellen d'une voix claire, bien timbrée, mais la grande paume du sergent Devoe vint aussitôt lui clore la bouche, ce qui l'exaspéra encore davantage.

– Je regrette, mademoiselle, murmura-t-il, sans diminuer la pression de sa main, mais il faut que j'entende cette conversation.

– Espèce de brute... espion! bafouilla Ellen, furieuse. Lâchez-moi!

Il secoua sa tête massive.

– Vous allez les alerter, mademoiselle. Comme vous, je n'aime pas espionner, mais c'est mon devoir. Chut!

Elle cessa de résister, car le ton s'était élevé, dans le kiosque : l'une des voix était celle de Rusty Brown, l'autre de Marius Carlo.

– Oui... de l'amour! hurlait Marius. De l'amour! Quoi? J'en serais incapable, croyez-vous? Je ne vaux pas John, votre héros de roman?

– Peu importent vos mérites respectifs, Marius, vous le savez comme moi, dit Rusty, très grande dame, sans doute dans le but d'être raisonnable et de préserver en outre sa dignité. Marius, lâchez mon bras. *Marius!*

Le cri d'une femme outragée, cette fois, accompagné de bruits de lutte.

– Un baiser, un seul, disait Marius, essoufflé, un

baiser d'homme, que diable, pas celui d'un morveux qui se prend pour un poète parce qu'il écrit des vers blancs! Rusty, je suis fou de vous...

Clac!

Ellen tressaillit. Le sergent Devoe se sentait penaud.

– Recommencez, Marius, cria Rusty, rageuse, et je... je... un homme, vous! Me sauter dessus derrière le dos de John... votre meilleur ami! Vous seriez le seul porteur de pantalon au monde que je ne voudrais pas de vous... Vous aimer? Je n'ai jamais pu vous supporter, vous me donnez la nausée! D'ailleurs, j'aime John et je vais l'épouser. Est-ce clair?

La voix de Marius devint méconnaissable.

– Très bien, miss Brown. Marius le Crabe révolte la délicate Rusty Brown. Soit.

– Et remerciez le ciel que je ne sois pas le genre de femme à rapporter tout ceci à John, car il vous casserait la figure!

– *C'est précisément ce que je vais faire!*

– Hé, là! fit le sergent.

– Mon Dieu!

Ellen s'aperçut que la main du sergent avait libéré sa bouche depuis longtemps.

Visiblement en fureur, John Sebastian apparut, venant de l'autre côté du kiosque. Avec un cri de colère, il disparut à l'intérieur. Il avait dû arriver sans bruit et se cacher derrière un monticule de neige, pour écouter, comme Ellen et Devoe.

On entendit, venant du léger édifice, un bruit roulant de bottes, de mâles hennissements et de petits cris mi-horrifiés, mi-ravis venant de la vierge qui était cause de tout. Le kiosque tremblait sur sa base. Le sergent Devoe écoutait toujours.

– Ne restez donc pas là comme un idiot! dit Ellen, sèchement. Qu'attendez-vous? Qu'il y ait des cadavres?

– Pensez-vous! Mais à présent il est tout de même

temps de les arrêter. (Il fit le tour jusqu'à l'entrée du kiosque et Ellen l'entendit qui disait :)... Ça suffit, vous deux!

Le carnage continuant, à en juger par le vacarme, le sergent entra et, quelques instants plus tard, sortit, tenant Marius et John à bout de bras, malgré leurs protestations indignées. Les yeux égarés, Rusty suivait. Le policier poussa les deux hommes devant lui.

– Lâchez-moi, troglodyte! (A bout de souffle, John essayait néanmoins d'atteindre Marius.)... Je le tuerai, le salaud!

– Lâchez-le donc! hurla Marius, qui agitait les bras comme un chef d'orchestre au moment culminant d'un opéra de Wagner. Nous allons bien voir quel salaud tuera l'autre!

– Aucun salaud ne va tuer personne, dit Devoe sévèrement, et je vous rappelle la présence des dames. Vous allez être sages?

Sans effort apparent de la part du policier, les combattants sentirent leurs genoux ployer et ils se trouvèrent à plat ventre dans la neige, où ils firent des gestes de nageurs en poussant des cris étouffés. Agenouillé, le sergent les maintenait.

– Comment fait-on pour les calmer, mademoiselle? demanda-t-il à Rusty d'une voix plaintive.

– Exercez votre autorité, sergent, dit la jeune fille, sèchement. Tout cela est idiot, d'ailleurs. Obligez-les à se serrer la main.

Le sergent parut ahuri. Au moment même, la tête de Marius émergea de la neige, comme une baleine qui sort de l'eau, et sa bouche mouillée lança un jet de grossièretés. Accroupie derrière le kiosque, Ellen se boucha les oreilles et, partant, manqua le dénouement. Puis elle vit le sergent qui poussait devant lui les rivaux en direction de la maison, leur parlant le langage de la raison; Rusty suivait, prodiguant des conseils.

Ellen poussa un soupir et se leva. Immédiatement, sa cheville la trahit et elle se retrouva dans la neige.

– Mon Dieu! fit-elle, les larmes aux yeux.

– C'est physique ou sentimental? demanda une voix mâle.

La jeune fille poussa un gémissement en s'agitant péniblement. Ellery avait surgi, de derrière un buisson.

– Vous! s'écria Ellen qui se leva pour retomber, en pleurant.

– Un peu les deux, il me semble, dit Ellery en accourant et en la soulevant doucement. Brave petite fille! Pleurez sur ma poitrine fraternelle. Quelle affreuse scène, n'est-ce pas?

– Vous étiez là?

– Tout le temps, répondit Ellery gaiement. J'ai manœuvré afin de me placer derrière vous et le sergent, pour découvrir ce qui se passait. J'y suis parvenu.

– Un espion, comme Devoe! Dire que je vous trouvais gentil! Oh! Ellery, continua-t-elle en pleurant sur son épaule, qu'allons-nous faire? Cela va de mal en pis. Pauvre oncle Arthur...

– Pour l'instant, je vais vous ramener à la maison et soigner votre cheville. Votre main sur mon épaule... Parfait.

En approchant de la maison, Ellen poussa soudain un cri et s'arrêta.

– Qu'avez-vous? demanda Ellery, inquiet. Votre cheville...

– Non, répondit Ellen, les yeux brillants. Je viens d'y penser... que faisiez-vous, dehors?

– Moi?

– Je croyais votre roman palpitant?

– Il l'est.

– Mais vous êtes venu me retrouver, néanmoins!

– Euh...

– Vous êtes un chou, dit Ellen en serrant sa main. Je vous pardonne. Vraiment!

Ellery prononça quelques paroles inintelligibles et les deux jeunes gens repartirent. Il avait abandonné *les chocolats empoisonnés* de Mr Berkeley dans le seul but de suivre John Sebastian à travers le paysage de neige, mais il n'eut pas le courage de le lui dire.

Le dîner eut lieu avec un décorum digne d'une réception à la Maison-Blanche et la conversation se borna aux stricts propos de table.

Le sergent Devoe avait évidemment réussi à imposer un « cessez-le-feu », car les deux anciens amis s'adressèrent la parole quand il le fallut, sans chaleur, il est vrai. L'attitude de Rusty exprima un certain détachement, non exempt de hauteur : on s'était battu pour elle et nul ne l'ignorait. La narine frémissante de Valentine disait assez qu'elle connaissait fort bien les horribles détails.

L'exode vers le living-room évoqua un peu la retraite désordonnée d'une armée battue. Telle une blessée, Ellen fermait la marche. Entorse superficielle, avait déclaré le Dr Dark avant de bander sa cheville sous le regard anxieux de son oncle. Mais la jeune fille boitait.

Au moment de son entrée dans le living-room, elle entendit le sergent Devoe, debout devant la cheminée, qui disait :

– Rien à faire, Mr Queen. Il a été trop malin pour se laisser voir, ou alors je l'ai manqué.

– Qu'est-ce donc? demanda Ellen.

– C'est la troisième nuit de Noël, dit Ellery, morose.

Tous les regards se portèrent sur l'arbre : il n'y avait rien dessous.

– J'avais oublié! s'écria Craig. Vous aviez tendu un piège?

– En quelque sorte. Le sergent s'est caché,

dehors, de façon à tout voir dans le hall et le living-room, il a même renoncé à son dîner pour exercer cette surveillance. Et vous n'avez vu personne, sergent?

– Personne!

– Je ne comprends pas, grommela Ellery. Un troisième cadeau doit venir, l'expéditeur ne se contentera pas de deux... Allez dîner, sergent, et merci.

Tenaillé par la faim, le policier partit sans se faire prier.

– Il ne dort donc jamais? demanda le Dr Dark, irrité.

– Un de ses camarades vient le relever à minuit, cet homme part ensuite avant notre réveil, dit Ellery. Devoe peut ainsi dormir quelques heures.

– Un camarade? rugit Payn. Quelqu'un l'a-t-il vu?

Personne ne répondit. Fort heureusement, Felton apparut, chargé de cognac et de liqueurs pour les dames; un instant après, la conversation devint générale.

Comme Ellery le prévoyait, en somme, la découverte eut lieu par surprise. En servant, Felton vint à passer près de l'arbre et un ornement, accroché à l'une des branches, balaya un verre plein sur son plateau : en voulant rattraper le verre, Felton perdit l'équilibre et s'effondra dans l'arbre. Une averse de boules brillantes se répandit sur lui.

– Devoe! hurla Ellery.

Le sergent arriva au pas de course, sa serviette autour du cou, la bouche pleine.

– Qu'y a-t-il?

– Regardez!

L'œil du sergent suivit la direction indiquée par le bras accusateur d'Ellery : sous l'arbre, niché parmi les ornements tombés, reposait un minuscule paquet fait de papier métallique rouge et vert, attaché avec un ruban doré.

– Mais personne... commença Devoe, en bégayant.

– Bien sûr, interrompit Ellery, sèchement. Parce que cela a été fait cet après-midi, pendant que vous et moi étions absents de la maison ou, au plus tard, tôt dans la soirée, lorsque nous avons organisé votre surveillance. On s'est contenté de l'enfouir profondément parmi les branches. Eventuellement, l'un de nous devait le trouver. L'animal, il se joue de nous !

Ellery s'empara du petit paquet, rejeta l'étiquette bien connue, en forme de Père Noël, portant le nom de « John Sebastian ». Il défit l'emballage de la boîte, découvrit à l'intérieur un objet enveloppé de papier de soie rouge et une carte tapée à la machine. Toujours les vers de mirliton :

La troisième nuit de Noël,
Votre cher amour vous envoie
Un c l o u de fer recourbé
Pour fixer votre toit.

En effet, le papier de soie enveloppait un clou en fer, recourbé, formant crochet.

Ellery se dirigea vers le cabinet de chêne qu'il avait réquisitionné la veille pour y entreposer les « cadeaux », l'ouvrit avec la clé remise par son hôte et en retira la maisonnette qu'il posa sur la table du réfectoire. Il enleva le toit.

– Voici, dit-il entre ses dents. Deux petits « yeux » métalliques destinés à permettre au crochet de bien assujettir le toit. Je me demandais quelle pouvait être leur destination : nous le savons, maintenant.

– Que savons-nous ? demanda Mr Gardiner, innocemment. J'avoue que je continue à ne pas comprendre.

Le regard vert et fanatisé d'Olivette Brown le foudroya.

– Du fer! s'écria-t-elle, triomphante. Bien sûr, cela ne vous dit rien! Mais j'ai étudié ces questions. Excusez-moi, Mr Gardiner, cette science était vieille déjà lorsque Notre-Seigneur vécut sur terre. Saviez-vous que le fer a la propriété de chasser les esprits mauvais?

– Alors comment se fait-il, Olivette, demanda doucement le prêtre, que les mauvais esprits se servent invariablement de récipients et d'instruments de fer pour préparer leurs drogues? Je l'ai constaté dans tous les livres de sorcellerie que j'ai lus.

– Ah! fit Dan Z. Freeman.

Retenue par pudeur d'attaquer son ancien pasteur, Mrs Brown se tourna vers l'infortuné éditeur.

– Je connais les gens de votre espèce, Mr Freeman! Démolir! Toujours démolir!

– Mais, ma chère Mrs Brown, je n'ai pas...

– Alors pourquoi le fer est-il une protection contre les fantômes? Vous ne le saviez pas?

– Franchement, non, répondit Freeman, visiblement ennuyé d'être engagé dans une controverse. Dans ces conditions, expliquez-moi pourquoi tous les fantômes des châteaux européens dont j'ai pu entendre parler se promènent la nuit en traînant des chaînes derrière eux?

– Ironisez tant que vous voudrez! (Elle écumait.) ... Je vous affirme néanmoins ceci : depuis que le monde est monde, lorsqu'un épileptique entre en crise, on enfonce un clou de fer dans le sol pour clouer le démon! Qu'en pensez-vous?

– On devrait en avertir l'Association médicale américaine, déclara gravement le Dr Dark.

Olivette poussa une exclamation de rage et partit, suivie de près par Rusty.

– Je suis désolé, dit le gros médecin, mais j'ai peine à croire qu'elle est sincère. Comment peut-on raconter tant d'insanités!

Mr Gardiner se leva, hochant la tête. Il partit vivement sur les traces de la mère et de la fille.

Comme s'il n'y avait pas eu d'interruption, Ellery dit :

– Le verso de la carte est vierge... comme l'autre fois.

Cette nuit-là, notre héros ajouta dans son agenda un court paragraphe au compte rendu des événements de la journée :

Nous avons maintenant trois cadeaux sur douze... se subdivisant en six objets différents : un bœuf, une maison, un chameau, une porte, une fenêtre, un clou. A première vue, c'est idiot, mais je ne puis m'empêcher de penser qu'un sens caché relie ces objets entre eux. Lequel ?

6

La quatrième nuit : Samedi 28 décembre 1929.

Mr Sebastian témoigne d'une surprenante carence de mémoire, le lieutenant Luria fait preuve de subtilité et Mr Queen est encore une fois mis en échec.

Au petit déjeuner, Marius fit une triste tête, mangea en silence et ne prit aucune part à la discussion qui sévit à table. Engagé par le Dr Dark, un vif débat eut lieu, en effet, au sujet des mérites respectifs des équipes de football qui devaient être aux prises l'après-midi. Les chances des deux camps furent âprement débattues entre le médecin d'une part, Mr Gardiner, Payn, Craig et même Ellery, de l'autre.

Trop occupé à mastiquer, Marius ne leva même pas les yeux de son assiette.

John Sebastian, au contraire, sembla s'être complètement repris. De fort bonne humeur, bien qu'un peu distrait, il laissa passer sans commentaire plusieurs allusions aux complications de la veille et se contenta d'agacer son monde en prenant parti tantôt pour les uns, tantôt pour les autres, ayant pour seule règle de se ranger du côté où son esprit de parti causerait le plus grand dommage. Rusty ne cessa de le regarder avec curiosité, Valentine en fit de même pour Marius.

Le jeune musicien refusa une seconde tasse de café, hésita, se leva en s'excusant et quitta la salle à manger. Val Warren le suivit aussitôt, pour revenir se rasseoir un instant plus tard. Puis Marius réapparut.

– John, dit-il, comme s'il avait du mal à avaler. Puis-je vous voir un instant? Vous et Rusty?

Surpris, John acquiesça. Les deux jeunes gens suivirent Marius dans le living-room.

– Il est temps, dit Olivette Brown, d'une voix désagréable. Mais je n'aurais pas cru qu'il aurait besoin d'être poussé *par quelqu'un d'autre* pour s'excuser de son inqualifiable conduite d'hier.

– Encore un peu de café, Mrs Brown? murmura Craig.

Valentine resta muette.

Cinq minutes plus tard, Marius revint, seul. Son visage brun exprimait un réel étonnement.

– Je ne voudrais pas vous inquiéter, Mr Craig, mais John se porte-t-il bien? L'avez-vous trouvé... distrait, dernièrement?

– Je ne comprends pas, Marius, répondit l'hôte. Pourquoi?

– J'avais bu un coup de trop, hier, dit le musicien en rougissant. Je veux dire... cette histoire avec Rusty...

– Oui, oui. Mais je ne vois pas...

– Faire des excuses n'est pas mon fort... Quoi qu'il

en soit, je me suis excusé auprès de Rusty et de John. Rusty fut très compréhensive...

– Et John ne l'imita pas? répondit Craig en souriant, soulagé. L'amour, mon garçon... Comment Dryden (1) appelle-t-il la jalousie? « Ce tyran de l'esprit. »

– Non, Mr Craig, ce n'est pas cela. John paraît ne pas se rappeler les événements d'hier.

Craig attendit la suite.

– ... J'ai d'abord cru qu'il me faisait marcher, mais non : il ne se rappelait plus notre bagarre, ni l'intervention du sergent Devoe, ni rien.

– Comment a-t-il pu oublier? s'écria Valentine. En moins de vingt-quatre heures?

Stupéfait, Craig regarda le Dr Dark qui dit, soucieux :

– On dirait de l'amnésie, Arthur, peut-être due à un coup reçu sur la tête, hier, au cours du pugilat. Je ferais bien de l'examiner, ce garçon.

– Puis-je le voir d'abord? demanda Ellery, vivement. Si vous le permettez?

Sans attendre la réponse, il se leva d'un bond et entra dans le living-room.

John était assis avec raideur dans un fauteuil. Assise à ses pieds, Rusty lui parlait doucement et elle jeta un regard reconnaissant à notre héros en le voyant apparaître.

– Figurez-vous, Ellery, dit Rusty, enjouée, que John ne se rappelle pas l'incident d'hier, au kiosque, il ne se souvient même pas d'y être allé. N'est-ce pas amusant?

– Pourquoi faites-vous tant d'histoires? dit John, irrité. Soit, j'ai oublié. Est-ce un crime?

– Nous avons tous vécu dans un état de tension, ces jours-ci, dit Ellery, et nos vieilles caboches nous

(1) John Dryden est un célèbre auteur dramatique, poète et critique anglais du XVIIe siècle.

jouent parfois des tours bizarres. Exemple, l'épisode de l'escalier de service, jeudi soir.

– Escalier de service? répéta Rusty, non sans appréhension.

– Fichez-moi la paix avec ça! s'écria John en se levant brusquement, au risque de renverser la jeune fille.

– Mais, mon chéri, je sais que vous avez eu des migraines...

– A la suite de cuites!

– Ecoutez, John, dit Ellery, le Dr Dark est votre hôte, profitez-en...

– Je vous répète que je vais très bien.

John se précipita hors du living-room et monta l'escalier quatre à quatre.

Les autres arrivèrent par la porte battante de la salle à manger. Rusty paraissait sur le point d'éclater en sanglots.

Craig lui tapota l'épaule et dit :

– Je n'y comprends rien. Sam, j'ai envie d'aller le voir seul...

– Des bêtises, Arthur, répondit le médecin. Je le connais à fond depuis son enfance. Montons ensemble.

– Ce sera inutile, dit Ellery doucement.

En effet, John descendait l'escalier en courant. Sur son visage, toutes traces d'inquiétude et de mauvaise humeur avaient disparu. Il entra dans la pièce en souriant.

– Je vous ai fait peur, dit-il. Chère Rusty, je suis désolé. Bien sûr, je me rappelle maintenant, cela m'est revenu. J'ai dû vous paraître vraiment incompréhensible. Quant à vous, Marius, ne vous excusez pas : il n'y a pas de honte à être épris de Rusty, ne le suis-je pas moi-même? N'y pensez plus.

Pour une fois, Marius ne sut que répondre.

– John Sebastian, dit Rusty fermement, répondez à ceci, je n'en demande pas plus. Le sergent Devoe est entré dans le kiosque pour mettre fin à la bagarre entre vous et Marius. Comment s'y est-il pris? Que vous a-t-il fait, exactement?

– Il enfonça des crocs à viande dans nos nuques, répondit John en riant, et il nous fit sortir dans la neige comme si nous étions deux chatons en colère. J'en suis encore tout contusionné!

– Ah, vous vous souvenez! s'écria Rusty, se jetant contre lui. Oh, mon chéri, j'ai eu si peur...

Et ils parlèrent tous en même temps.

Ellery s'éclipsa discrètement, s'enferma dans la bibliothèque de son hôte et demanda au téléphone la communication avec son père, l'inspecteur Queen, au bureau central de la police à New York.

– Papa... Ici, Ellery. Rendez-moi un service.

– Lequel? répondit l'inspecteur. Que se passe-t-il, là-bas?

Non sans impatience, Ellery entreprit de le mettre au courant.

– Tout cela me paraît fou, dit son père. Je suis heureux de ne pas avoir à m'en occuper. A moins que...

– Je ne vous demande qu'un renseignement. Rusty Brown, la fiancée de John Sebastian, a dessiné des objets destinés à servir de cadeaux de Noël pour l'hôte de cette maison et ses invités. John les a distribués le matin de Noël. Chacun de ces objets représente un signe du Zodiaque...

– Quoi?

– Zodiaque.

– Oh!

– ... Et ils ont été exécutés par Moylan, le bijoutier de la Cinquième Avenue. Huit de ces pièces étaient des porte-billets en forme de clip, quatre étaient des broches. Voulez-vous interroger Moylan à ce sujet?

– En personne?

– Pas nécessairement, un de vos collaborateurs suffira.

– Quel genre de questions faudra-t-il poser?

– Je n'en sais rien, je joue une carte, au jugé. Obtenez de Moylan le plus de renseignements possible au sujet de la transaction, surtout si elle a présenté quelque aspect inhabituel. Comprenez-vous?

– Non, dit son père, mais qui suis-je pour juger les intuitions du génie? Je pense que cette enquête doit rester confidentielle? Pas de fuites?

– Bien sûr.

L'inspecteur soupira et raccrocha.

Le lieutenant Luria vint au début de l'après-midi.

– Non, dit-il en réponse aux questions qui l'accueillirent, je n'ai eu aucun succès jusqu'à présent concernant l'identification du mort. Nous envoyons maintenant une photo dans tout le pays. Comment cela va-t-il, ici? On me dit que vous recevez encore des cadeaux nocturnes, Mr Sebastian?

– Connaissez-vous le grec, lieutenant? demanda John.

– Vous pensez à *Timeo Danaos et dona ferentes*? dit Luria en riant.

– C'est du latin, mais nous nous comprenons.

– En effet. Ecoutez, tous, reprit le lieutenant en élevant la voix. Vous avez respecté la consigne et je vous en remercie. Mais il fait très beau : vous plairait-il d'aller patiner pendant deux heures, par exemple? je ne pense pas que l'un de vous prenne la fuite, ajouta-t-il en riant. En venant ici, j'ai remarqué des patineurs sur l'étang d'Alderwood, la glace est bonne, paraît-il.

Les jeunes filles se déclarèrent enchantées. Le Dr Dark lui-même se laissa persuader, en y mettant une condition : on le ramènerait au bercail à temps pour écouter sur les ondes le grand match de l'armée contre Stanford. Les plus jeunes avaient apporté des patins et Arthur Craig estima qu'il réussirait à s'en procurer pour ceux qui en étaient démunis : la vieille chambre à jeux contenait un abondant équipement athlétique dont John ne se servait plus et la nombreuse famille d'un voisin devrait fournir des patins en nombre suffisant. Ils montèrent tous pour endosser des vêtements chauds.

– Vous ne les accompagnez pas, Queen? demanda le lieutenant Luria.

– J'ai patiné si souvent que cela ne m'amuse plus beaucoup, répondit Ellery en allumant sa pipe. Vous n'avez encore rien reçu du laboratoire?

– Rien, répondit Luria en le regardant fixement. Soit, je ne peux vous forcer. Mais ne me trahissez pas, n'est-ce pas?

– Je suis la discrétion même. Les empreintes?

– Les seules empreintes étrangères relevées dans la bibliothèque sont celles du mort.

– Le poignard?

– Quelques vieilles empreintes de Mr Craig, à demi effacées. L'assassin portait des gants.

– Evidemment.

Avant le départ des patineurs, Ellen dit à Ellery :

– J'aurais dû m'en douter : vous restez à la maison pour vous assurer que la police ne volera rien?

– C'est à peu près cela, répondit Ellery en souriant. Amusez-vous bien, mais soyez prudente : la glace cède, parfois.

Ellen grogna.

– Vraiment, Mr Queen, vous êtes moins malin que vous ne le croyez.

Elle partit, bras dessus bras dessous avec Marius Carlo et le Dr Dark, devenus soudain les deux plus désirables mâles de l'univers.

Dès que les voitures de Craig et de Freeman eurent emmené le petit groupe, le lieutenant Luria se rendit dans la cuisine et annonça qu'une promenade en automobile était prévue pour le personnel.

– Chic, alors! dit Mabel.

– Vous avez le droit de prendre l'air, vous aussi, dit le lieutenant. Felton, vous accompagnerez ces dames. Le sergent Devoe vous pilotera.

– C'est très aimable de votre part, dit Mrs Jansen, ravie. Mais mon dîner?

– Vous avez tout le temps. Le radio-reportage du match de football ne commence pas avant 5 heures.

Luria attendit le départ de la voiture de police, puis se rendit dans le living-room. Ellery retira sa pipe de sa bouche et dit :

– Le Père Noël?

– Qu'il aille au diable! répondit Luria. Taisez-vous et laissez-moi gagner mon avoine.

Le lieutenant ôta les coussins des fauteuils, fouilla tous les meubles, regarda même dans la hotte de la cheminée; l'appareil de radio fut presque démonté par ses soins. Il explora l'arbre de Noël, n'oubliant pas de regarder sous le papier rouge qui enjuponnait le socle. Il scruta les murs, déplaça les tableaux, les tapis : bref, le living-room fut démantelé, puis remis en état.

La bibliothèque, la salle de musique, la salle à manger, l'office, la cuisine et le hall subirent le même sort.

Fumant paisiblement sa pipe, Ellery suivait le policier. Lorsque celui-ci eut terminé, Ellery dit :

– Puis-je vous demander ce que vous pensez trouver?

– Rien. Je l'espère, du moins, répondit Luria, énigmatique. Ne m'en veuillez pas, Queen, mais j'aimerais vous fouiller.

– Avec plaisir, répondit notre ami en riant.

Il leva les bras pour faciliter la tâche du lieutenant.

– Parfait! Nous sommes frères, dorénavant!

Il était presque 4 h 30. Luria revint au living-room, Ellery sur ses talons, et s'installa dans un fauteuil.

– Qu'ils viennent, maintenant! dit le lieutenant en allumant une cigarette.

Le groupe des patineurs arriva bientôt, bavardant avec animation. Luria les accueillit à la porte d'entrée, bloquant le passage.

– Encore ici, lieutenant? dit Craig, surpris.

– Hélas, oui, monsieur, et je ne suis pas près de partir.

La voix douce du barbu prit une inflexion plus dure.

– Qu'y a-t-il?

– Je vous l'expliquerai plus tard. Puis-je vous demander à tous de suivre mes instructions? Vous désirez sans doute vous changer, vous laver, que sais-je? Allez directement dans vos chambres, je vous prie, et lorsque vous serez prêts, descendez par le grand escalier.

Il s'effaça pour les laisser passer. Très étonnés, les invités montèrent, suivant Arthur Craig et John Sebastian. Luria resta dans le hall.

Quelques instants plus tard, le sergent Devoe ramena les trois domestiques. Le lieutenant répéta ses instructions, ajoutant :

– Accompagnez-les, sergent, et revenez avec eux.

L'impassible Felton lui-même parut troublé. L'air inquiet, tous trois précédèrent le sergent dans l'escalier.

Les yeux gris argent d'Ellery brillèrent.

– J'y suis, maintenant.

– Gardez-le pour vous.

Le Dr Dark fut le premier à descendre, vivement.

– J'ignore ce qui se passe, dit-il, mais j'ai la ferme intention de suivre le match de football...

– Un instant, dit le lieutenant qui arrêta le gros docteur sur la dernière marche. Puis-je vous palper un peu? Je ne vous ferai pas de mal, ajouta-t-il avec un sourire.

– Me fouiller? Pourquoi? demanda Dark sèchement.

– Soyez gentil...

La crinière fauve du médecin se hérissa, puis il sourit et accepta. Lorsqu'il eut terminé, Luria dit poliment :

– Merci, docteur. Allez maintenant dans le living-room et écoutez la radio, si vous le désirez. Mais restez dans la pièce.

Le Dr Dark ne se fit pas prier. Il tourna le bouton afin d'obtenir la longueur d'onde désirée, alluma un cigare et s'installa dans un fauteuil pour écouter avec délices la voix du commentateur.

John fut le premier à apparaître; derrière lui, les invités descendirent l'escalier, l'un après l'autre. Luria les arrêta au passage, fouilla les hommes qui ne firent pas d'objection; il se contenta de demander aux femmes la permission d'ouvrir leurs sacs. Tous furent ensuite envoyés dans le living-room avec la même requête : ils devaient y rester.

Le sergent Devoe revint alors, suivi de Mrs Jansen, de Mabel et de Felton. Luria leur dit, rassurant :

– Ne soyez pas inquiets, il ne vous arrivera rien. Allez dans votre cuisine, Mrs Jansen, préparez le dîner. Mabel, vous travaillez avec Mrs Jansen, n'est-ce pas?

– Et comment! répondit l'Irlandaise. Je pèle les pommes de terre, je mets la table...

– Dans la salle à manger? Pas ce soir, Mabel. Qu'avez-vous inscrit au menu, Mrs Jansen?

– Du jambon, de la viande froide, une salade de pommes de terre...

– Parfait. Vous allez préparer des plateaux; le repas, un buffet froid, sera pris dans le living-room.

– Mr Craig voudra que je serve des cocktails et des sandwiches avant le dîner, dit Felton.

– Bien. Tous trois, vous pouvez circuler entre la cuisine, l'office et la salle à manger. Vous, Felton, vous servirez aussi dans le living-room. Mais veillez à entrer par la salle à manger et à retourner par la même voie. Sergent, vous êtes responsable du comportement de ces trois personnes.

Amusé, Devoe acquiesça et escorta le trio à travers le hall jusqu'à l'office. Lorsque la porte fut fermée, Luria en poussa le verrou et se rendit vivement dans le living-room. Ils étaient là, tous, conversant à voix basse; seul le Dr Dark écoutait la radio. Arthur Craig dit, nerveusement :

– J'aimerais entendre vos explications, lieutenant.

– Volontiers, monsieur, si le docteur veut bien arrêter la radio. La partie ne commence pas avant quelques minutes.

Mécontent, le Dr Dark interrompit néanmoins l'émission. Le lieutenant tira la lourde portière, masquant ainsi l'entrée du living-room, puis il fit face, sa forte carrure nettement détachée sur le fond de velours marron.

– C'est fort simple, commença-t-il, j'ai un crime peu banal sur les bras que je ne pourrai résoudre avant d'avoir identifié la victime. En attendant, nous avons l'énigme des cadeaux nocturnes à élucider. J'ignore ce que signifient ces pitreries, si elles sont liées au meurtre ou non. Aussi, voici ce que j'ai fait aujourd'hui. Tôt dans l'après-midi, je vous ai tous écartés de la maison, ainsi que les domestiques. Tous, sauf Mr Queen, que j'ai fouillé néanmoins, le rang élevé du père ne garantissant pas nécessairement le fils.

» En votre absence, Mr Craig, continua le lieutenant, j'ai pris la liberté de fouiller les pièces du rez-de-chaussée. A propos, j'ai un mandat de perquisition sur moi. Si vous désirez en prendre connaissance...

Craig eut un geste de dénégation.

– ... Chaque cadeau adressé à Mr Sebastian, au cours des trois dernières nuits, a été posé à cet étage, reprit le lieutenant. Mon propos était de m'assurer que la quatrième boîte – le cadeau de ce soir – *n'avait pas été déposée quelque part en vue d'être découverte ensuite.*

– C'est très intelligent de votre part, lieutenant, dit John assez froidement.

– Du bon sens, simplement. Lorsque vous êtes revenus à la maison, je vous ai tous envoyés directement en haut, afin de m'assurer que personne ne puisse cacher la boîte ici *en montant.* Et lorsque vous êtes descendus, j'ai fouillé les hommes et les femmes avant de vous envoyer dans cette pièce-ci. Donc, personne n'a apporté la boîte *en descendant.* Partant, il n'y a rien ici, j'en témoignerais en justice. Et puisque nous allons tous rester dans ce living-room jusqu'à minuit...

Un concert de gémissements s'éleva.

– ... Votre fameux Père Noël aura la possibilité de se promener dans tout le reste de la maison, poursuivit le lieutenant. Nous devrions apprendre des choses intéressantes, selon ce qui se passera ou non. D'accord, Queen?

Sept heures de claustration infligées à plus de douze personnes, enfermées dans une pièce, même de dimensions seigneuriales comme l'était celle de Craig, représentèrent une sévère épreuve. Le siège commença dans une atmosphère de contrariété qui ne cessa de croître. Le Dr Dark ne put jouir convenablement de sa partie de football, et il ne cessa d'imposer silence à l'élément féminin, tout en tenant sa large oreille collée contre le haut-parleur. Le brave docteur ne put même pas savourer sa victoire lorsque Stanford, répétant sa triomphale performance de 1928, battit les cadets de l'armée par 34 – 13 : les conversations l'avaient trop gêné.

L'arrivée d'un pâle Felton, escorté par le sergent Devoe qui le fit entrer par la porte de la salle à manger, ne calma pas l'émotion. Le maître d'hôtel apportait des plateaux chargés du buffet froid. Craig faillit se lever, puis il se rassit, muet. De sa voie aiguë, Olivette Brown lança :

– Cela dépasse un peu les bornes, Mr Craig, n'êtes-vous pas de cet avis?

Il y eut aussi d'autres murmures; le Dr Dark, notamment, déclara qu'il n'avait jamais su manger proprement dans une assiette posée en équilibre sur ses genoux. Mais, dans l'ensemble, il y eut peu de protestations – tout juste une aggravation de la tension. Ils dînèrent en silence. Courtois, mais vigilant, Luria ne quitta pas son siège, placé devant la draperie masquant la porte.

Après le dîner, chacun s'occupa de son mieux. Marius Carlo se saoula et s'endormit, ses ronflements ne remontant pas le moral de la compagnie. Une partie de bridge fut organisée. Rusty trouva une musique de jazz sur la radio et persuada John de danser avec elle, puis avec Valentine et Ellen (Ellery restant dans son coin, sans paraître s'apercevoir des signaux d'Ellen); plus tard, Valentine réussit à imposer un jeu de charades, ce qui lui permit de montrer à la fois ses jambes et ses dons d'actrice; personne ne s'en trouva mieux, sinon Roland Payn, dont le regard distingué ne quitta guère les membres inférieurs de la belle blonde, court-vêtue, selon la mode. A 11 heures, ils abandonnèrent enfin et écoutèrent les nouvelles. D'un optimisme de commande, le ton du commentateur provoqua des rires sarcastiques. La commission nommée par le président Hoover s'apprêtait à soumettre au Congrès une proposition pour renforcer la loi sur la prohibition et l'on en attendait les meilleurs résultats. Des actes de violence avaient eu lieu dans l'East Side de New York, à Chicago deux cadavres avaient allongé la liste des règlements de comptes entre les bandes de Buggy Moran et de Scarface Al Capone. Quant au chef de la police new-yorkaise, Whalen, il proposait une solution définitive au problème de la circulation à Manhattan : tout stationnement serait interdit dans le quartier des affaires.

Après les nouvelles, ils attendirent minuit, résignés.

Assourdis, les douze coups sonnèrent enfin à l'horloge du premier étage et furent accueillis sans manifestations.

– Je suis très fatigué, lieutenant, dit Mr Gardiner en soupirant. Puis-je aller me coucher maintenant?

– Un instant, révérend! s'écria Luria qui se leva d'un bond et se dirigea vers la porte de la salle à manger. Devoe!

La tête du sergent apparut.

– ... Amenez-moi ces trois-là.

Lorsque Jansen, Mabel et Felton entrèrent, Luria donna l'ordre à Devoe de rester dans la pièce et d'empêcher quiconque d'en sortir. Puis il disparut derrière la draperie de velours.

La maison resta silencieuse.

– L'heure des sorciers, dit Freeman en riant soudain.

Son rire provoqua presque un écho. Dix longues minutes s'écoulèrent, puis le lieutenant Luria revint; il tira un paquet de Melachrino de sa poche, et en alluma une, lentement.

– Fin d'une expérience, dit-il.

– Que devons-nous comprendre? grommela John.

– Qu'il n'y a pas de boîte ce soir, au rez-de-chaussée. Et savez-vous pourquoi, mesdames et messieurs? Parce que celui qui les déposait nuitamment n'a pas eu la possibilité d'en cacher une quatrième ce soir. Qui s'est trouvé dans l'impossibilité d'en déposer une quatrième? Mais n'importe qui d'entre vous.

» Me permettez-vous de vous dire que je n'ai jamais cru à votre Père Noël? Je sais maintenant qu'il n'existe pas, ou s'il existe, qu'il n'a rien à voir dans la distribution des cadeaux. Le distributeur, c'est l'un de vous. Ne croyez-vous pas qu'il serait temps d'avouer? Il me semble que la plaisanterie a assez duré.

Personne n'ouvrant la bouche, la colère de Luria éclata.

– ... Fort bien, continuez vos enfantillages! gronda-t-il en agitant les bras. A partir de maintenant, je m'occuperai du meurtre, exclusivement. Je vous laisse ces bêtises. Queen!

– Lieutenant... commença Ellery qui cherchait le moyen de faire délicatement remarquer à Luria les nombreuses faiblesses de son expérience.

Mais l'autre se contenta de quitter la maison en lançant un brutal « Bonsoir! ».

– J'entends mon collègue qui arrive, pour la relève, dit Devoe en toussotant discrètement.

Il partit sur les talons de Luria. Personne ne bougea tant qu'on put entendre les deux voitures de police dévaler l'allée d'accès.

Fatigués, ils montèrent tous se coucher, du moins ils crurent qu'ils allaient se coucher. Mais alors même que les portes s'ouvraient et se fermaient dans les corridors, John – il avait été l'un des premiers à monter – sortit en courant de sa chambre, avec un rire de démon.

– Pas de boîte ce soir! dit-il. *Je viens de trouver ceci sur mon lit!*

Il tenait haut un petit paquet de Noël, enveloppé de papier métallique rouge et vert, attaché avec un ruban doré. Sur l'habituelle étiquette en forme de Père Noël, se détachait le non moins rituel « John Sebastian ».

Le Dr Dark dut administrer un somnifère à John et le veilla jusqu'à son sommeil.

Lorsqu'il descendit au rez-de-chaussée, le médecin trouva l'hôte et ses invités devant la nouvelle boîte, ouverte par Ellery.

– Comment va John, docteur? demanda Rusty.

– Ce sont ses nerfs, ma chère. Il a toujours été survolté et le mystère commence à user sa résistance. (Dark s'empara du flacon de whisky.) Qu'avons-nous reçu ce soir, Queen?

Ellery lui montra une petite barrière miniature, peinte en blanc.

– Elle se place admirablement autour de la maisonnette, docteur.

– Et le message?

Ellery lui tendit une carte blanche, où l'on pouvait lire quatre lignes tapées à la machine :

La quatrième nuit de Noël,
Votre cher amour vous envoie
Une b a r r i è r e blanche
Pour écarter la violence.

– Cette fois-ci, nous avons, de nouveau, quelque chose au verso. Qu'en pensez-vous, docteur?

Le gros homme s'empressa de retourner la carte.

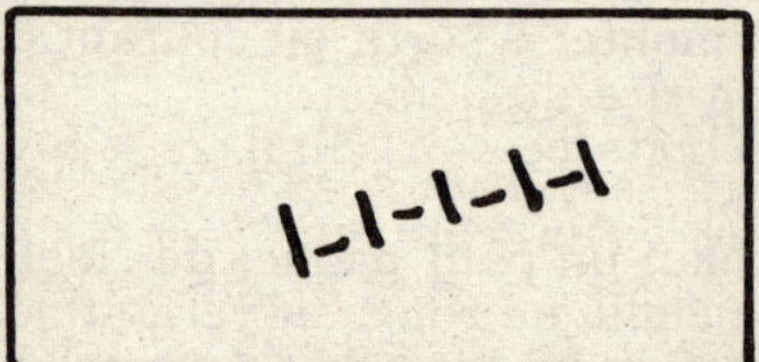

– On dirait un dessin d'enfant, représentant une barrière. Que signifie ce croquis?

– Je voudrais bien le savoir.

– Violence, dit Craig, pesamment. Le mot violence figure sur cette carte. C'est la première fois qu'il est question de... voies de fait.

– Vous oubliez le cadavre dans votre bibliothèque, Mr Craig, dit Ellery, non sans ironie.

– Non, mais ceci est dirigé contre *John*.

Rusty eut un rire bête et sortit en disant :

– Je crois que je vais avoir mal au cœur.

Elle monta l'escalier en courant, suivie de près par le Dr Dark et par Olivette Brown. Val Warren se leva elle aussi, mais un regard d'Ellery la cloua sur place.

Ellery observa la maisonnette, augmentée d'un nouvel élément.

– L'expérience de Luria n'a rien prouvé et cette nouvelle addition ne fait qu'en souligner la futilité. Supposons un inconnu caché dans la maison, rien ne l'empêchait de placer cette quatrième boîte sur le lit de John après que nous fûmes tous immobilisés en bas par le lieutenant. D'autre part, si le donateur est l'un de nous – Luria incline à le penser –, cette personne a pu deviner les intentions de Luria cet après-midi, après le retour de l'étang d'Alderwood, et glisser la boîte dans la chambre de John avant de descendre. Rappelez-vous que John fut un des premiers à descendre.

» En ce qui me concerne, continua Ellery en hochant la tête, je renonce à empêcher cet individu de continuer, car la partie est trop inégale : il lui est facile, en somme, de déposer une petite boîte quelque part dans la maison. Dorénavant, je ne m'intéresserai plus qu'au contenu. A cette date, nous avons sept objets en quatre unités. Il y a là une sorte de dessin, dont je ne saisis pas encore le sens, peut-être y parviendrai-je avec des objets supplémentaires.

Craig marmonna :

– Vous êtes convaincu qu'il ne s'agit pas là d'une plaisanterie, Queen?

– Oui.

– Alors je ne saurais trop vous dire mon contentement de vous avoir ici, dit l'hôte en s'asseyant dans un fauteuil. Si vous pouvez trouver le mot de l'énigme... avant qu'il ne soit trop tard...

– Allez vous coucher, Arthur, murmura Freeman avec douceur.

– Allons-y tous, dit Ellery.

Ils laissèrent Marius qui ronflait paisiblement dans le living-room.

7

La cinquième nuit : Dimanche 29 décembre 1929.

Quatre cornes poussent sur Capricorne, X marque l'emplacement et diverses explorations concernant l'application possible du nombre douze aboutissent à zéro.

Le petit déjeuner fut gâché par l'apparition de Luria, visiblement de mauvaise humeur et, selon Ellery, peu disposé à s'occuper de cadeaux de Noël.

– J'aurais besoin de vous dans la bibliothèque, dit-il sans préambule. Une personne à la fois. Où est Gardiner?

– A l'église, répondit Craig.

– Je compte sur lui aussi, à son retour.

Installé devant le bureau, dans la bibliothèque, le policier procéda à des interrogatoires pendant toute la matinée, prenant des notes sur un gros carnet. Ellery assista à la séance et constata que rien de nouveau n'en avait surgi. En désespoir de cause, Luria s'était borné à répéter les mêmes questions : « Vous ne connaissez pas le mort? Où étiez-vous exactement dans la matinée de jeudi dernier? Etc. »

Lorsque le lieutenant ferma son carnet et se leva, Ellery dit :

– A propos, John a trouvé la quatrième boîte dans sa chambre, hier soir, immédiatement après votre départ.

Luria se rassit, puis se releva. Il eut un geste d'indifférence, d'abord. Enfin il demanda :

– Que contenait-elle?

– Une petite barrière blanche – charmante – et la promesse non moins aimable de violences à venir.

– C'est de la loufoquerie! Vous êtes tous plus cinglés les uns que les autres! Il faut que je parte.

– Un instant, lieutenant. Quelles nouvelles du mort?

– Aucune. Les services compétents ont été incapables de nous fournir le moindre renseignement sur lui; son visage leur est inconnu, ils n'ont pas ses empreintes. A mon sens, ce bonhomme n'a fait l'objet d'aucune fiche. Il n'habitait certainement pas les environs. Que vous dire? Je suis exaspéré, voilà tout!

Peu de temps après le déjeuner, un appel téléphonique de New York parvint à Ellery, qui le prit dans la bibliothèque, après avoir fermé la porte.

– Ici, l'inspecteur Queen qui fait son rapport, dit l'inspecteur Queen. Comment faut-il vous servir votre horoscope, Mr Queen, pur ou avec des précautions oratoires?

– Pur, toujours, répondit Mr Queen, entre ses dents.

– Tu m'avais dit que Rusty Brown avait dessiné huit clips porte-billets et quatre broches, chacun de ces objets représentant un signe différent du Zodiaque?

– En effet.

– Ton arithmétique est défectueuse : huit et quatre font douze, le faisaient du moins quand j'étais à l'école. Or, Moylan dit avoir façonné *treize* pièces. (Un silence s'ensuivant à l'autre bout du fil, l'inspecteur ajouta :) ...Ellery? Tu es mort, ou quoi?

– Je me remets d'une crise cardiaque, dit Ellery d'une voix faible. Ils en ont fait treize, dites-vous? Sur commande, évidemment, pas par erreur?

– Sur commande. La maison Moylan ne commet pas d'erreurs.

– Dites-moi aussi, reprit Ellery dont la voix s'affermissait à mesure qu'il parlait, la treizième pièce n'était-elle pas d'un dessin différent? C'était aussi un signe du Zodiaque – en fait, un double de l'un des douze?

– Oui. C'était...

– Un instant, messire. Laissez-moi deviner. Les deux pièces identiques représentaient un bouc? Le Capricorne. Deux clips Capricorne. Ai-je mis dans le mille?

– Formidable! dit son père, franchement étonné. Comment le sais-tu, mon fils?

– Vous connaissez mes méthodes, répondit Ellery, modestement. Du reste, je n'ai pas de secrets pour vous; le 6 janvier est le jour anniversaire de la naissance de John. Or, le 6 janvier est placé sous le signe du Capricorne.

– Oh! Mais comment as-tu deviné que c'était un double de celui de Sebastian?

– Je ne peux vous raconter cette passionnante histoire au téléphone. Père, j'ai encore une tâche à vous confier. Vous m'entendez?

– Oui, répondit l'inspecteur, morose. Je me demande pourquoi je ne t'envoie pas une note de frais mensuelle. Qu'est-ce maintenant?

– J'aurais besoin de quelqu'un de bien, pour un travail de recherches. Le sergent Velie, par exemple. Pourriez-vous vous en passer pendant deux jours?

– Tu me demandes mon bras droit! Bon. Que devra-t-il faire?

– Des recherches concernant la naissance de John Sebastian.

– Sa *naissance?*

– Oui. Je ne sais que ceci : ses parents étaient Mr et Mrs John Sebastian, de Rye, Etat de New York. Le prénom de Mrs Sebastian était Claire. Le soir du 5 janvier 1905 – vous notez, père?

– Oui...

– Revenant de New York, par une tempête de neige, les Sebastian eurent un accident d'auto. Résultat, Mrs Sebastian accoucha prématurément et mourut en mettant son enfant au monde. Dans la semaine, le père de John succomba, à la suite de ses blessures. Ce sont les seuls renseignements que je possède. Je veux en apprendre beaucoup plus au sujet de cet accident et de cet accouchement... beaucoup plus.

Ellery trouva Rusty derrière la maison. John observait Valentine, Marius et Ellen qui, participant à un concours, construisaient des bonshommes de neige. Rusty regardait John qui ne semblait pas s'amuser.

Rusty interpella Ellery qui se contenta de sourire gentiment.

Il demanda à John :

– Puis-je vous emprunter votre fiancée pendant quelques minutes?

– Oui, à condition que vous ne la débauchiez pas. A propos, vous l'aimez, vous aussi?

– Follement, répondit Ellery en entraînant Rusty.

Les joues roses d'Ellen s'empourprèrent et comme Marius lui disait quelques mots, elle saisit deux poignées de neige et se jeta sur lui.

– Pourquoi venir me chercher, dit Rusty, puisque je ne suis pas libre, alors qu'Ellen l'est?

– Parce que Ellen ne peut répondre à ma question, alors que vous le pouvez.

– Quelle question?

– Pourquoi n'avez-vous pas mentionné le treizième cadeau zodiacal, Rusty?

– Oh, ça! dit la jeune fille. Je n'en ai pas parlé?

– Non.

– En effet, je l'ai commandé. Le treizième était un double de celui de John.

– Pourquoi avez-vous commandé ce double?

– Parce que John me l'avait demandé.

– Pour quelle raison désirait-il deux clips porte-billets?

– Sans doute parce qu'il va devenir si riche le 6 janvier qu'il lui en faudra deux, répliqua Rusty avec le plus grand flegme. Franchement, Ellery, je n'en sais rien.

– Vous ne lui avez pas demandé d'explication?

– Si.

– Que vous a-t-il dit?

– Il a ri, et m'a embrassée en me rappelant que nous n'étions pas encore mariés. Pourquoi ne l'interrogez-vous pas?

– Je vais le faire, je crois, répondit notre héros, au risque d'être embrassé.

Son attitude facétieuse masquait une gravité profonde, mais il ne la laissa pas paraître lorsqu'il interrogea John.

– Et alors, vieux John? demanda-t-il. Pourquoi les deux capricornes?

– Comment l'avez-vous su? répliqua John, vivement. Rusty a bavardé?

– Non, elle a simplement confirmé ce que je savais déjà.

John dit, gêné :

– Vous vous occupez beaucoup de moi, il me semble.

– Si je le fais, c'est pour vérifier une hypothèse. Cela vous ennuie?

– Oui, un peu, répondit John lentement.

– Ecoutez, mon cher, un crime a été commis ici...

– Ciel! s'écria le jeune poète, vous ne pensez tout de même pas que j'y ai trempé! Mon cher Ellery, je suis aussi intrigué que vous au sujet de ce vieillard et de sa mort dans cette maison.

– Alors pourquoi ne m'expliquez-vous pas le deuxième clip?

John répondit tranquillement :

– Parce que je n'en vois pas la nécessité pour l'instant. Encore des questions?

– Non.

Ellery s'attarda un peu. John rejoignit le groupe, dit un mot à Rusty, reçut un baiser enthousiaste pour réponse et se mit à construire un bonhomme de neige, aidé avec empressement par sa fiancée.

Ellery revint à la maison. Dès qu'il fut hors de vue, il hâta le pas. Il entra tranquillement, rencontra le vieux Mr Gardiner et Olivette Brown, parla vaguement de son désir d'une sieste, monta l'escalier... et se glissa vivement dans la chambre de John.

Immense, la pièce était percée de plusieurs bow-windows et chauffée par une cheminée; un très grand lit et deux énormes placards complétaient l'ameublement. Des bannières datant des années de collège décoraient les murs, ainsi que des enseignes de poteaux indicateurs, disant : STOP, INTERDICTION DE STATIONNER, PELOUSE INTERDITE, des fleurets entrecroisés, quelque peu rouillés, une queue de raton laveur, mangée des mites; quelques affiches de voyage françaises et de nombreux autres objets de toutes sortes.

Ellery se dirigea vers le plus proche placard et l'ouvrit.

Il en contempla le contenu en silence pendant quelques instants, puis ouvrit l'autre.

Pétrifié, il n'avait pas encore bougé qu'une voix glacée dit derrière lui :

– J'ai toujours assimilé les indiscrets et les espions à de la vermine. Puis-je savoir ce que vous faites ici?

– Des hommes éminents ont subi des reproches semblables, dit Ellery sans broncher. Espion ou héros : cela dépend du point de vue. Je recherche la vérité et vous ne m'aidez pas. Je vous dois néanmoins des excuses, je vous les offre. Dites-moi, maintenant, pourquoi tous les complets, manteaux, vêtements de sport, chapeaux, lainages et souliers rangés dans ces placards existent en double exemplaire?

Assez curieusement, la bouche aux contours bien dessinés de John esquissa un sourire.

– Dois-je penser que vous aviez flairé cela, simplement parce que j'avais commandé deux clips porte-billets identiques, chez Moylan?

– « Flairé » ne me plaît guère, répondit Ellery. Non, j'avais quelques autres données. Mais vous n'avez pas répondu à ma question.

John se remit à rire franchement.

– Sans doute, cela vous paraîtra incompréhensible. J'ai toujours eu la manie vestimentaire et j'ai pris l'habitude d'acheter tout en double. Je sais, c'est fou, mais les poètes ont bien droit à la fantaisie!

– Si simple que cela? murmura Ellery.

– Mais oui. Voyez... (John se mit à ouvrir des tiroirs.) ... Mes chemises, mes mouchoirs, mes chaussettes, tout est en double.

– Même les monogrammes, dit Ellery en palpant deux cravates marquées J.S.

– Ma folie s'étend aux portefeuilles, aux chevalières, aux étuis à cigarettes... Allez-vous appeler un aliéniste?

– Pour une aliénation aussi méthodique? répondit notre ami en souriant. Non.

– Vous ne me croyez pas, dit John, amusé.

– Oscar Wilde a écrit qu'on pouvait croire l'impossible, jamais l'improbable.

– D'accord. Exemple d'improbabilité difficile à croire : que vous vous glisseriez dans ma chambre comme un voleur.

– J'ai cité Wilde. Pour ma part, j'admets souvent l'improbable, si les faits m'imposent cette conclusion.

– Et les faits en désignent une autre?

– Ceux dont je dispose en ce moment, dit Ellery, m'obligent à vous répondre affirmativement.

Leurs sourires se croisèrent, puis Ellery s'éloigna.

Ce fut Ellery qui trouva le cadeau nocturne.

Au cours d'une émission de radio, après le dîner, notre héros s'aperçut qu'il n'avait plus de tabac pour sa pipe. Il monta dans sa chambre pour remplir sa blague et trouva sur son lit une boîte, enveloppée dans le papier métallique habituel et portant l'étiquette bien connue; une boîte un peu plus grande que les deux précédentes. Il descendit en la tenant avec précaution.

– Numéro cinq! annonça-t-il.

Craig s'empressa d'éteindre la radio. Ellery posa la boîte sur la table du réfectoire. En silence, tous se groupèrent autour de lui. L'emballage ôté, la même boîte blanche apparut, contenant un objet enveloppé de papier de soie rouge; dessus, reposait une carte blanche :

La cinquième nuit de Noël,
Votre cher amour vous envoie
Une m a i n en plâtre,
(Vous ne comprenez pas encore?)
Un point noir dans la p a u m e.
(Ne frissonnez-vous pas?)

Enlevé, le papier de soie révéla une main d'homme, en plâtre, osseuse, presque émaciée, les doigts un peu repliés et le pouce écarté en un geste de supplication ou de reddition. Sur le plâtre blanc de la paume, le sardonique donateur avait dessiné un X, à la mine de plomb.

– Le sens est clair, cette fois-ci, dit John avec un rire bref.

Puis il se tourna vers le flacon de whisky.

– Rusty, demanda Ellery, est-ce un moulage sur nature?

– Non, dit la jeune fille qui regardait John. Cela paraît être un de ces modèles qui servent à enseigner l'anatomie dans les académies de peinture; on en trouve chez tous les marchands de peinture.

– X marque l'emplacement, marmonna Craig. Mais pourquoi une main?

– La chiromancie, dit Mrs Brown, soudain. La paume – la ligne de vie – X coupe la ligne de vie...

– Dois-je me trancher la gorge et mettre fin au « suspense »? dit John avec le même rire bizarre.

– Epargnez-nous les plaisanteries de mauvais goût, John, dit son tuteur, nerveux. Mr Queen, y voyez-vous plus clair, maintenant?

– Pas le moins du monde, dit Ellery en retournant la carte. Voici un nouveau croquis.

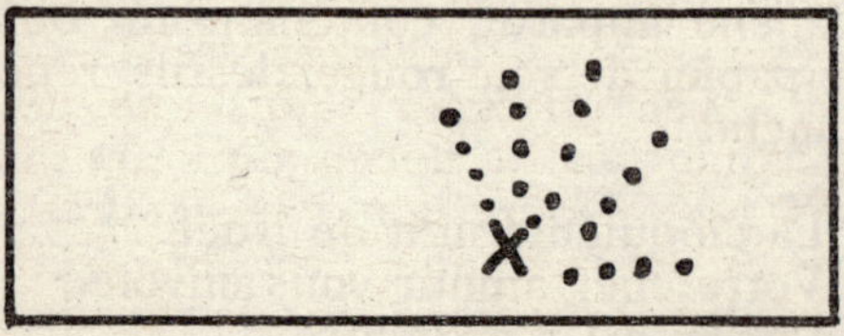

» L'essentiel d'une main, murmura Ellery, la forme réduite à sa structure de squelette. Complétée par X... dans le cas où John ne saurait pas lire, je suppose. C'est tellement insensé que cela en devient effrayant.

Il lança la carte sur la table et se détourna. Un par un, ils allèrent tous s'asseoir de nouveau, mais personne, pas même le Dr Dark, ne proposa d'allumer la radio.

– John, mon chéri, dit Rusty, vous ne prenez pas cette situation au sérieux, je pense?

– Oh, non! répondit John, les menaces de mort ne m'impressionnent plus, je suis sevré. Je les mange au réveil, je les rote à déjeuner et les digère pour dîner. Je les évacue ensuite très facilement. J'ai l'air sérieux! hurla-t-il soudain. Que dois-je faire, Rusty? Mourir en riant?

– John, John! dit son tuteur.

– A vous, Ellery! cria John. Ne nous faites pas languir, esprit subtil, expliquez-vous. C'est votre rayon.

– Bravo! dit Marius en frappant le bras de son fauteuil avec son verre. Un speech!

– En anglais, dit Roland Payn, d'une voix sombre.

– En clair, dit le Dr Dark qui observait John.

– A la grâce de Dieu, murmura Mr Gardiner.

– Comme vous le voudrez, que diable! hurla John, qui s'assit et vida son verre.

– Soit. Je prendrai donc comme sujet de discours, ce soir, la Curieuse Coïncidence des Douze, dit Ellery très dégagé, avec le ton juste qui lui valut un regard reconnaissant de Rusty.

– Je suis toute disposée à écouter, dit Ellen, désagréable, mais faut-il encore en revenir là?

– Nous en sommes toujours restés là, miss Craig, dit Ellery, avec un léger salut. Une période de vacances composée de douze jours, ou nuits, commençant à Noël. Douze personnes représentant les douze signes du Zodiaque. Et John reçoit tous les soirs des cadeaux accompagnés de parodies du noël anglais connu sous le nom de *Douze nuits de Noël*. Le nombre douze, toujours : il y en a trop pour qu'il s'agisse d'une coïncidence. Aussi me suis-je demandé si ce nombre est un poteau indicateur? Par exemple, puis-je établir un rapport entre l'un de nous et le nombre douze?

Venant du hall, le sergent Devoe avait fait une discrète apparition. Ecoutant d'abord avec un scepticisme croissant, il s'appuyait maintenant contre la porte, bouche bée.

– Voyons, reprit Ellery. Si nous commencions par Mr Payn?

– Moi? fit l'homme de loi, très surpris. J'aimerais que vous m'épargniez ces sottises, Queen.

– Non, personne ne doit se dérober, c'est essentiel pour mon enquête. Réfléchissez bien, Mr Payn : le nombre douze n'évoque-t-il rien pour vous?

– Non!

– Dans votre profession? Vous êtes avoué. Avoué... Bien sûr! reprit Ellery, ravi. C'est limpide! Avoué-jury. Les douze membres du jury. Vous voyez bien!

– Je ne plaide jamais, ou presque, répliqua brusquement l'avoué. Du reste, ma partie est le droit civil, non le criminel.

– Voyons, Payn, dit Freeman inopinément. Tout ceci pourrait être amusant. Sûrement...

– Je vous répète que le nombre douze ne me dit rien.

– Roland, comment avez-vous pu oublier la thèse que vous avez soutenue au sortir de l'Université? demanda Craig, solennel. Vous en fûtes si fier que vous m'avez demandé, des années plus tard, d'en imprimer une édition à compte d'auteur que vous vouliez offrir à vos amis du barreau. Vous ne vous souvenez pas? Il s'agit de ce code de droit privé, rédigé à Rome, au Ve siècle avant notre ère.

– Mon Dieu, gémit l'avoué. De grâce, Arthur!

– Le titre en était, poursuivit Craig, souriant, avec un regard de côté à John, *Lex XII. Tabularum.* J'en possède un exemplaire. *La loi des Douze Tables,* par Roland Payn.

– Oui, en effet, Arthur, dit Payn avec un faible sourire. J'avais oublié et je ne vous remercie pas de me l'avoir rappelé.

– Voilà, dit Ellery gaiement. Un rapport a donc été nettement établi entre vous, Mr Payn, et le nombre douze. J'y pense soudain : vous êtes aussi l'un des douze pairs.

– Comment?

– Les douze pairs étaient les douze paladins de Charlemagne. Vous n'avez sûrement pas oublié le plus célèbre d'entre eux? La Chanson de Roland, parbleu! Cher monsieur, le nombre douze vous environne de toutes parts! Au suivant : docteur Dark!

John souriait. Rusty s'approcha de lui et se lova sur ses genoux, sa main prit la sienne et la serra. Il baisa le bout de son nez.

– Docteur, nous attendons, dit Ellery, sévère. Le nombre douze? Qu'évoque-t-il pour vous?

– L'heure à laquelle je suis habituellement tiré d'un profond sommeil par un malade imaginaire, répondit le gros homme. Je pourrais aussi vous citer les douze nerfs crâniens...

– C'est un peu vague.

– Réfléchissez, Samson, dit Craig en riant.

– Samson! s'écria notre héros. Je croyais que son prénom était Samuel. Samson! C'est clair!

– Vraiment? dit Ellen.

– Qu'apprenez-vous donc au collège? Samson est l'équivalent biblique de l'Hercule grec. Que nous suggère Hercule?

– Les douze travaux! dit Freeman, épanoui.

– Parbleu!

Après, tout vint facilement. Marius présenta sa candidature sous le parrainage de Schönberg et de ses douze tons, dont il était l'adepte. Mr Gardiner évoquait les douze apôtres et portait même le prénom de l'un d'eux, André. Mrs Brown et les douze signes du Zodiaque : évidente affinité.

Mr Craig fut accepté à cause des fameux « Calendriers Craig » qui sortaient annuellement de ses presses. Valentine affirma qu'elle n'avait jamais joué *La Nuit des Rois.* Mais elle insista pour être reçue parce qu'elle était Sagittaire, l'Archer, et que son anniversaire de naissance tombait le 12 décembre – le douzième jour du douzième mois! Rusty présenta d'abord des difficultés, puis Ellery, fouineur, découvrit que son nom de baptême était Yolande et non Rusty : sept lettres, ajoutées aux cinq de son nom formant le nombre magique, douze. Quant à Dan Z. Freeman, de confession israélite, il fut unanimement accepté, sa qualité de juif évoquant les douze tribus d'Israël et leurs chefs, les douze fils de Jacob; en outre, son prénom, Dan, était celui de l'un des douze et son second prénom, Zabulon, également.

A ce moment, la mâchoire inférieure du sergent Devoe, médusé, pendait dangereusement près de sa poitrine.

L'effet général fut un peu gâté lorsqu'on découvrit que ni John ni Ellen n'étaient admissibles au club. Malgré ses efforts, Ellen ne parvint à trouver aucun nombre douze dans sa vie et son oncle ne put lui venir en aide. Quant aux douze cadeaux de Noël dont John se voyait menacé, si quelqu'un y pensa, personne n'osa en parler.

– Et vous, Mr Queen? demanda Craig, souriant. Vous ne pouvez rester en dehors.

– Moi? Comme Ellen et John, je suis incapable d'imaginer un nombre douze qui me concerne.

– Votre nom, proposa Freeman. Onze lettres : si vous possédez une initiale médiane...

– Je n'en ai pas, malheureusement.

– Le livre! s'écria Craig en se donnant une claque sur la cuisse. Vous êtes romancier, donc reçu au club, car l'in-douze est un format classique!

Très pénétré, Ellery dit :

– Mr Craig, je m'incline!

– Je suis reçu aussi! s'écria John en riant. N'ai-je

pas écrit un livre? Pauvre sœurette, vous êtes la seule à être blackboulée!

– Je vous donne rendez-vous dans vingt ans, dit Ellen, en montrant ses petites dents blanches, vous m'en direz des nouvelles. Douze gosses!

Sur cette note gaie, « L'Impromptu Sebastian ou la Thérapeutique Amusante » prit fin et le patient, apparemment guéri, proposa un raid vers le réfrigérateur et persuada le sergent Devoe de prendre le commandement. Marius se précipita au piano et joua bruyamment une marche militaire, le Dr Dark, cérémonieux, saisit le bras décharné d'Olivette Brown, Roland Payn prit la taille de Val Warren en la serrant paternellement... Bref, ils partirent gaiement pour la cuisine.

Mais, plus tard, dans sa chambre, alors qu'il ajoutait quelques lignes à son journal, Ellery s'interrompit pour se demander dans quelle mesure cette petite séance participait de la farce ou non. Voici sa conclusion :

L'absurdité de ce soir : des gens qui rient dans la nuit pour se donner du courage. Mais un fil invisible et menaçant traverse ce tissu de niaiseries. Quel est le sens de tout ceci, que signifient les cadeaux et qui les dépose ici et là?... ET QUI EST LE MORT?

8

La sixième nuit : Lundi 30 décembre 1929.

Le révérend Gardiner a une aventure peu conforme à son état, la maison Freeman vacille sur sa base et le jeune John va se coucher avec un fouet.

Lundi matin, Mr Gardiner descendit d'un pas lourd et le cœur gros. Le vieux prêtre dormait mal depuis la nuit de Noël, mais sa fatigue était surtout spirituelle, car les événements survenus dans la maison d'Arthur Craig le préoccupaient de plus en plus. Chaque nuit, dans son lit, il priait le Ciel afin qu'une explication pleine de grâce joyeuse vienne, par quelque miracle, dissiper son inquiétude. Quant à l'inconnu trouvé mort dans la bibliothèque, il l'avait délibérément écarté de ses pensées, Dieu seul pouvant y remédier, au jour du Jugement.

Troublé par un vague sentiment de culpabilité ou, tout au moins, par la crainte d'un affaiblissement de sa foi, Mr Gardiner décida de faire pénitence : il ne prendrait pas de petit déjeuner. Evitant la salle à manger, d'où lui parvenaient des bruits de voix, il traversa le living-room et se rendit dans la bibliothèque. Suivant les conseils de son évêque, il lui écrirait une longue lettre : régime recommandé, en période d'épreuves et d'incertitudes, aux ecclésiastiques en retraite. Saint Jean n'a-t-il pas dit : « Le bon berger donne sa vie pour ses brebis »?

Mr Gardiner s'installa devant le bureau, prit son stylo – combien de sermons n'avait-il pas rédigés avec cette plume émoussée! – et, après une courte prière, se mit à écrire sur du papier apporté à cet effet.

Combien de temps écrivit-il? Mr Gardiner n'aurait pu le dire. Il entendit vaguement des voix, des rires et des bruits de pas provenant du passage de ses amis à travers le living-room, puis plus rien : ils avaient dû sortir ou se rendre dans leurs chambres. Aussi le prêtre se mit à lire ce qu'il avait écrit, ses lèvres remuant sans proférer aucun son.

A ce moment, il entendit deux voix dans le living-room, deux voix atténuées qui lui parvinrent grâce au profond silence. L'une appartenait au petit homme chauve aux beaux yeux tristes, Mr Freeman, l'éditeur, l'autre était celle de John. Une conversation d'affaires, confidentielle, sans doute, et

Mr Gardiner en fut gêné : ne devrait-il pas signaler sa présence en allant jusqu'à la porte? Mais le timide Mr Freeman pourrait en éprouver de l'embarras. Mr Gardiner décida donc de rester où il était : l'un des interlocuteurs, se déplaçant, l'apercevrait peut-être au delà de la porte.

Soudain, Gardiner souhaita avec ferveur qu'il n'en fût rien, car ce qu'il avait pris pour une conversation d'affaires tournait au drame.

John se montrait extrêmement désagréable. Il avait commencé par rappeler que l'actuelle maison d'édition Freeman avait été fondée par son père et Arthur Craig; après la mort prématurée de John Sebastian l'aîné, Arthur Craig avait vendu la firme Sebastian et Craig, mais John, le fils, avait toujours considéré cette vente comme une atteinte à la mémoire paternelle et cherchait depuis des années le moyen de réparer le dommage. Il tenait maintenant la solution : le 6 janvier 1930, la fortune de son père lui reviendrait en toute propriété, des millions de dollars qui lui permettraient de racheter la maison. Tout ceci dit sur un ton sardonique que Mr Gardiner trouva fort déplaisant.

Mr Freeman paraissait mal à l'aise, comme s'il espérait sans trop y croire que le jeune homme plaisantait. Après un silence, l'éditeur dit, avec un rire nerveux :

– J'ai cru pendant un instant, John, que vous parliez sérieusement.

– Vous ne vous êtes pas trompé.

Un interlude encore, puis la voix de Mr Freeman :

– Je... je ne sais trop que dire, John. Si votre offre est vraiment sérieuse, vous m'en voyez sincèrement touché, d'autant que je comprends fort bien le sentiment qui vous pousse. Mais la maison Freeman n'est pas à vendre.

– Vous en êtes sûr?

– Certainement, répondit l'autre, agacé. Votre question est étrange...

– Mr Freeman, je veux cette maison et vous allez me la vendre, la maison, ou vos actions, ce qui revient au même. Je n'abuserai pas de la situation, j'ai les fonds et vous payerai le prix; que vaut l'affaire? Mais comprenez bien que vous n'avez pas le choix : c'est moi qui décide.

Mr Gardiner faillit se lever d'un bond.

Le pauvre Freeman disait, désemparé :

– John, vous me faites marcher ou alors vous êtes très malade! Mais si vous insistez, je serai aussi sérieux que vous prétendez l'être. Je n'ai participé en rien à la première vente, conséquence de la mort tragique de votre père; sauf erreur de ma part, Craig s'estima insuffisamment armé, aussi, pour en assumer la direction seul. Depuis cette époque, la maison a passé de main en main, je ne suis que l'actuel propriétaire. Lorsque je l'ai prise, elle se trouvait au bord de la faillite. J'ai beaucoup travaillé, John, j'en ai fait la meilleure, peut-être, des petites maisons d'édition de New York. Vous voulez me la prendre, dites-vous. Je pourrais vous demander pourquoi, de quel droit? Je n'en ai pas l'intention. Je me bornerai à demander, et je veux une réponse franche, sans dérobades enfantines : pourquoi est-ce à vous de choisir? Comment comptez-vous me faire vendre?

La voix de Mr Freeman avait pris de l'ampleur au point que Mr Gardiner fut tenté de prononcer un retentissant « Bravo! ». Mais il resta assis et tendit l'oreille.

– A cause de votre père, dit John Sebastian.

– Mon père? répéta l'éditeur dont la stupéfaction parvint jusqu'à la bibliothèque. Mon *père*?

– Soyez raisonnable, dit la voix déplaisante, d'un ton lassé. Comme vous, je n'apprécie guère cette conversation. Ne me forcez pas la main, Mr Freeman.

Il y eut une interjection, puis le bruit d'un poing qui frappe un siège.

– Quelle... quelle insolence! Mon père, qu'a-t-il à faire ici? Qui vous permet de traîner un vieillard que vous ne connaissez même pas dans ce cauchemar?

– Il est vieux, n'est-ce pas? Soixante-dix ans, au moins... Très bien, Mr Freeman, vous l'aurez voulu. En prenant la décision de racheter la maison d'édition, je savais qu'il me faudrait un argument plus puissant que l'argent. Pour ne rien vous cacher, je me suis renseigné un peu partout. Ne trouvant rien sur votre compte, je me suis occupé de votre famille. Votre père était un immigrant, n'est-ce pas?

– Oui.

– Un juif allemand qui s'enfuit d'Allemagne sous un faux nom, à la suite d'ennuis politiques avec le gouvernement impérial.

– Qui vous a renseigné? murmura l'éditeur. Quel Judas?

– Votre père craignait de ne pas être admis ici, je le suppose du moins; en tout cas, il fit de fausses déclarations au bureau d'immigration. Après, il eut peur de rédiger une demande pour obtenir la nationalité américaine; en réalité, il ne devint jamais citoyen américain. Il est encore de nationalité allemande et si les fausses déclarations, faites sous serment, venaient à l'attention des autorités de l'immigration, il pourrait fort bien – malgré son âge – être renvoyé en Allemagne.

– Impossible! dit Freeman avec horreur. On ne le ferait jamais. Mon père à soixante-quatorze ans, il en mourrait : ce serait une sentence de mort. On ne le ferait jamais, j'en suis sûr!

John Sebastian demanda poliment :

– Etes-vous disposé à courir ce risque ou me vendez-vous la maison Freeman?

Un long silence s'établit. Puis Mr Gardiner entendit l'éditeur qui disait, d'une voix effrayante :

– Une association. Je vous offre de devenir mon associé, gardez votre argent!

– Mais je ne veux pas d'association, Mr Freeman, je veux la maison d'édition de mon père. Vous me la donnez?

– C'est intolérable! Vous êtes fou... paranoïaque. Non! Je ne le ferai pas!

Avec infiniment de charme, John dit :

– Réfléchissez encore, Mr Freeman. Vous avez le temps. Vous restez ici pendant une semaine encore, au moins.

– Une semaine encore? s'écria Freeman, avec un rire sauvage. Croyez-vous que je vais rester une heure de plus ici? Je pars immédiatement!

– Je crains que le lieutenant Luria n'ait son mot à dire à ce sujet. Avez-vous oublié qu'un meurtre a été commis dans cette maison et que vous êtes retenu ici en qualité de suspect éventuel au même titre que nos amis?

Mr Gardiner entendit John quitter tranquillement le living-room.

Il imagina le pauvre éditeur, suivant des yeux le monstrueux pupille de son hôte, ses mains délicates serrées l'une contre l'autre, impuissantes, le cœur rempli de chagrin et de honte. Mr Gardiner en aurait pleuré.

Un instant après, il entendit le pas lent du malheureux qui quittait la pièce.

Mr Gardiner trouva Rusty dans la vieille remise. Blottie contre John sur le siège poussiéreux de l'antique traîneau, elle écoutait avec ravissement le jeune monstre qui lisait des vers. Comme ils lui tournaient le dos, Mr Gardiner put les observer à sa guise pendant quelques instants. C'étaient des vers d'amour, d'un raffinement extrême, et la grande satisfaction dont faisait preuve le jeune homme en les lisant indiquait assez qu'ils étaient de lui. Les lèvres entrouvertes, Rusty, que le prêtre voyait de profil, buvait les vers de son ami.

Mr Gardiner toussa. Il dut recommencer pour se faire entendre.

– Oh! Mr Gardiner, s'écria Rusty, en secouant ses cheveux roux, vous devriez entendre les poèmes de John. Ils sont admirables!

– Oh, révérend! fit John.

– Donc, je vous interromps. Je regrette...

Mais il ne bougea pas.

– Je suis de trop, il me semble, dit John.

– J'ai été un peu négligent, dit Mr Gardiner sans se troubler. J'aurais voulu avoir une conversation avec Rusty, car le jour du mariage approche. Certes, si vous préférez la remettre...

– Bon, bon, dit John. Allez-y.

Il se leva du traîneau et partit à grandes enjambées.

– Ne faites pas attention à lui, dit Rusty avec un rire embarrassé. Les événements de ces derniers jours l'ont beaucoup éprouvé. Voulez-vous vous asseoir à côté de moi?

Mr Gardiner grimpa alertement dans le traîneau; il prit la main de Rusty et lui sourit.

– Eh bien! ma chère... Enfin seuls, comme disait l'autre!

Après ce préambule, qui lui servait souvent, le digne homme marqua une pause et les narines de son grand nez frémirent : il s'apprêtait à entrer dans le vif du sujet. A l'instant même, Rusty eut un petit frisson exprimant son absolu bonheur.

– Oh, Mr Gardiner, je me sens si heureuse! J'ai le sentiment d'accueillir en moi tout ce que le monde a de merveilleux... C'est de l'extase! Même les événements récents ne peuvent me gâter ma joie.

Mr Gardiner resta muet. Ne lit-on pas, au Livre de

Samuel : *Si un homme pèche contre un autre homme, qu'il soit jugé par le juge*? Selon saint Matthieu, d'autre part, Jésus, n'a-t-il pas dit : *ne jugez point et vous ne serez point jugés*?

– Vous aimez tendrement John, dit Mr Gardiner, troublé.

– Oh, oui!

– Et John vous aime?

– Je le lui conseille vivement! dit Rusty en riant.

– Vous n'avez aucun doute? Ni pour vous, ni en ce qui le concerne? demanda le prêtre qui ne riait pas.

Rusty hésita et Mr Gardiner se prit à espérer. Mais elle dit alors, pensive :

– Je ne le crois pas. Sa conduite anormale m'a donné du souci ces jours derniers, je le reconnais, mais cette situation impossible en est la cause. John se sent responsable d'avoir réuni ses amis ici. Ce meurtre ensuite... ces affreux cadeaux de Noël...

– Rusty, dit le vieux prêtre, supposez que John ne soit pas ce que vous croyez et que vous le découvriez. L'épouseriez-vous néanmoins?

– Vous êtes trop gentil, répondit la jeune fille en lui prenant la main. Mais je ne peux répondre à une question de ce genre, Mr Gardiner, elle n'a pas de sens pour moi. John ne pourrait être autre que l'homme que je connais, il ne serait plus mon John et je ne puis concevoir l'idée de ne pas l'épouser.

Mr Gardiner déposa un baiser sur son front et descendit du traîneau.

– Dans ce cas, dit-il, n'en parlons plus.

« Je ne t'en parlerai plus, ma pauvre petite, songea Mr Gardiner en revenant jusqu'à la maison, mais je ne puis en rester là. »

Il chercha Olivette Brown, non qu'il en espérât grand-chose, mais il était mû par le sentiment du devoir. La mère de Rusty? Il la connaissait à fond.

Un verger caillouteux, presque stérile, qu'il avait travaillé sans succès depuis de nombreuses années. Exorciser son absurde et théâtrale obsession concernant les manifestations psychiques, obsession vide du reste de toute spiritualité réelle : le prêtre y avait renoncé définitivement. Il se demandait même si elle croyait réellement aux fatras qu'elle dispensait à l'envi autour d'elle, péché plus grand encore, aux yeux de Mr Gardiner, que le fait d'être passionnée de magie. Elle devenait alors un vase non seulement dépourvu de toute grâce, mais également plein d'hypocrisie.

Il la trouva dans la cuisine, occupée à lire l'avenir de Mrs Jansen dans des feuilles de thé.

– Olivette, dit Mr Gardiner sans préambule, je désire vous parler en privé.

– J'allais justement monter pour aider Mabel à faire les lits, s'empressa de dire Mrs Jansen qui disparut.

– Vous allez encore me gronder! dit Mrs Brown en minaudant.

– Non, je vais vous demander ce que vous pensez de votre futur beau-fils.

– John? dit Mrs Brown, qui s'embrasa. Ce magnifique et charmant garçon! Je suis si heureuse pour ma Rusty!

– Olivette, dit Mr Gardiner, supposons que votre John soit autre qu'il ne paraît et que vous le découvriez. Seriez-vous encore heureuse pour Rusty?

– Mais bien sûr! La période idyllique, les bécotages ne durent pas très longtemps, je ne suis pas assez bête pour croire le contraire. Je me rappelle Mr Brown... Certes, John n'est pas tout ce qu'il paraît être – les hommes qui courtisent une fille se ressemblent tous...

– Supposons, insista Mr Gardiner, qu'il soit malhonnête et que vous l'appreniez.

– Des bêtises! s'exclama Mrs Brown. Pourquoi

serait-il malhonnête? Dans l'ordre matériel? Certes pas, et si c'est sur un autre plan, je ne suis pas qualifiée pour m'ériger en juge.

« Tu ne jugeras pas », songea Mr Gardiner, fort ennuyé. Puis il se rappela les tours que joue le Malin et le don qu'il a de défigurer les Écritures. Il redressa les épaules.

– Je ne suis pas née d'hier, poursuivait Mrs Brown, et vous non plus, mon père. D'un homme, rien ne me surprendrait. Mais John est jeune, beau, charmant, il a du talent et il va être *très* riche. J'ignore ce que vous voulez dire, Mr Gardiner, mais franchement, je préférerais ne rien entendre. J'en mourrais, je crois, si ce mariage ne se faisait pas...

– Même si un malheur devait en résulter? demanda Mr Gardiner qui s'excusa et partit à la recherche d'Arthur Craig.

Dès le début, Craig avait été son plus ferme espoir.

– Etes-vous sûr, Mr Gardiner, d'avoir bien compris? répéta Craig.

– Oui.

– Mais cela ne ressemble pas à John! Il a souvent parlé de son père et de la maison d'édition, mais je ne l'ai jamais entendu exprimer le désir de la racheter...

– Je ne peux que vous rapporter ce que j'ai entendu...

– Faire chanter Dan Freeman, dit Craig en tirant sur sa barbe. Je ne peux le croire. Non! C'est impossible!

Mr Gardiner se leva.

– Je comprends très bien. Et je suis au regret, mais j'ai considéré de mon devoir...

– Non, non, asseyez-vous, dit Craig en saisissant le prêtre par sa manche. Un garçon qu'on a élevé – que l'on croit connaître à fond! Son intégrité? J'en aurais juré... Comment s'adresser à lui pour lui parler d'une chose pareille, Mr Gardiner? Que dit-on, dans ce cas?

– *La bouche laisse parler le cœur d'abondance*, cita le prêtre. Exprimez votre pensée. Ce garçon vous aime, vous respecte; il vous écoutera, il doit vous écouter.

– Croyez-vous? Est-ce que je le connais? Parfois, ces derniers jours... (Craig se leva soudain et s'approcha du feu.)... J'ai essayé de maintenir une sorte d'équilibre, Mr Gardiner, au milieu de... je ne sais quoi. Mais c'est terrible... ajouta-t-il en se retournant brusquement. Que se passe-t-il dans ma maison? Que puis-je faire? Comment agir?

Mr Gardiner toucha l'épaule de son hôte.

– Pendant la dernière nuit de sa vie terrestre, Mr Craig, Jésus se rendit au mont des Oliviers, comme nous le dit Marc, en un lieu nommé Gethsémani, et là Il éprouva des sueurs d'angoisse. Gethsémani est un mot araméen qui signifie « pressoir d'olives ». Pendant que le cœur de Jésus, comme les olives qui donnèrent leur nom à ce lieu, était broyé et torturé, il trouva encore la force de dire : « *Qu'il en soit néanmoins, non comme je le veux, mais comme vous le voulez.* » (Le prêtre sourit et ajouta :) Je sais que mes paroles peuvent vous paraître un peu vieux jeu, mais ayez la foi et votre chemin sera tout tracé.

Mr Gardiner ne souriait plus lorsqu'il quitta son hôte. Il avait prêché la foi depuis un demi-siècle, songea-t-il, avec des résultats médiocres. La vraie foi faisait des miracles, certes, mais elle était si rare, si rare! Et le temps pourrait jouer un rôle essentiel dans le problème actuel.

Mr Gardiner soupira. Rendre à César ce qui appartenait à César? C'était parfois nécessaire. Il chercha Ellery et lui raconta l'ultimatum signifié à Freeman par John. Ellery l'écouta avec un vif intérêt.

– Merci, Mr Gardiner. Je suis heureux que vous

m'ayez mis au courant. L'explication commence à prendre corps, fragmentairement, en tout cas.

– Prendre corps, Mr Queen? demanda le prêtre, étonné par l'expression satisfaite du jeune homme et la note triomphale dans sa voix.

– Je ne peux rien affirmer, ni en dire plus, pour l'instant.

Stupéfait, Mr Gardiner regagna sa chambre.

Sachant que son maître appréciait particulièrement le programme du lundi soir, Mrs Jansen servit le dîner tôt.

Dès 7 h 30, tous les invités étaient donc installés dans le living-room et, après une émission de jazz, Craig tourna le bouton pour écouter un concert.

– J'espère que vous n'y verrez pas d'inconvénient, Marius. C'est de la musique légère, mais je l'aime.

– Pourquoi pas, oncle Arthur? demanda Ellen. Cet orchestre joue des œuvres que tout le monde connaît et les joue admirablement. Pourquoi rougir d'aimer ce que les autres apprécient, pour la seule raison qu'une poignée d'imbéciles ricanera?

Elle accompagna cette diatribe d'un regard méprisant à l'adresse d'Ellery.

– C'est moi, l'imbécile? murmura Ellery.

– Après cette sortie, renchérit Marius, qui de nous serait encore assez prétentieux pour refuser d'avaler cette bouillie?...

La soirée ne fut guère réussie, l'atmosphère restant tendue. Marius retrouva sa mauvaise humeur, John se montra distrait, Valentine querelleuse, Payn brusque, le Dr Dark boudeur, Mrs Brown glapissante, Mr Gardiner troublé, Craig abattu, Ellery susceptible, Rusty agitée; quant à Freeman, il avait l'air d'un esprit désincarné flottant dans une autre dimension parmi d'amères vapeurs.

La soirée se traîna. A 11 heures, quelqu'un écouta les informations. Au milieu de l'émission, Freeman se leva et dit :

– Rien que des choses désagréables à entendre. Excusez-moi, je vais me coucher.

Il sortit, d'un pas fatigué.

On parla des nouvelles. Trois contrebandiers tués par des gardes-côtes, trois bateaux capturés, chargés de cargaisons valant un demi-million de dollars; aux Indes, le Mahatma Gandhi prêchait la « désobéissance civile » aux autorités britanniques... A ce moment précis, l'éditeur revint et lança d'une voix stridente :

– Je viens de trouver ceci dans ma chambre!

Il tenait haut le classique petit paquet vert et rouge. Ellery le lui prit des mains.

– Adressé à vous, John, bien sûr. Dois-je faire les honneurs?

John eut un rire amer. Attentif, Mr Gardiner ne retrouva presque rien dans ce rire de la méchanceté ironique exprimée le matin par cette même bouche. Un étrange garçon, songea-t-il, si divers...

Quant à l'éditeur, dont le visage était pâle et défait, il ne regarda pas John et se contenta de s'asseoir un peu à l'écart.

Mâchonnant quelques poils de sa barbe, Arthur Craig observait furtivement son pupille, comme s'il le voyait pour la première fois. Puis il se reprit et concentra son attention sur Ellery qui défit le paquet.

Comme d'habitude, la carte blanche était posée sur l'objet enrobé de papier de soie. Ellery la lut à haute voix.

La sixième nuit de Noël,
Votre cher amour vous envoie
Un f o u e t de cuir tressé,
Œuvre d'un adroit artisan.

C'était un petit fouet à l'air méchant, de cuir épais, avec un manche lourdement tressé et une lanière assez longue : un fouet pour lilliputiens.

– La reproduction en miniature d'un authentique fouet, dit Rusty, l'examinant. Peut-être un fouet de bouvier, bien qu'il ne soit pas du type *sjambok*, que l'on trouve en Afrique du Sud. D'origine sud-américaine? C'est possible.

– Un fouet de bouvier, dit Dan Z. Freeman, très distinctement, ou un fouet pour châtiments corporels?

– Comment, Mr Freeman? demanda Rusty, étonnée.

– J'y pensais justement, dit l'éditeur. Le 3 mars est mon anniversaire de naissance et, à en juger par votre petit présent zodiacal de l'autre matin, il est placé sous le signe des Poissons. Vous qui êtes notre astrologue, Mrs Brown, rafraîchissez ma mémoire : quelle est l'interprétation courante des Poissons?

– Le symbole de la servitude, dit la mère de Rusty, soupçonneuse.

– L'esclavage, dit Freeman en souriant. Avant aujourd'hui, je ne m'étais guère intéressé aux influences astrales, ajouta-t-il en regardant franchement John Sebastian.

Mais celui-ci contemplait le sol.

– Encore un?

Soulagés, tous se retournèrent : c'était le sergent Devoe. Sans mot dire, Ellery prit le petit fouet des mains de Rusty et le tendit au policier, ainsi que la carte blanche. Le sergent sortit de la pièce. Un instant plus tard, ils l'entendirent qui téléphonait, puis il raccrocha, revint et rendit fouet et carte à Ellery.

– Le lieutenant vous fait dire de les garder, Mr Queen.

– Non. John pourrait désirer conserver ce cadeau-ci, du moins, je le pense. John?

John tressaillit, puis il prit le fouet et le retourna entre ses mains.

– Oui, dit Freeman, toujours assis à l'écart. Oui, cela paraît normal.

– Normal?

Pour la première fois, le jeune poète regarda son éditeur.

– Que voulez-vous dire, Mr Freeman?

– Allons, n'essayez pas de me faire croire que vous souffrez d'une nouvelle crise d'amnésie!

– Je ne comprends pas, lança John, les yeux brillants. Je vais me coucher.

– John! fit Rusty.

Mais il l'embrassa à la hâte et sortit aussitôt.

Alors seulement, Ellery se rendit compte qu'il n'avait pas examiné le verso de la carte. Il la retourna.

Rien n'était écrit au verso.

9

La septième nuit : Mardi 31 décembre 1929.

Deux triangles deviennent un quadrilatère,
les demoiselles Brown et Warren
retournent à l'âge des cavernes
et la nouvelle année commence de fâcheuse façon.

Le dernier jour de l'année vit s'élever le vent d'est et le temps s'annonça frais, mais beau.

– J'ai envie de monter à cheval, annonça Ellen au petit déjeuner. Qui m'accompagne?

– Moi, dit Ellery.

– Vraiment? s'étonna Ellen, tout en paraissant satisfaite.

– Je monterai aussi volontiers, dit Rusty. John?

– Bien sûr, dit John. Que faisons-nous? Nous montons à deux sur la même bête? Il n'y a que deux chevaux.

– Ça m'amuserait beaucoup, dit Rusty.

– Moi pas, dit Ellen froidement. Je propose deux sorties : retrouvez-nous à l'écurie dans une heure, nous vous laisserons les chevaux.

Felton amena le hongre et la jument et ils partirent dans les bois en observant un silence digne. Ellen fut longue à se dégeler mais, se reprochant de l'avoir négligée, Ellery s'y employa avec l'application qu'il réservait d'habitude à ses travaux intellectuels. Un sourire vint enfin le récompenser et leurs montures étant en parfaite condition, ce fut ensuite une joie de galoper à travers bois sur la neige qui scintillait au soleil.

Ils revinrent au pas, pour ménager leurs bêtes que Rusty et John monteraient ensuite. Les joues d'Ellen étaient roses, ses yeux brillaient et l'une de ses jambes que moulaient les jodhpurs heurtait celle d'Ellery de temps en temps, délicieusement mais dangereusement. Notre héros s'aperçut soudain qu'il n'avait pas songé, depuis une heure, à un vieillard mort ou à de mystérieux cadeaux. Il se répandit donc en propos légers et les joues de la jeune fille devinrent de plus en plus colorées... tant et si bien qu'en arrivant à l'écurie, ils faillirent écraser Valentine Warren et John Sebastian avant de se rendre compte de l'impair qu'ils commettaient.

– Pour l'amour de Dieu, Val, disait John, que l'autre maintenait contre une stalle. Nous ne sommes plus seuls...

– Je m'en fous! cria Val, sans même se retourner. Je ne vous aurais jamais cru aussi bête! Vous faire posséder par une fossette et de grossiers cheveux rouges!

– Hé, petite sœur, Ellery! dit John faiblement. Ecoutez, Val, Rusty va arriver d'un instant à l'autre...

– Je vous répète que je m'en fous!

Pétrifiés, nos deux cavaliers se tenaient sur leurs montures comme deux idiots.

– John, je suis un être humain. J'ai joué bravement mon rôle – la meilleure amie, le chic type, « j'espère que vous serez très heureux tous les deux ». Et quoi encore! Mon chéri, il faut que je vous le dise avant qu'il ne soit trop tard : je vous aime, John, je vous aime, je vous aime! Etes-vous aussi aveugle que stupide? Je vous ai aimé bien avant que vous ne connaissiez Rusty. Nous avons eu du bon temps ensemble...

– Je sais, Val, je sais, ne croyez pas que j'aie oublié. Vous avez fait une belle promenade, vous deux? La piste des bois est bonne?

– Parfaite, dit Ellen, qui semblait vouloir descendre de cheval tout en restant en selle.

– John, ne vous occupez pas d'eux...

– Ne pourrions-nous en parler à un autre moment? demanda John, essayant de se baisser pour échapper aux deux bras de Val qui le maintenaient solidement contre le box.

– Quand? Lorsque vous serez collé à cette Clara Bow du pauvre? gémit Val en avalant un sanglot. Oh! Johnny, Johnny...

– Assez, Val, lâchez-moi. Devant Ellen et Ellery! Val, êtes-vous folle? Val...

L'exclamation de John dégénéra en un murmure étranglé. Médusés, Ellen et Ellery virent la blonde le réduire à l'impuissance et lui baiser passionnément la bouche. Exaspéré, il parvint néanmoins à se dégager et à dire :

– Hello, Rusty!

Très gênés, Ellen et Ellery se retournèrent sur leurs selles. Rusty se tenait derrière eux, dans la neige. Elle donna une tape sur la croupe de la monture d'Ellery et pénétra dans l'écurie. Lorsqu'elle parla, sa voix aurait pu venir d'une crevasse, au pôle Nord.

– Que jouez-vous, Val? La grande scène de lutte, dans *Coule ou nage*?

– Justement, Rusty, dit Ellen, Val mimait une scène...

– Oh, assez! interrompit Val, boudeuse. Eh bien! vous savez maintenant, Rusty.

– Je sais quoi, Val? rétorqua Rusty, glaciale. Que vous êtes une garce, une putain, une voleuse d'hommes?

– Cet affreux étrier! dit Ellen furieusement.

John s'éclaircit la voix.

– Rusty!

– Taisez-vous, John Sebastian! hurla Rusty. Vous lui avez probablement fait des avances! Je suis bien heureuse d'avoir découvert votre manège à temps!

– Ciel! dit John avec lassitude. Croyez-moi ou non, ma chérie, j'attendais l'autobus lorsque j'ai été pris d'assaut, j'ai des témoins pour en fournir la preuve. N'ai-je pas été assailli, petite sœur? Ellery? Pour l'amour de Dieu, parlez!

– Oui, dit Ellen. C'est vrai, Rusty.

– Cela s'est passé ainsi, ajouta Ellery.

– En présence de spectateurs? dit Rusty. Que de bassesse!

– Je suis une putain, vraiment? murmurait Valentine. Une putain? répéta-t-elle, le mot paraissant l'exciter. Voleuse d'hommes? Je voudrais bien savoir qui a commencé, rouquine de malheur!

– On se bat? dit Rusty d'une voix claironnante.

Horrifiés, Ellen, Ellery et John virent les deux rivales se jeter l'une sur l'autre, les griffes en avant, et la bagarre commença, l'écurie retentissant de cris, de bruits de bottes. Alarmés, les chevaux se cabrèrent.

– Du calme! hurla Ellen, aux prises avec sa monture.

– Des complications, encore! gronda Ellery, luttant avec son cheval.

L'énergique intervention de John mit enfin un terme à cet invraisemblable combat. Il parvint à séparer les deux femelles enragées, au langage belliqueux, et à faire cesser les hostilités. Sans prendre garde aux ruades des chevaux, Rusty s'enfuit, en larmes; pleurant aussi, Valentine l'imita et John courut après elles en les fustigeant d'un mot sonore très explicite, d'origine élisabéthaine.

– Comme s'il n'en existait pas déjà trop, dit Ellery, achevant sa pensée, lorsqu'ils sortirent de l'écurie.

Alors Ellen se mit à pleurer elle aussi et Ellery se trouva trop occupé pour penser encore à Rusty-John, Rusty-Marius, John-Valentine et – pourquoi pas? – à Valentine-Marius.

Agissant en qualité d'hôtesse, chez son oncle, Ellen avait organisé un dîner de Jour de l'An « habillé », avec champagne, ballons, crécelles, chapeaux comiques, festons de papiers colorés et confettis.

Ellen le décommanda.

– Comment donner un dîner normal et gai en ce moment, oncle Arthur? dit-elle avec violence. Ce ne serait qu'une farce, vu la tournure des événements!

– Pire, dit Ellery. Le dîner tomberait plus à plat qu'un amoureux de Texas Guinan (1), à 6 heures du matin!

– Je suis du même avis, dit Craig, sombre.

Ellen l'avait mis au courant du fâcheux épisode survenu à l'écurie; il l'avait écoutée avec la résignation d'un homme que rien ne peut plus étonner.

– Ah, si ce policier pouvait nous laisser partir! s'écria encore la jeune fille.

Allusion à un autre épisode désagréable, en ce dernier jour de l'année. Le lieutenant Luria était survenu à l'improviste après le déjeuner, dans le seul but apparent d'insister sur leur détention. De son aspect harassé, Ellery avait conclu que la chasse à l'identité du mort n'avait pas encore abouti. Après

(1) Célèbre jolie femme de l'époque *(N.d.T.)*.

un sérieux entretien avec Payn de plus en plus nerveux, Luria avait déclenché une crise de nerfs chez Val Warren, qui affectait maintenant de trouver particulièrement sinistre cette partie de campagne. Luria parti, la situation resta la même, mais aggravée.

Sans doute en signe de révolte contre l'autorité, Valentine descendit pour le dîner en robe du soir. Très élégante, de couleur vert pomme, la robe était entièrement ornée de ruches de tulle; Val portait sur les épaules une cape assortie dont John dut la débarrasser, avec mauvaise grâce d'ailleurs. Sa main gauche était gantée de blanc, un gant blanc, en chevreau glacé; dans sa main droite, elle tenait l'autre ainsi qu'un sac du soir en faille verte, orné de perles. Chaussée d'escarpins verts aux talons très hauts, elle dominait Rusty comme une reine de conte de fées.

Rusty était furieuse. Ayant à son tour décidé de ne tenir aucun compte du changement de programme, elle descendit en grande tenue. Une jaquette, relevée de lynx blanc aux manches, tombait jusqu'à ses genoux, recouvrant en partie une robe de crêpe aux lignes majestueuses. Seul ennui : par quelque diabolique coïncidence, l'ensemble était vert pomme, également.

Assises l'une devant l'autre, elles se lancèrent des regards incendiaires pendant tout le dîner. Ellen, simplement vêtue d'une robe de Poiret, en lainage rouge et jaune, se sentait très malheureuse.

La suite ne fut guère plus brillante. D'abord, le lieutenant Luria avait donné congé au sergent Devoe à l'occasion du Nouvel An et son remplaçant, un gars au visage bleuâtre, percé de deux yeux de scarabée, ne cessait d'entrer toutes les quinze minutes à pas feutrés comme s'il espérait les surprendre en train de fabriquer une bombe. Chaque fois qu'elle le voyait, Mrs Brown frémissait.

Les hommes plus âgés firent des efforts désespérés pour soutenir la conversation, parlèrent de l'*Adieu aux armes*, de Hemingway, du prix Pulitzer obtenu par Julie Peterkin, avec *Marie l'Ecarlate*, des difficultés de Primo de Rivera, en Espagne, du scandale des sucres et des rumeurs annonçant des révélations sensationnelles; de l'art moderne, des chefs de file, Picasso, Modigliani, Archipenko, Utrillo, Soutine. Soutine, qui prenait un paysage « et le jetait sur la toile comme un chiffon sale, mais un chiffon qui soudain s'embrasait! », expliqua Freeman. On parla aussi du nouveau carburant pour moteurs, de la ligne aérienne pour les Antilles inaugurée par la Pan American, des nouvelles machines à calculer I.B.M., des exploits de Bobby Jones et d'Helen Wills, de la maladie du roi George V. Mais faute d'inspiration, chaque sujet tomba à plat. Dans un silence, Ellery dit :

– Je me demande qui va le trouver, ce soir?

Personne ne répondit. A minuit, ils burent à la nouvelle année, puis sans entrain ils échangèrent les traditionnels baisers et poignées de mains. En signe de trêve glaciale, Rusty et Valentine échangèrent un frôlement de joues, puis ils s'assirent tous pour entendre une nouveauté de la radio, l'introduction successive et musicale du Nouvel An à New York, Chicago, Denver et San Francisco. Mais, dès le début, le séduisant programme fut gâté : en remplissant son verre à nouveau, Valentine répandit le liquide sur sa robe.

– Oh! la barbe! dit-elle vulgairement. Autant mettre les voiles!

Elle fit une sortie royale.

Deux minutes plus tard, la jeune femme revenait, les yeux révulsés, avec des regards enflammés.

– Sur mon lit, ce soir!

Valentine s'assit sur le sol, tenant sur son giron le septième cadeau, et s'essaya à une crise de nerfs. Comme personne n'y fit attention, elle se tut.

La carte portait quatre lignes dactylographiées :

La septième nuit de Noël,
Votre cher amour vous envoie
De l ' e a u et un p o i s s o n d'or.
C'est inintelligible, dites-vous? Non.

Dans la boîte, le papier de soie rouge était humide, un peu de couleur tacha les doigts d'Ellery. Le papier recouvrait un très petit bol – à peine plus grand qu'une prune – contenant un minuscule poisson doré, translucide, d'origine évidemment tropicale. Le poisson nageait énergiquement dans un dé à coudre d'eau. Bien que le bol eût été maintenu dans la boîte par un rembourrage de papier, à peu près toute l'eau avait débordé.

– Presque de mêmes proportions que la maisonnette, dit Ellery. Notre maniaque a de la suite dans les idées, en tout cas.

– Je la croyais terminée, cette sacrée maison, dit John, comme s'il y attachait de l'importance.

Heureusement, personne ne le regardait.

– Il y a des marques au verso, murmura Ellery. Un symbole aquatique, certainement, ajouta-t-il après un instant d'examen.

– Le croquis inférieur ressemble à une pince, remarqua le Dr Dark.

– Pas une pince, docteur. Ne voyez-vous pas? Un dessin très simplifié, représentant un poisson. De l'eau et un poisson, comme on nous l'annonce. De l'eau, un poisson...

La soirée se prolongea tard et le champagne de l'hôte ne parvint pas à égayer les invités qui écoutèrent la radio poursuivre la nouvelle année jusqu'à la Porte d'Or. Puis Ellen s'en fut à la cuisine préparer un plat d'œufs brouillés aux foies de volaille. Ellery se retrouva ensuite dans un coin sombre, le cou entouré par deux bras très doux, la bouche prise par des lèvres parfumées; une voix, celle d'Ellen certainement, murmurait : « Bonne et heureuse année! » ce qui était indiscutablement agréable, excitant même, mais – notre héros se rappela ensuite sa muette réflexion – cela n'avançait à rien.

Il était presque 5 heures du matin lorsqu'il se laissa tomber dans un fauteuil de sa chambre. Malgré sa lassitude, il parvint à compléter ses notes du 31 décembre et inscrivit dans son journal un dernier et désespéré paragraphe :

Ces croquis, quand il y en a, sont frustes, frustes... Frustes. L'intention est-elle de leur donner un aspect primitif? Dessins de cavernes? Des Indiens d'Amérique? Des hiéroglyphes? La clé serait-elle là? Dans ce cas, ils sont idéographiques. Ils ressemblent aux idéogrammes égyptiens, surtout ces deux derniers symboles... Mais quoi? Que signifient ces satanés dessins? Bien sûr, je sais qu'ils représentent de l'eau, un poisson. Mais qu'est-ce que cela veut dire?

10

La huitième nuit : Mercredi 1er janvier 1930.

John reçoit le don d'une tête, Ellery poursuit un fantôme et l'inspecteur Queen fait une visite de Jour de l'An à une heure inaccoutumée.

Impossible de soutenir que Mr Queen accueillit l'aube de 1930 l'espoir au cœur. D'abord, il était

1 heure de l'après-midi lorsqu'il ouvrit les yeux, ce mercredi; ensuite, trébuchant jusqu'à la fenêtre pour regarder un monde renouvelé, il le trouva uniformément gris, avec des nuages aussi lourds que l'intérieur de sa tête. Un air mou présageait la pluie.

La neige, qui se résorbait, évoquait un linceul.

En descendant d'un pas furtif il trouva d'autres motifs de dépression. Ellen l'attendait avec de l'aspirine, un jus de tomate et du café, ce qui lui fit du bien, mais aussi avec des yeux brillants dans un visage rayonnant, ce qui l'inquiéta fort. Il essaya vivement de se rappeler ce qui avait suivi le baiser dans le coin obscur, mais cette nuit restait enveloppée de brouillard. Elle s'accrocha tendrement à lui, cet après-midi-là, comme si...

Ellery frissonna et engloutit une seconde tasse de café.

Ellen lui dit « Pauvre chou! » et la manière dont elle le tint serré contre elle lorsqu'ils entrèrent dans le living-room l'épouvanta.

Jonchant la pièce, les survivants s'efforçaient de lire les journaux. Ellery en prit un, resté libre, espérant que le ravissant parasite comprendrait son désir de souffrir seul. Hélas, elle le guida vers un petit canapé pour amoureux, à deux places; inséparables, ils s'y enfoncèrent.

– Lisez votre journal, mon chéri, dit le parasite tendrement. Assise à vos côtés... je vous regarderai lire.

Désespéré, il obéit. Pendant les fêtes de Noël, la police avait fait dix-neuf raids contre des contrevenants à la prohibition. Réélu, le maire, Jimmie Walker, prêtait serment aujourd'hui; le général Smuts, arrivé d'Afrique du Sud pour sa première visite officielle aux Etats-Unis, déclarait aux reporters que l'horreur de la guerre moderne causerait inéluctablement sa mise hors la loi... Notre héros continua à lire, aveuglément.

Revenant d'une promenade, John et Rusty le sauvèrent. Ellery se leva d'un bond, s'excusa rapidement auprès d'Ellen et s'échappa sous le prétexte de parler à John.

– Ave Caesar, lui lança Rusty. Vous pourriez faire beaucoup plus mal.

– Quoi? demanda Ellery, stupidement.

– Ellen est très belle.

– Oui, en effet. Bonjour, vous deux. Comment vont vos têtes?

– La mienne tient encore sur mes épaules, répondit John en riant. Après m'avoir donné de sérieuses inquiétudes ce matin, je le reconnais!

– Vous aviez une excuse, en tout cas.

– Une... quoi?

– Je fais allusion au regrettable incident de l'écurie, dit notre héros d'une voix caverneuse.

– Comment?

– Dans l'écurie, hier. La grande scène de la séduction.

John se mit à rire.

– Qui était l'heureux?

– Oh? fit Ellery en regardant Rusty.

Elle était pâle, aujourd'hui.

– Peu importe, Ellery. D'ailleurs, c'était stupide. Mieux vaut oublier tout cela.

– Oublier quoi, pour l'amour de Dieu? demanda John.

Ellery le regardait, il allait dire quelque chose lorsque Valentine, telle lady Macbeth, arriva dans la pièce. Rusty murmura un mot d'excuse, ajoutant qu'il leur fallait absolument boire du café, tout en entraînant John dans la salle à manger.

Un sourire sans joie faillit dérider Ellery, mais il frémit à la pensée qui lui vint.

Fort heureusement, le traditionnel match de football du 1er janvier occupa l'attention des invités pendant le reste de la journée. Le commentateur de la radio sut le rendre passionnant et lorsqu'on eut fait honneur au dîner de Mrs Jansen, la soirée était déjà bien avancée.

– Je me demande qui va trouver la boîte, ce soir? dit Ellen, en se rendant dans le living-room avec Ellery qu'elle serrait toujours de près.

Derrière eux, Marius grommela « Qu'importe! » et les dépassa. La lumière s'alluma dans la salle de musique et ils l'entendirent soulever le couvercle du piano à queue. Immédiatement, le couvercle retomba avec fracas et Marius accourut, un petit paquet à la main, enrobé comme d'habitude de rouge et de vert.

– Dans le piano! cria-t-il.

Ellery prit le paquet. Le nom du destinataire – toujours le même – figurait sur l'étiquette.

– Ne l'ouvrez pas, grommela John, je ne veux pas le voir!

– John...

Rusty s'approcha vivement de lui et le fit asseoir, puis lui caressa le front comme l'on fait pour son enfant.

– La même machine à écrire, dit Ellery qui haussa les épaules et déchira l'emballage.

Sur la carte, on lisait ceci :

> La huitième nuit de Noël,
> Votre cher amour vous envoie
> Une tête, avec un o e i l fermé...
> Signe de mort...
> Une tête à la b o u c h e serrée...
> Présage de cette huitième nuit.

Sur le bord de son siège, John se tenait, rigide.

Ellery défit le papier de soie enveloppant le nouvel objet : une tête de poupée en étoffe, apparemment détachée du corps avec des ciseaux. La tête originale avait disparu sous une couche de peinture blanche et sur ce fond blanc on avait tracé en noir un œil clos, à gauche; dans le bas et au centre, un trait noir, horizontal, représentait évidemment une bouche fermée.

Notre héros retourna la carte mais rien ne figurait au verso.

Alors, John se leva d'un bond.

– *Un signe de mort,* répéta-t-il. Ecoutez... la mesure est comble. Impossible de traiter ces messages de mauvaises blagues, produites par un cerveau déréglé... Comment voulez-vous que je puisse encore vous prendre pour des personnes de bonne compagnie, réunies à l'occasion de Noël pour bavarder et s'amuser, manger et dormir... comme si rien d'insolite n'était survenu? J'en ai assez! Qui me poursuit? Que me voulez-vous? *Qu'ai-je fait?*

Encore une fois, le mur épais contre lequel Ellery butait dès le début. Malgré ce qu'il savait maintenant de John, il était néanmoins inconcevable de prendre la violente sortie du jeune homme pour une démonstration feinte, un emportement de commande. John avait *peur,* il était presque fou de terreur. Les cadeaux ne pouvaient venir de lui; il ne savait certainement rien à leur sujet.

John partit en courant. On entendit ses pas résonner dans l'escalier. Une porte fut ouverte, violemment refermée... La clé tourna dans la serrure.

L'un après l'autre, les invités et leur hôte se levèrent et sous de vagues prétextes montèrent se mettre en sûreté dans leurs chambres respectives. Le bruit des clés fermant les serrures évoqua une sinistre décharge de mousqueterie.

En achevant d'écrire son journal, Ellery s'aperçut qu'il était à peine un peu plus de 10 h 30. Le calme régnant dans la maison aurait plutôt fait croire qu'il était 4 heures du matin.

Malgré les fatigues de la veille, Ellery n'eut aucune envie de se mettre au lit. Il marcha de long en large dans la pièce.

Jamais il n'avait tant souhaité résoudre un problème. Qui ne concernait le meurtre en rien. Le petit homme étendu dans la bibliothèque semblait lointain : une aberration qui restait vaine, en quelque sorte. Tôt ou tard, la mystérieuse victime serait identifiée, tôt ou tard cette identification démasquerait l'inconnu qui enfonça le poignard étrusque dans son dos.

Mais ces boîtes et leur fantastique contenu! Une énigme pour idiots... ou pour fous... ou pour un individu de son espèce, né sous le signe d'une perpétuelle curiosité!

« La réponse est là, songea-t-il, un lien doit réunir ces objets, quelque chose d'infiniment simple. Il suffirait de le voir... »

Ellery s'assit et prit sa tête dans ses mains.

Huit boîtes, jusqu'ici. Quatre à venir, si la logique devait être respectée. Huit boîtes, 13 objets; 14 en comptant la « paume » sur laquelle le « point » avait été tracé – la paume différenciée de la main dont elle faisait partie. Mais le ou la dactylographe avait mis l'accent sur « paume » – en espaçant les lettres du mot... Disons 14, alors. Huit – 14. Un rapport mathématique existait-il? Plus obscur, en ce cas, que les hiéroglyphes égyptiens avant Champollion et la pierre de Rosette... Des hiéroglyphes! Ellery sursauta, puis il se rassit et ferma les yeux.

Le nombre 14, admettons-le. Un bœuf, une maison, un chameau, une porte, une fenêtre, un clou, une barrière, une main, une paume, un fouet. De l'eau, un poisson. Un œil – un œil *clos*. Une bouche, également *fermée*... Ne pas voir le mal, ne pas dire du mal? Resterait donc l'oreille? A moins qu'elle n'arrive?

Trois sont des animaux, cinq se rapportent à une maison, quatre sont des parties du corps humain. Quant à l'eau et au fouet, impossible de les « situer ».

Il essaya différentes combinaisons. Bœuf et fouet, oui, cela « collait », mais ne menait à rien. Chameau. Chameau et œil. *Il est plus facile au chameau de passer par le chas d'une aiguille qu'au riche d'entrer dans le royaume de Dieu.* John? Il allait être très riche, bientôt. Un avertissement? « Ne prenez pas votre patrimoine, si vous ne voulez pas griller en Enfer? » Pourquoi ne pas le dire, si c'est cela? Maison, fenêtre. « Ceux qui vivent dans des maisons de verre... » Intéressant. Des possibilités. Le secret du passé de John? « Ne me faites pas chanter et je ne vous forcerai pas la main ». Le clou. « Faute d'un clou, la bataille fut perdue... »

Au bout d'un moment, Ellery renonça. Un problème pour Einstein!

Il regarda le lit, mais ne fut pas tenté.

« Je vais lire un peu, songea-t-il. Je vais prendre un livre dans la bibliothèque et lirai jusqu'à ce que je m'endorme. »

Notre ami ne s'était pas encore déshabillé. Il sortit dans la pénombre du couloir et descendit. Dans le living-room quelques braises seules rougeoyaient encore et il pressa le bouton de son crayon-torche, mais il l'éteignit aussitôt, car il aperçut de la lumière dans la bibliothèque. Felton aurait-il oublié d'éteindre? Ou encore...

Ellery traversa la pièce à pas feutrés.

Il y avait quelqu'un dans la bibliothèque, un personnage immobile, aux jambes étendues, vêtu d'une robe de chambre, une main terriblement inerte posée sur le bras du fauteuil de cuir.

Ellery regarda avec précaution : c'était John. John, assis sous le lampadaire comme si... *Un signe de mort.*

Notre héros se précipita, puis s'arrêta brusquement, manquant de pousser une exclamation de soulagement : un livre reposait sur les genoux de John qui respirait tranquillement. Inquiet, cédant à la même impulsion qu'Ellery, il était descendu chercher un roman et s'était endormi.

Ellery faillit le réveiller, mais un sentiment de méfiance dont il n'aurait pu dire la cause l'arrêta et il se dirigea sur la pointe des pieds jusqu'au rayon le plus proche où se trouvaient rangés des livres récemment parus : l'un d'eux était intitulé *Tel un dieu*, par un nommé Rex Stout, et Ellery se souvint que le critique du *New York Herald Tribune* avait écrit : « Il a creusé de profonds sillons dans la terre noire où Gabriele d'Annunzio et D.H. Lawrence ont planté leur drapeau. » Ellery tira le Stout du rayon et sortit sans bruit.

Dans le living-room, l'obscurité lui parut d'autant plus profonde qu'il venait de la bibliothèque éclairée et il mit quelque temps à gagner le hall. Là, la faible lueur du couloir, au premier étage, lui vint en aide et il monta vivement les marches, le livre sous son bras. Arrivé sur le palier, il allait tourner dans le couloir lorsqu'il s'arrêta, pétrifié.

John marchait devant lui en direction de sa chambre.

Impossible de s'y tromper, même avec le dos tourné et dans la faible lumière. C'était John, qui n'avait *pas* dépassé Ellery dans l'escalier et qui, néanmoins – et pour la seconde fois – était arrivé en haut le premier!

Ellery cria :

– John!

Mais l'autre ne se retourna pas. En s'entendant interpeller, il se mit à courir. Notre héros se précipita. John dépassa la porte de sa chambre, gagna l'extrémité du couloir, tourna à droite et disparut.

Ellery courut encore plus vite.

La chasse qui s'ensuivit fut épique. Le parcours? Les ailes inoccupées de la maison. Dans une obscurité totale, la bête de chasse et son poursuivant entraient et sortaient de pièces inhabitées mais, hélas, encombrées. Seul le bruit des pas rompait le silence et aussi celui que provoquait l'assaut occasionnel de meubles contre l'anatomie de notre héros. Lorsqu'il pensa enfin à se servir de son crayon-torche, tout son corps souffrait, il avait perdu sa proie et se sentait complètement dégoûté de lui-même.

Il rebroussa chemin rapidement en s'aidant de sa torche, descendit l'escalier. La bibliothèque était plongée dans l'obscurité, Ellery alluma : dans le fauteuil, personne.

Notre héros remonta en courant et sans hésiter ouvrit brusquement la porte de la chambre de John.

Nu, John glissait une jambe dans son pantalon de pyjama.

Les deux jeunes gens se dévisagèrent.

– Hé, voici encore le copain du deuxième étage! dit John. De nouveau, j'ai oublié de fermer ma porte à clé. Qu'y a-t-il maintenant?

– Je vous croyais au lit.

– Pour ne rien vous cacher, je me suis couché mais sans trouver le sommeil, aussi suis-je descendu dans la bibliothèque et ai-je lu un peu. Je me suis assoupi et viens de me réveiller. Il n'y a pas de quoi attraper des palpitations.

– Vraiment? rétorqua Ellery en riant.

Il regagna sa chambre, laissant John dans la même position, une jambe en l'air, l'autre vêtue, et le visage renfrogné.

A la vérité, Ellery haletait comme un puma. A la vérité aussi, notre héros, toujours souriant, ne put s'empêcher de le remarquer, la respiration de John était aussi calme que celle d'un bébé gorgé de lait.

En entendant le coup discret frappé contre sa

porte, Ellery, qui enlevait son veston, arrêta son geste et dit :

– Oui?

– C'est moi. Ouvrez, Mr Queen.

– Je vous croyais parti depuis longtemps, sergent, dit Ellery en ouvrant.

– Mon camarade vient d'arriver, répondit le sergent Devoe, baissant le ton. Vous ne vous êtes pas encore déshabillé, c'est une veine. Venez...

– Où?

– Dehors. Des visiteurs qui estiment préférable de ne pas entrer. Ils attendent dans la voiture.

– Quelle voiture?

Mais le sergent s'éloignait déjà dans le couloir. Très étonné, Ellery ferma sa porte et le suivit.

Devoe et l'homme qui venait le relever, un jeune policier appelé Cooksey, conféraient sous le porche à voix basse. Ellery avança d'un pas et aperçut une grosse voiture arrêtée un peu plus loin, tous feux éteints, le moteur arrêté.

– Qui est-ce? demanda-t-il.

Une voix cassée dit « Bonne année! » et une basse reprit « Tous mes vœux! ».

– Papa... Velie!

Ellery se précipita, ouvrit une portière arrière de la voiture de police et se glissa à l'intérieur.

– Que faites-vous ici à cette heure tardive?

– Nous nous promenons, dit l'inspecteur Queen, et Velie m'accompagne parce qu'il n'a pas confiance en mes capacités de chauffeur.

– J'ai raison, dit le sergent Velie.

– A minuit?

– Je n'ai pas voulu t'embrasser devant tes amis de la haute, dit son père.

– Imposante, la baraque, pour autant que je puisse en juger, dit le sergent.

– Assez de comédie! lança Ellery. Bonne année, à vous aussi. Mais qu'avez-vous découvert au sujet de la naissance de John?

– Allez-y, Velie, dit l'inspecteur.

– J'ai fouiné à Mount Kidron et à Rye, commença Velie, et j'ai fini par reconstituer l'histoire. L'accident d'automobile eut lieu pendant une tempête, sur la Boston Post Road, près de Mount Kidron, dans la nuit du 5 janvier 1905, devant la maison d'un médecin de campagne nommé Hall, Cornelius F. Hall. Le médecin était marié.

– Depuis combien de temps habitaient-ils Mount Kidron, ce médecin et sa femme? D'où venaient-ils?

– Je n'ai pu obtenir ce renseignement, répondit le sergent. Hall avait peu de clients et le ménage s'en tirait avec peine : je n'en ai pas appris davantage.

» En apparence peu éprouvé sur le moment, bien qu'il mourût huit jours plus tard des suites d'un traumatisme crânien dû à l'accident, Sebastian parvint à transporter sa femme dans la maison du médecin; celui-ci la soigna. Elle était au huitième mois de sa grossesse et l'accident provoqua l'accouchement. Elle mit l'enfant au monde cette nuit-là, le 6 janvier, exactement, car il était minuit passé.

– Et maintenant, dit l'inspecteur Queen, la surprise.

– Votre surprise ne me surprendra pas, dit Ellery. Je la connais d'avance, c'est pour cette raison que je vous ai prié de faire des recherches. John ne fut pas le seul enfant Sebastian qui naquit cette nuit-là, n'est-ce pas? Mrs Sebastian mit au monde des jumeaux? Deux garçons identiques?

– Ecoutez-moi ça! dit le sergent Velie, écœuré. Puisque vous le saviez déjà, maestro, pourquoi m'envoyer perdre mon temps dans le comté de Westchester?

– Ce n'était qu'une hypothèse, Velie, pas une certitude. Ayant observé certains faits curieux, j'ai appliqué mon principe bien connu, concernant le déplacement des corps; à savoir qu'une personne ne peut se trouver en deux lieux différents dans le même temps; cela n'est même pas permis aux poètes. En outre, nous avons mon principe des douteuses amnésies. Lorsqu'un jeune homme oublie un incident caractéristique survenu la veille, bien qu'il se souvienne fort bien des autres événements du même jour – or, le fait se produisit deux fois – j'en conclus que ladite amnésie n'existe pas et l'incident doit être porté au compte d'un autre. Tout cela fut corroboré par mon principe des sourcils qui se soulèvent en signe d'étonnement. Lorsque la garde-robe d'un homme contient des vêtements en double exemplaire, exactement pareils, des chapeaux aux souliers et au linge, et qu'il explique cette étrangeté en excipant de son goût prononcé pour la toilette qui le pousse à acheter chaque article en double – eh bien, selon mon principe, mes sourcils se soulèvent et restent soulevés.

– Qu'est-ce qu'il raconte, inspecteur? demanda le sergent.

– Je l'ignore, dit l'inspecteur Queen. En admettant même que je comprenne vaguement ce fatras, je vais te surprendre quand même, mon garçon.

– Quoi? dit Ellery.

– Mettez le génie au pas, Velie. Donnez-lui le contexte d'abord.

– Oui, monsieur, dit Velie dont les grosses lèvres de baleine claquèrent l'une contre l'autre. Voyez-vous, maestro, ayant découvert qu'un deuxième enfant était né la même nuit, je me suis demandé ce qu'était devenu ce second garçon. Question logique, n'est-ce pas?

– En effet, répondit Ellery vivement, et la réponse logique est la suivante : du moment que la naissance du second fils ne fut jamais annoncée et que son père ne semble pas avoir reconnu son existence, il s'ensuit que ledit enfant a dû être élevé par des étrangers, probablement sous un nom différent, et sans doute a-t-il ignoré son origine, du moins pendant de nombreuses années. Nous avons encore beaucoup à apprendre au sujet de ce second fils – nous n'y parviendrons peut-être pas –, notamment pourquoi son père refusa de le reconnaître, mais vous avez confirmé mes déductions et cela me suffit pour l'instant. John a un frère jumeau, qui lui est identique et ce frère existe depuis vingt-cinq ans moins quelques jours.

– C'est tout, Mr Queen? demanda son père.

– Bien sûr. Quoi d'autre?

– Oh! un simple détail, murmura l'inspecteur. Allez-y, Velie.

Le sergent se mit à rire.

– Le frère jumeau mourut le 20 janvier 1905, âgé de quatorze jours.

– Non! cria Ellery. C'est impossible!

– Si, dit Velie. Maestro, je peux le prouver.

– Vous vous êtes trompé!

– C'est pas gentil, grommela le sergent. Des types ont eu les dents cassées pour moins que ça! Quand je dis que ce gosse – le jumeau – mourut à l'âge de deux semaines, c'est qu'il est mort! Compris?

– Vous ne pouvez en être sûr! dit Ellery, écumant. Mais ce serait... ce n'est pas tolérable! L'univers chavirerait! Donnez-moi votre prétendue preuve, Velie, et je la pulvériserai, je vous le garantis!

– Vraiment? Je vous concède que la mairie de Mount Kidron a été incendiée, il y a neuf ans. Les archives ont brûlé; je n'ai donc pas de document officiel concernant la naissance de ce garçon, mais...

– Ah! dit Ellery. Ah, ah!

– Attendez, continua le sergent, imperturbable. J'ai des témoignages humains. D'après mes informateurs, les personnes qui s'occupèrent du deuxième fils jumeau de John Sebastian, après que le premier gosse, votre John, fut emmené à Rye, furent les Hall, le médecin accoucheur et sa femme. Mais ils ne le gardèrent que deux semaines, une pneumonie l'emporta. Hall appela un autre médecin de Mount Kidron, qui exerce encore là-bas, un certain Dr Harold G. Martin. Le Dr Martin se souvient d'avoir délivré le permis d'inhumer. J'ai son attestation. Martin se souvient aussi d'avoir entendu toute l'histoire de la bouche de Hall, après la mort du jumeau. Le garçon est né chez lui aussitôt après le premier, les parents s'appelaient Mr et Mrs John Sebastian, domiciliés à Rye. Sebastian lui a *fait don* du bébé parce que sa femme mourut en le mettant au monde et qu'il lui en tenait grief – quelque chose d'insensé, dans ce genre. Sebastian n'en voulait à aucun prix, loufoquerie que sa blessure à la tête explique sans doute.

– Même ce point est donc éclairci, dit l'inspecteur Queen.

– Voilà pour mon premier informateur, continua le sergent Velie avec satisfaction. Secundo : j'ai retrouvé l'entrepreneur de pompes funèbres auquel les Hall se sont adressés : Hall lui a raconté la même histoire. Tertio : le pasteur qui lut le service funèbre vit toujours, à Mount Kidron, où il a pris sa retraite. Il m'a mené à l'église et m'a fait montrer les registres : j'ai pu lire ceci, écrit noir sur blanc : « Le deuxième fils de John Sebastian, âgé de deux semaines, décédé le 20 janvier 1905. » J'en ai pris une photographie, connaissant mon client. Désirez-vous la voir?

– Je n'y comprends rien, dit Ellery, d'une voix faible.

– Quatrièmement, dit son père, Velie a retrouvé la tombe de l'enfant au cimetière de Mount Kidron. Une petite dalle, très simple, portant l'inscription suivante :

« Sebastian-Hall. Né le 6 janvier 1905, décédé le 20 janvier 1905. Requiescat in pace. » Nous pourrions obtenir un permis d'exhumation, nous prouverions ainsi qu'il s'agit des ossements d'un enfant âgé de deux semaines, mais à quoi cela nous avancerait-il? Nous avons assez d'attestations qui prouvent la naissance et la mort de cet enfant. Tu as l'air décomposé, mon garçon. Ce sont vraiment de très mauvaises nouvelles?

– Effroyables, grommela Ellery. Ça n'a pas de sens! C'est impossible! Les Hall, sergent, que sont-ils devenus?

– Ils ont quitté le pays vers le milieu de 1906 et personne à Mount Kidron n'en a plus entendu parler. On n'a pu me dire leur destination. Les registres des entreprises de déménagement locales étant muettes à ce sujet, j'en conclus qu'ils se servirent d'un camion des environs.

Ellery resta silencieux. Puis il remercia Velie.

– Tu veux en parler? demanda son père, doucement.

– Je ne saurais que dire. J'étais sûr de mon fait, et croyais avoir résolu un des aspects de ce satané problème. Maintenant... Enfin, je n'ai qu'à vivre avec mon mal. Merci, père. Soyez prudent, Velie. Bonsoir.

Notre héros sortit de la voiture de police et regagna le porche à tâtons, comme un vieillard.

11

La neuvième nuit : Jeudi 2 janvier 1930.

Le mystère de John Sebastian s'épaissit,
Mr Queen désespère et un nouveau spécimen
vient enrichir la ménagerie.

La nuit, l'interminable nuit, suivie d'un matin gris et pluvieux...

Etendu dans son lit, Mr Queen se rongeait. Jeune,

à cette époque, il devait rencontrer et surmonter nombre de difficultés au cours de sa carrière; en somme, l'affaire des étranges cadeaux de Noël n'était que sa seconde enquête, mais la fin du monde lui semblait arrivée. Deux John Sebastian devaient exister, la logique l'exigeait; dans l'esprit de notre héros, aucun doute à ce sujet n'était possible. Maintenant, l'existence d'un seul John paraissait établie. John II ne pouvait être qu'un ange du Ciel ou un squelette enterré depuis presque vingt-cinq ans. Des faits, aussi. Lorsqu'un fait en heurtait un autre, qu'advenait-il? Le chaos.

D'où le désespoir de Mr Queen, les folles pensées qui assaillirent son cerveau et dont il devait se souvenir en rougissant vingt-sept ans plus tard.

Levé péniblement à midi, il descendit et trouva le lieutenant Luria, tel un commandant de vaisseau, matant une mutinerie à bord. Lui rappelant la date, le 2 janvier, Mr Payn l'avoué alléguait non sans aigreur les importantes affaires qui l'attendaient; il désirait regagner New York en toute hâte. Fin de non-recevoir du lieutenant. Le Dr Dark faisait remarquer qu'il avait promis à son remplaçant de le libérer le 2 janvier : « Nous sommes le 2, lieutenant, soyez raisonnable. » Luria répondait qu'il connaissait son devoir, qu'on ne rende pas la situation plus difficile encore pour lui, et plus désagréable pour l'assistance. Mr Freeman l'éditeur, Marius Carlo le musicien, miss Valentine Warren l'actrice, miss Ellen Craig de Wellesley College, tous plaidèrent leur cause avec chaleur, tous furent rabroués. Le mort n'étant pas encore identifié, Luria répugnait à demander un mandat d'arrêt général avec le motif qu'ils avaient été témoins d'un meurtre... mais il n'hésiterait pas à le faire, « mesdames et messieurs », si on l'y obligeait. Propos qui suscitèrent un torrent d'éloquence judiciaire chez Mr Payn, et partant la colère du lieutenant qui les planta tous là et disparut.

Le déjeuner fut sinistre. Rusty et John semblaient de nouveau en froid et les regards fielleux de Rusty à Valentine, ceux non moins venimeux lancés par John à Marius indiquaient assez qu'ils n'avaient pas encore résolu les délicats problèmes posés par le quadrilatère. Après le repas, Dan Z. Freeman se retira dans un coin, tel un écureuil avec une noix, et se mit à lire un manuscrit qu'un messager lui avait apporté. Vraie sorcière, Olivette Brown se plongea en marmonnant dans un thème astrologique. Roland Payn arpenta la pièce comme un tigre en cage. Le Dr Dark et Arthur Craig jouèrent aux cartes en les abattant sur la table avec brusquerie. Après quelques allées et venues, le révérend Gardiner excipa d'une migraine imaginaire et se rendit dans sa chambre. Ellen proposa à Ellery une promenade sous la pluie : ne recevant en guise de réponse qu'un regard vide, elle partit, furieuse et seule.

Notre héros suivit enfin l'exemple de l'ecclésiastique et s'enferma chez lui, non pour faire une sieste, mais pour s'enfoncer dans un fauteuil et penser, penser, penser, la tête entre les mains.

Ellery revint à lui, sursauta. Dans la pièce assombrie, le froid le saisit. Il s'était cru dans le coma. Ces voix... sans doute devrait-il leur être reconnaissant.

Des voix! Il se secoua. Ces voix l'avaient rappelé à la triste réalité. Elles semblaient venir de la chambre voisine.

Ah! ces vieilles maisons, ces murs usés par le temps. Eternuez ou conduisez-vous encore plus mal et tout le monde l'apprend.

Des voix masculines. Qui habitait la chambre voisine? Payn. Payn?

Ellery se leva vivement, prit une chaise, l'installa silencieusement devant la porte de communication; puis il monta sur le siège et actionna le vasistas en priant pour que la charnière ne grince pas. Elle grinça de façon affreuse mais, fort heureusement, les deux interlocuteurs étaient trop préoccupés de ce qu'ils disaient pour y prendre garde.

La voix de Payn et celle de John Sebastian.

Ellery écouta sans la moindre honte.

– Répugnant petit bonhomme, disait Payn, vous n'avez pas plus de scrupules qu'un aventurier! Essayer de me faire chanter!

– Inutile de m'injurier, Payn, cela ne vous avancera pas, répondit la voix de John. Je vous tiens. Je connais l'adresse, je sais le nom de la pépée. Une prostituée, en somme, et vous êtes un de ses clients d'élection.

– Prouvez-le, dit Payn sèchement.

– Ah, je reconnais bien là l'homme de loi! Des preuves. Vous en voulez? Voici.

– Qu'est-ce? dit l'autre dont la voix parut étouffée.

– Des photographies, représentant les pages d'un petit carnet rouge, appartenant à Dolly, où sont inscrits ses clients; la crème de sa clientèle, plutôt. Les dates, les noms, les honoraires perçus à chaque séance. Même des commentaires amusants. Que dites-vous de celui-ci? *Ce Roland Payn, quel costaud! Pour qui me prend-il? Pour un harem, à moi toute seule?*

– Assez! dit Payn, la voix rauque. Qui vous l'a procuré?

– Dolly elle-même, dit la voix de John. Elle me l'a vendu, je parle du carnet original. Ne vous en faites pas, il est en lieu sûr. Je n'aimerais pas en voir des reproductions dans les journaux de New York. Imaginez ce que le *Graphic* en tirerait! Je vois d'ici un montage photographique comme cette feuille de chou sait en faire, vous représentant avec Dolly, tendrement enlacés. Ces gens si « comme-il-faut », dont vous gérez les intérêts, vous tourneraient le dos du jour au lendemain et s'adresseraient ailleurs! La ruine, quoi!

Il y eut un silence, puis la voix de Payn s'éleva :

– Bon. Combien?

– De l'argent? Pas question.

– Je ne comprends pas.

John se mit à rire.

– L'homme ne vit pas que de pain. D'ailleurs, je suis pourvu. Vous avez un fils, Payn – Wendell Payn –, une des lumières de la faculté anglaise de Princeton, déjà considéré comme un futur critique littéraire de grande classe, spécialisé dans la poésie. Un mot du jeune Pr Payn...

– Vous êtes un maniaque, dit Payn d'une voix étonnée. C'est sérieux? Vous comptez sur moi pour influencer mon fils, pour lui demander d'écrire un article élogieux à propos de votre ridicule petit recueil?

– Pas seulement élogieux, Mr Payn. Enthousiaste!

– Vous avez su fouiner dans ma vie privée, mais vous avez omis de vous renseigner sur mon fils. Pas plus qu'il ne songerait à cambrioler le coffre-fort de l'université, Wendell n'admettrait d'écrire une critique malhonnête. Il ne le ferait jamais.

– Même pour sauver son saint homme de père? La publication de ce petit carnet rouge, Mr Payn, pourrait même vous faire rayer de l'ordre.

– C'est hors de question! Je ne peux le lui demander!

– Réfléchissez... (Ellery entendit le bouton de porte qui tournait.) ... Nous avons le temps. J'ai suggéré à Dan Freeman d'envoyer un exemplaire de mon livre à votre fils, avec un mot de sa main. Vous avez jusqu'à l'impression du prochain numéro de la *Saturday Review*. Je compte sur cet article... Vous alliez dire quelque chose, Mr Payn?

A travers le vasistas, la voix de Payn parvint à Ellery : un souffle plutôt, déformé par l'angoisse.

– Non... rien. Rien...

Ellery entendit ouvrir et fermer la porte, puis les pas furtifs de John dans le couloir.

Il entendit aussi un choc violent et métallique, comme si un homme s'était jeté sur un lit.

Ellery tremblait : il s'en aperçut soudain. Ce qu'il avait entendu ne pouvait provenir de John, même pris sous son aspect le plus défavorable. Le John que connaissait Ellery n'était pas de cette espèce-là, l'homme aimé par Rusty était complètement différent.

Et cependant, il était John, il ne pouvait être un autre.

Il l'était et il ne l'était pas.

Cela devenait insupportable.

Ce fut Roland Payn qui trouva la neuvième boîte, ce soir-là. Prétextant des lettres à écrire, l'avoué était monté aussitôt après le dîner. Deux minutes plus tard, il descendait, son beau visage agité de tics, ses cheveux blancs hérissés d'indignation, portant le petit paquet comme s'il l'avait ramassé dans une rizière chinoise. Il le posa sur la table de réfectoire, essuya ses mains sur son mouchoir, puis il monta chez lui sans prononcer un mot.

Sans un mot, non plus, Ellery le prit. Sur l'étiquette, le classique « John Sebastian »; sur la carte blanche on lisait ce soir :

La neuvième nuit de Noël,
Votre cher amour vous envoie
Un s i n g e pour votre Zoo :
Votre quinzième indice.

Le papier de soie rouge enveloppait un animal empaillé, un petit singe en feutre, à l'allure très délurée. En d'autres circonstances il aurait provoqué de petits cris chez les femmes et des rires chez les hommes, mais l'assistance se contenta de le regarder fixement comme si des cornes allaient pousser sur son front, comme s'il allait réciter le Credo à l'envers.

Ellery retourna la carte : rien.

– Des suggestions?

– Oui! hurla John. Brûlez cette saleté!

Dans son coin, Dan Freeman se mit à rire.

– Un vieux dicton yiddish, John, je vous le recommande. Traduit littéralement, il donne : *Le derrière du prochain est bon à fouetter.* Je commence à m'amuser, figurez-vous, ajouta-t-il en se levant, souriant.

La rage au cœur, mais sans faiblir, notre héros arpenta sa chambre, cette nuit, tel Edmond Dantès dans la cellule du château d'If.

Le thème des animaux, encore. Un bœuf, un chameau, un poisson et maintenant, un singe. Dans le message, le mot « Zoo », comme pour attirer l'attention sur les animaux de la collection.

Ellery se concentra donc sur les quatre cadeaux représentant des animaux.

Bœuf – Chameau – Poisson – Singe.

Bovin – Ruminant – Aquatique – Primate.

Cornes – Bosses – Nageoires – Mains.

Il eut un geste d'impatience.

Les matières dont ils étaient faits? Bœuf = bois. Chameau = métal et émail. Poisson = tissu vivant. Singe = drap. Lorsqu'il s'aperçut avoir ajouté : Queen = vieille cloche, il saisit son agenda-journal et essaya de s'oublier en écrivant.

Mais le mot « indice », sur la carte, ne cessait de le tracasser, c'était la première fois qu'il figurait. Comme si l'auteur du message, s'impatientant de son manque de compréhension, désirait l'éclairer. « *Mon* incompréhension? » songea Ellery. « Pourquoi imaginer qu'il me lance l'appât? Les cadeaux sont adressés à John. »

Oui, mais il en était étrangement convaincu : les provocations visaient Queen et non Sebastian.

Neuf nuits, quinze cadeaux. Des « indices ». Que désignaient-ils? Que pouvaient-ils désigner?

12

La dixième nuit : Vendredi 3 janvier 1930.

Un cavalier au teint pâle est accidenté, une dent pousse dans la bouche de la poupée à l'œil unique et un limier bafoué touche le fond.

Le vendredi matin vit un esprit d'hostilité envahir la maison. Provoquée par le besoin d'évasion à tout prix, la mauvaise humeur était générale et les invités allaient çà et là, sans cacher leurs sentiments. Le sergent Devoe ne savait plus où donner de la tête.

Entre Rusty et John, le froid s'accentua et ne fut pas réchauffé par les faits et gestes de Marius et de Valentine qui ne cessèrent de lancer des pointes malicieuses, ostensiblement adressées à chacun d'eux, mais qui, chaque fois, atteignaient leur véritable cible. Excédé, John sortit de la maison.

Furieuse, Rusty le suivit.

– Ne comprenez-vous pas ce qu'ils essayent de faire, ces deux-là? Mon chéri, que nous arrive-t-il? Ne leur permettons pas de tout gâcher. John, qu'avez-vous?

Atteint de surdité, John sellait la jument.

– Ne montez pas ce matin, la neige fondue rend les pistes dangereuses, le supplia Rusty.

– Ça ira très bien. Je veux ficher le camp...

– Loin de moi?

– Non, Rusty, j'ai envie d'être seul, voilà tout. Cette sacrée sangle!

– Je croyais que le désir de se fiancer en vue du mariage était précisément destiné à écarter le sentiment de solitude, dit Rusty, consciente néanmoins de sa maladresse. Ou dois-je comprendre que vous avez changé d'avis?

– Oh! pour l'amour de Dieu!

John sauta en selle et enfonça ses talons dans les flancs de la jument qui bondit hors de l'écurie comme une fusée.

Refoulant ses larmes, Rusty le vit galoper dans la neige fondue et disparaître dans les bois. La panique s'empara de la jeune fille. Fébrilement, elle sella le hongre et courut derrière lui.

La piste des bois était pire, même, qu'elle l'avait imaginée. Des flaques de boue molle alternaient avec d'autres de neige et des zones glacées, où le soleil n'avait pas pénétré. Hennissant en signe de protestation, le hongre n'aventurait ses sabots qu'à bon escient. Le cœur de Rusty battait la chamade. Que John essaye de lancer la jument à fond, sur un terrain aussi traître!... Elle mit son cheval au trot, s'efforçant de regarder au loin. La bête glissa une fois, faillit la désarçonner. Elle se cramponna, essaya de se rassurer, John était un excellent cavalier...

Elle le découvrit dans un tournant de la piste. La chute avait été franche; il gisait dans la neige épaisse, sous un sapin. La jument avait glissé avant de tomber – Rusty vit l'empreinte dans la neige – mais sans se blesser, car elle avait disparu.

– John?

Il ne bougea pas. Rusty descendit de cheval et se jeta sur lui. Il ne peut être mort, ce n'est pas possible...

– John! dit-elle en le secouant rudement. Oh, merci, mon Dieu!

Il était évanoui mais vivant.

– Chéri, réveillez-vous!

Mais les yeux de John restaient clos. Le soulagement de Rusty fut de courte durée. « Il est blessé, songea-t-elle, durement touché. Il ne faut pas le remuer. Je... »

Le Dr Dark!

Murmurant une prière, la jeune fille sauta en selle et galopa ventre à terre jusqu'à la maison.

L'accident de John éclaircit l'atmosphère. Revenant de l'écurie, Ellery le trouva sur le divan, entouré d'une petite cour qui bavardait gaiement. Rusty souriait en lui caressant la tête et le Dr Dark refermait sa trousse. Seuls signes de blessures : un bandage entourait la main et le poignet de John.

– Je vois que le malade vivra, dit Ellery.

– L'imbécile, plutôt, grommela John. Ce fut entièrement de ma faute. Pourquoi faire tant d'embarras...

– Vous ne l'avez pas volé, certes, dit le Dr Dark, sévèrement, et estimez-vous heureux de vous en tirer avec un poignet foulé.

– Pas d'os cassés, Sam? demanda Craig, inquiet. Pas de commotion?

– Je peux l'emmener à l'hôpital pour vous rassurer, Arthur, mais ce n'est pas nécessaire.

– Bien sûr, dit John. Ne vous en faites pas, Arthur. D'où venez-vous, Ellery? Je ne mérite pas votre sympathie, mais vous auriez pu rester là, au cas où je me serais rompu le cou.

– J'aurais été tenté de le rompre moi-même, répondit notre héros en bourrant sa pipe. Le sergent Devoe et moi sommes allés à la recherche de la jument...

– Blessée? s'écria John.

– Elle se porte à merveille, nous l'avons retrouvée dans son box, dévorant du foin... A propos, comment s'est produit cet accident?

– Je l'ai trop poussée, elle a glissé et je me suis retrouvé les quatre fers en l'air! Je ne me rappelle rien d'autre.

– Aucun incident de parcours n'a interrompu son élan?

– Non, répondit John, étonné. Pourquoi?

– Vous ne suggérez pas, Mr Queen... commença son tuteur, soucieux.

– A l'heure actuelle, Mr Craig, un accident survenu à John ne peut être admis sans examen, répondit Ellery. C'est pourquoi Devoe et moi avons soigneusement inspecté la jument, dont on aurait pu déferrer un sabot. Heureusement, ce ne fut pas le cas. Ce n'était guère probable, personne ne pouvant deviner que John allait monter ce matin et qu'il prendrait la jument au lieu du hongre, son cheval habituel. Etant donné les événements, je ne suis pas disposé, néanmoins, à écarter une possibilité simplement parce qu'elle est improbable.

Les ombres revinrent en rampant et les visages s'assombrirent.

L'insistance du Dr Dark obligea John à rester étendu sur le dos toute la journée. Comme il ne voulait pas se coucher, le divan du living-room devint un centre d'attraction.

Les invités causaient à bâtons rompus, discutaient entre eux sur le sens des cadeaux. Ellery écouta en silence, notant surtout les nuances de ton, plutôt que les paroles elles-mêmes. Mais il n'entendit rien de significatif.

Quel serait le cadeau de ce soir? Qui le trouverait? Si le dessein d'ensemble devait être respecté – et, bien qu'incompréhensible, il semblait participer d'un esprit de suite – Rusty serait l'élue. La personne qui avait des rapports précis avec John au cours d'une journée trouvait le cadeau dans la soirée; du moins, le fait s'était produit depuis dimanche, la cinquième nuit. Ce jour-là, Ellery avait été surpris dans la chambre de John, par John : cette nuit-là, Ellery trouva le cadeau. Lundi, John avait essayé de faire chanter Dan Z. Freeman : lundi soir, Freeman trouvait le sixième présent. Mardi, Val Warren fit une déclaration d'amour à John, dans l'écurie : elle trouva le septième cadeau mardi soir. Mercredi? Une exception : Marius avait découvert le huitième cadeau dans le piano, bien que rien de spécial ne l'eût rapproché de John au cours de la journée. Mais hier, Payn avait trouvé le neuvième, après le chantage littéraire, dans sa chambre.

Ellery haussa les épaules, peu disposé à accorder trop d'importance à ces rapprochements. Des coïncidences? Certes pas, mais, d'autre part, le donateur ne pouvait prévoir les épisodes individuels de chaque jour : quel qu'il soit, l'inconnu se bornait à prendre avantage des événements à mesure qu'ils se produisaient. Les invités, nombreux, se répandaient dans la maison et dehors à toute heure : espionner ce qui se passait ne représentait pas un exploit. On ne devait voir là que dérision, un aspect seulement d'un jeu plus dangereux, sans doute. Une partie jouée avec Ellery, plutôt qu'avec John ou les autres; notre ami en devenait de plus en plus conscient.

Qui était le mort et comment se plaçait-il parmi les autres éléments de l'énigme? Question autrement pressante. Comment expliquer ce fait affolant qu'un jumeau, identique à John, devait être caché dans la maison alors que d'après les renseignements de Velie, le jumeau était mort à deux semaines? Et enfin, et toujours : que signifiaient les cadeaux du soir?

Comme prévu par Ellery, Rusty trouva le dixième cadeau. Après le dîner, elle monta chercher une couverture supplémentaire pour John, étendu sur le divan : elle revint en courant, aussi blanche que la couverture, tenant entre ses mains la dernière boîte.

– Sur mon lit! Voulez-vous... m'en débarrasser!

La boîte était d'une forme différente des neuf autres; carrée, plate, un de ces cartons dont se servent les magasins de lingerie pour présenter des mouchoirs. Unique aussi, mais d'une autre façon : lorsque Ellery l'ouvrit, il n'y trouva qu'une carte blanche.

– Pas de cadeaux, dit Ellen, écarquillant les yeux.

– J'aime mieux ça, dit John, avec soulagement. Ce cinglé commence à se rendre compte, peut-être, que sa plaisanterie a fait long feu.

– J'en suis moins sûr, dit Ellery qui lut à haute voix le message tapé à la machine.

La dixième nuit de Noël,
Votre cher amour vous envoie
Deux cadeaux, encore : la t ê t e
Qui prédit votre mort.
Elle ne porte qu'une d e n t
Pour dérouter M. le Limier.

John réussit à rire.

– C'est d'un goût charmant! Ne prenez pas cet air tragique, Rusty, je ne suis plus disposé à me laisser abattre... D'ailleurs, j'ai toujours eu horreur des vers de mirliton.

Personne ne s'y trompa.

– Pas de cadeau! glapit Olivette Brown. C'est étrange! Que signifie...

– Il est peut-être à court d'idées, dit le Dr Dark.

– Ou à court de têtes? suggéra Marius.

– Vous n'êtes pas drôle, Carlo, dit Payn, glacial.

– Assez, vous deux! s'écria Valentine. Qu'en pensez-vous, Ellery? Pourquoi cette absence de cadeau, ce soir?

– Il y en a un, ce soir, dit Ellery en agitant la carte. *La tête qui prédit votre mort.* Rappelez-vous, nous avons reçu une tête. *Un signe de mort.* La tête à « l'œil clos » et à « la bouche fermée ».

– La poupée du 1er janvier! s'écria Ellen.

Avec un signe d'assentiment, Ellery se dirigea vers le meuble où il avait rangé les cadeaux. Après examen de la serrure, il tira simplement le bouton et la porte s'ouvrit.

– Serrure forcée, probablement la nuit dernière, après minuit. On nous ménage des surprises... En effet, la poupée est là, mais modifiée.

Un troisième élément décorait la tête peinte en blanc sur laquelle figuraient d'abord un œil clos et une bouche fermée d'un trait : une petite ligne verticale, un peu à droite du centre de la « bouche » et dirigée vers le haut. Un dessin schématique, mais clair : une dent, faisant ricaner une vilaine bouche sous un œil qui louchait.

On dut aider John à monter se coucher.

Dans sa chambre, le jeune Mr Queen but le calice jusqu'à la lie.

On le narguait : cela ne faisait plus de doute. Si les menaces visaient John Sebastian, c'était lui qu'on tournait en dérision.

« Il me mène par le bout du nez, songea Ellery, furieux, il me le pince un peu plus chaque nuit et je dois le subir. L'animal me connaît, que le diable l'emporte! Il sait bien que je ne renoncerai pas. Sans se préoccuper de mes éventuelles trouvailles, il me mène à une conclusion... »

Pendant un instant, une pensée bizarre lui traversa l'esprit : *une conclusion qu'il désire me voir atteindre.*

Mais cette pensée se perdit dans une autre, plus vaste : « Et quand je l'atteindrai, que se passera-t-il? »

Un seul élément à porter au crédit, cette nuit, par

rapport aux débits : forcer la serrure du meuble ne pouvait qu'être le fait d'un habitant de la maison. Le sergent Devoe assurait la garde de jour et était relevé la nuit par un collègue; donc aucune personne venue du dehors n'était l'auteur de l'effraction.

Piètre consolation, car il le savait depuis longtemps.

Dans la chambre obscure, Ellery reposait, les yeux ouverts, le cerveau torturé. A l'aube, il s'endormit, épuisé.

13

La onzième nuit : Samedi 4 janvier 1930.

Le Dr Dark donne à John un avis peu médical et le signe de la croix termine la maisonnette. Mais est-elle terminée?

Dans la nuit, le temps tourna au froid, un froid qui se révéla tonifiant. Au petit déjeuner John lui-même parvint à sourire aux maternelles gâteries de Rusty : inutilisable, sa main droite l'obligeait à accepter de l'aide. Personne ne parla de la « dent » ni de la diablerie qui pouvait survenir cette nuit. D'ailleurs, les cadeaux arrivaient presque à fin de course et, selon Ellery, ce fait expliquait en partie l'amélioration du climat. On était au matin du onzième jour de vacances et dans trente-six heures ce serait la fin. Tous pensaient que le lieutenant Luria lui-même se montrerait raisonnable.

A part quelques propos acerbes de Payn, la journée commença bien et l'esprit de bonhomie prévalut, Valentine et Marius étant évidemment convenus de rentrer leurs griffes. Encouragée, Ellen organisa avec l'aide de Mrs Jansen et de Felton un pique-nique. Ils déjeunèrent dans les bois, allumèrent un magnifique feu dans une clairière, carbonisèrent des saucisses, firent sauter des oignons dans une poêle, pêchèrent des pommes de terre éclatées dans les cendres, burent du café amer et, en somme, s'amusèrent royalement.

La visite du lieutenant Luria, l'après-midi, ne parvint même pas à gâcher cette journée. Il se renseigna sur les messages et les cadeaux, mais sans insister, posa quelques questions, puis annonça enfin que, sauf événements imprévus, les invités seraient autorisés à quitter les lieux lundi ou mardi. Des acclamations saluèrent ses paroles. Ellery prit le policier à part et lui dit :

– Vous avez trouvé quelque chose.

Luria, qui allumait une cigarette, hésita une seconde.

– Pourquoi dites-vous cela, Queen ?

– J'ai été sevré avec de la graisse d'armes et j'ai fait mes dents sur un bâton de police. Qu'avez-vous découvert ?

– Eh bien... quelque chose.

– Au sujet du mort ?

– Nous ne sommes pas encore sûrs.

– Qui était-il ? demanda Ellery, frémissant.

– Je vous le dirai quand nous serons fixés.

– Rien d'autre ?

– Je ne sais même pas si son identification nous avancera beaucoup. Certaines présomptions existent, certes, si le bonhomme est bien celui que nous croyons, mais... Que diable, on ne peut arrêter personne sur des présomptions ! Aucune preuve ne permet de rattacher ces gens-là au meurtre.

– Alors, vous les laissez partir ?

– Puis-je agir autrement ? Avez-vous résolu l'énigme des messages et des boîtes ?

– Non, répondit Ellery.

– Vous les croyez encore liés au meurtre ?

– Oui. Je veux dire, je n'en suis pas sûr, mais je le pense.

– Prévenez-moi, si vous trouvez le mot de l'énigme, dit Luria en accompagnant ses paroles d'un juron. C'est bien ma veine de tomber sur une histoire de fous!

– Et la mienne, grommela Ellery. Et la mienne!

Le Dr Dark frappa à la porte de John.

– John?

– Qui est-ce?

– Sam Dark. Puis-je entrer?

– Bien sûr!

Le gros homme entra. John était couché et Rusty, assise près du lit, tenait un livre ouvert sur ses genoux.

– Comment va notre malade? demanda le médecin.

– Pas si mal, étant donné le personnage, dit Rusty. Il a mangé, s'est reposé et m'écoute lire *Dodsworth*, non sans d'amères critiques.

– Lewis n'a jamais su écrire, grommela John. Lui et Dreiser!

– *Dodsworth?* Ah! son nouveau bouquin, je ne l'ai pas encore lu. Mais j'avais trouvé *Arrowsmith* excellent. Comment va le poignet?

– Péniblement, merci. Pourquoi me mettre au lit pour un poignet foulé, docteur? C'est ridicule.

– Je t'ai permis de participer au pique-nique, reconnais-le. Tu n'es pas alité pour ton poignet, mais une commotion peut réserver des surprises. (Il jeta un regard à Rusty.) ... Si cela vous était égal, ma chère...

La jeune fille se leva.

– Je reviendrai, mon chéri.

– Que d'embarras! grogna John. Mettre mon poignet à nu ne me ferait pas rougir!

– Les rapports du médecin et de son malade sont

sacrés, dit le Dr Dark avec une œillade à Rusty. Ce ne sera pas long.

– J'espère qu'il sera plus aimable avec vous qu'avec moi, dit Rusty en déposant un baiser léger sous la bouche byronienne avant de partir.

– Allons-y, docteur! Hé! Pourquoi fermez-vous la porte à clé?

Le Dr Dark s'adossa au vantail, toute trace de sourire ayant disparu de son visage.

– J'ai à te parler, John.

John le dévisagea. Puis il se cala confortablement sur son oreiller et regarda le plafond, résigné.

– Une conversation d'homme à homme?

– Pourquoi pas? dit le médecin qui s'approcha du lit et contempla le jeune poète.

– J'aime encore mieux cela qu'une conversation d'homme à jeune garçon. Vous et Arthur avez tendance à oublier que je ne suis plus un gosse. « Le temps tourne et la vengeance vient. » C'est dans la *Nuit des Rois*. Il est plus tard que vous ne pensez.

– Oui, dit le Dr Dark. Précisément. Souviens-t'en.

– Qu'entendez-vous par là?

– John, dit le gros homme après avoir hésité, je te connais depuis ton enfance. Je t'ai suivi, je me suis toujours considéré comme une sorte d'oncle... Es-tu sûr de ce que tu fais?

– Il s'agit de mon union avec Rusty? répondit John en riant. Je vous en ai déjà parlé au début de novembre, lorsque j'ai fait part de mes intentions à Arthur. J'ai la ferme intention de consommer ce mariage.

– Il ne s'agit pas de cela et tu le sais. John, regarde-moi. Non, dans les yeux.

– Un test pour éprouver ma vertu? dit John en riant. Je croyais ces épreuves aussi démodées que les ceintures de chasteté!

– John, je suis au courant de tes manigances avec Mr Freeman, avec Mr Payn.

– Vraiment ? (La voix de John n'exprimait aucun trouble, simplement de la surprise et de l'agacement.) Peut-on savoir en quoi consistent ces manigances ?

– Inutile de préciser, je te dis que je sais.

John examina de nouveau le plafond.

– Ils parlent donc. Je les ai méjugés.

– Ces messieurs ne m'ont rien dit.

– Où donc avez-vous entendu ces balivernes ?

– Qu'importe ?

– Cela pourrait avoir de l'importance. Ce canard s'est-il répandu vite ? Sont-ils nombreux à être au courant ?

– Je l'ignore, dit le Dr Dark. Quelques personnes, seulement. Là n'est pas la question. John, tu vas te casser la figure, ta chute sera aussi inévitable que celle d'hier.

– Docteur Sam...

– Je sais, tu pourrais me dire : mêlez-vous de ce qui vous regarde, ce serait ton droit. J'espère que tu t'abstiendras. John, je ne connais pas tes motifs, mais n'agis pas ainsi. Ne commence pas ta vie en essayant de bousculer les gens. Freeman et Payn ont réussi, malgré leurs faiblesses : ils ne se laisseront pas faire. Tu n'as pas vécu assez longtemps pour l'apprendre. Ils passeront à la contre-attaque. Y as-tu pensé ?

– Docteur Sam, dit John, je ne sais fichtre pas ce que vous voulez dire. Allez-vous examiner mon poignet, *oui* ou non ?

Le médecin regarda John pendant un long moment. Puis il se dirigea vers la porte, fit tourner la clé dans la serrure et partit.

Le Dr Dark monta se coucher, ce soir-là, et revint dans le living-room quelques minutes plus tard :

comme il s'y attendait, Ellery vit le paquet dans sa main.

– Je viens de trouver ceci sur mon bureau.

En prenant l'objet, Ellery se demanda quel rôle avait pu jouer le médecin au cours de la journée pour avoir ce douteux honneur, ce soir; mais la mine renfrognée de Dark dissuada notre héros de l'interroger.

Il porta le paquet jusqu'à la table de réfectoire et le défit en silence. L'étiquette habituelle, le nom « John Sebastian » toujours tapé à la machine; la même machine, Ellery le nota.

La boîte blanche était une des plus petites de la série. Un peu plus long que d'habitude, le texte de la carte :

La onzième nuit de Noël,
Votre cher amour vous envoie
La plus mystérieuse m a r q u e
(Vous ne comprenez pas encore?) :
Un signe sur le p o t e a u,
Un signe du fantôme.

Rien au verso.

Le « cadeau » représentait un petit poteau indicateur, en bois brun. Un bras avait été fixé dans le haut du poteau, soutenant une pièce de bois de forme oblongue, dentelée à la mode rustique. Sur le morceau de bois, un X rouge.

– Nous sommes comblés, dit John. Croyez-vous que la série soit complète, ou allons-nous recevoir une boîte aux lettres demain?

– Elle est complète, dit Mrs Brown, sur le mode tragique. Je le sens...

– La barbe, l'interrompit Marius Carlo. Qu'on nous foute la paix avec tout ça... John, mon verre est vide...

– X, dit Mr Gardiner, pensivement. La lettre

grecque « khi », lettre initiale de *Christos*. Le symbole du Christ, comme un Xmas (1).

Ellery le regarda.

– Je n'y avais pas pensé, Mr Gardiner, mais je ne crois pas à votre interprétation. *Un signe du fantôme*, dit le message.

– Le Saint-Esprit? proposa Dan Freeman.

– Un blasphème! murmura le prêtre. C'est une abomination!

– Non, dit Ellery à Freeman.

– Alors quoi? s'écria Rusty.

– Dans cette ère de gangstérisme, dit Ellery, X représente généralement un emplacement donné et le fantôme qui en résulte plane sur une dalle de marbre, à la morgue.

– Délicieux! dit John. En somme, je dois être tué dans la maison.

– Taisez-vous, John! s'écria Rusty, et Arthur Craig s'approcha d'elle en lançant un regard furieux à son pupille.

– Vous vous trompez tous, Mr Queen, dit Olivette Brown, avec emportement. *Un signe du fantôme* se rapporte à l'*envoyeur*. Et le signe du fantôme, c'est X, l'inconnu. Quelqu'un, qui est passé de l'autre côté, essaye d'établir le contact avec John. Certains fantômes n'ont pas d'identité ou l'ont perdue et ils restent enchaînés au monde de la matière jusqu'au moment où...

Elle continua ainsi indéfiniment, l'auditoire la subissant avec exaspération.

Ellery n'écoutait pas, il réfléchissait : 11 boîtes, contenant 19 « cadeaux » individuels. Demain soir, la douzième et dernière boîte.

Et alors?

(1) Abréviation de *Christmas (N.d.T.)*.

14

La douzième nuit : Dimanche 5 janvier 1930.

Olivette Brown converse avec un fantôme.
Un éclair illumine Mr Queen et John Sebastian
reçoit le dernier cadeau.

La journée de dimanche traîna, lamentablement. Les invités erraient de pièce en pièce, se jetant tantôt dans un fauteuil, tantôt dans un autre. Les journaux du dimanche furent lus et relus, même les comptes rendus du Salon de l'Automobile à New York. L'annonce faite par le maire, Jimmy Walker – à savoir qu'il verserait à des œuvres charitables la partie de son salaire correspondant à une augmentation – fut accueillie avec dérision et scepticisme. Val Warren lut tout haut, avec émotion, la notice nécrologique de Kenneth Hawks, le mari de Mary Astor, tué avec dix autres personnes en filmant une scène d'aviation, vendredi, près de Santa Monica. Les amateurs de littérature parlèrent des succès de la saison – *Les bons Compagnons*, de J. B. Priestley, *La coupe d'or*, de John Steinbeck, le dernier roman de Donn Burne, *Le Champ d'honneur*. Dan Freeman raconta avec mélancolie les curieuses circonstances qui précédèrent la publication du livre de Remarque, *A l'ouest, rien de nouveau*. Mais Ellery n'eut aucun succès en citant *Les Douze contre les Dieux*, de William Bolitho : dans cette maison, ce jour-là, « douze » sonnait mal.

Malgré le soleil, personne ne sortit, hormis le vieux Mr Gardiner, qui partit très tôt le matin et ne revint que tard dans l'après-midi. Interrogé sur son emploi du temps, le prêtre répondit : « J'étais avec

Notre-Seigneur, se manifestant aux Gentils », puis il monta tranquillement dans sa chambre.

La menaçante approche du soir pesait sur les cœurs. Mabel, la servante irlandaise, n'y résista pas; vers la fin de l'après-midi, elle eut une crise de larmes sur la poitrine du sergent Devoe, très surpris.

Ellen Craig fit une proposition.

– Nous partirons tous demain, c'est probable, alors pourquoi ne pas profiter de cette douzième nuit pour la célébrer comme on le faisait au Moyen Age? Il était d'usage de festoyer, de se livrer à des jeux, de s'amuser, en somme. Qu'en dites-vous?

– Bravo! dit Ellery, s'abstenant de faire remarquer que les fêtes de l'Epiphanie, aux temps médiévaux, étaient sans doute une survivance des saturnales romaines. Qu'allons-nous faire?

Les détails de la fête furent enfin fixés. Avant de s'asseoir à la table du festin, Mr Gardiner prononça une action de grâces, évoqua les Noces de Cana et termina par une supplique : « Que l'eau amère de cette maison devienne le vin doux de la bonté et de la joie. » Allusion qui ne releva guère le moral des convives et le repas de Mrs Jansen commença dans le silence. John n'arrangea rien en annonçant, assez haut pour que Mrs Jansen l'entende à l'office, que le gigot n'était pas cuit, ce qui eut pour conséquence que le repas se déroula avec accompagnement de sanglots étouffés venus des régions culinaires. Puis, en desservant la table avant d'apporter le dessert, Mabel laissa tomber son plateau qu'elle tenait haut et déversa un verre presque plein de bourgogne sur la tête de Roland Payn, baptême qui teignit ses cheveux blancs en un bel écarlate : des ruisseaux de même couleur maculèrent son devant de chemise et vinrent mourir sur ses genoux. Mabel lâcha le plateau et s'enfuit, ajoutant ses gémissements angoissés à ceux de Mrs Jansen, et le festin prit fin dans la confusion, Ellen et Rusty s'étant rendues dans la cuisine pour calmer le personnel féminin tandis qu'Arthur Craig aidait son avoué maculé à monter l'escalier.

Ellery en profita pour inspecter le living-room, toujours vierge de paquet. Il se demandait encore quand et où serait trouvé le douzième, et par qui, lorsque les invités s'assemblèrent autour de lui pour écouter le programme de la douzième nuit.

Marius s'était précipité dans la salle de musique. Du piano s'élevèrent des accords évoquant Purcell, une musique étonnamment naïve. Tous prirent place, en entendant cet accompagnement mélodique.

Ellery leva la main et la musique cessa.

– Ordonnateur de vos divertissements, mesdames et messieurs, dit-il, solennel, je choisis pour ma part la voie de la facilité : je ne prononcerai pas de discours. Nous allons commencer aussitôt.

» Ne vous attendez pas, selon l'usage, à un premier numéro d'acrobates ou de jongleurs japonais. D'ailleurs, j'en ignore l'essence. Mes amis, voici Mr Arthur Benjamin Craig!

Un accord retentit au piano et l'hôte entra, venant de la bibliothèque. Il portait un carton qu'il déposa sur la table de réfectoire et fit un profond salut à Ellery qui le salua en retour. Craig toussota.

Le sergent Devoe observait la scène depuis la baie du hall. Mrs Jansen, Mabel et Felton – les femmes reniflant encore – regardaient discrètement à travers la porte battante menant à la salle à manger.

– Membres de la société des admirateurs de John Sebastian, commença Craig, la main sur le carton, demain étant le 6 janvier, la maison Freeman va publier *La Musique et l'Amour*, en édition courante.

Des acclamations l'interrompirent. John riait, tous souriaient, sauf Freeman et Payn qui écoutaient, impassibles. Craig leva la main.

– En ma double qualité de père officieux et d'imprimeur de cet ouvrage, poursuivit-il je ne pouvais laisser passer cette occasion historique sans un témoignage personnel.

» J'ai donc mobilisé toutes les ressources de mon imprimerie, faisant appel aux artisans d'élite qui me secondent depuis si longtemps pour produire cette édition spéciale de *La Musique et l'Amour*, limitée à douze exemplaires numérotés de 1 à 12, un pour chaque membre de la société.

En parlant, Craig avait ouvert le carton et il montrait maintenant l'un des exemplaires. Un murmure admiratif en souligna la beauté.

– Le volume est un in-douze, reprit-il, format plaisant étant donné la minceur de la plaquette. Je me suis servi d'un papier chiffon spécial, fabriqué pour moi en Angleterre. Le texte est composé en caractères Chartrain, les mêmes que le fondeur a exclusivement créés, sur ma demande, pour la collection des poètes classiques, chez Freeman. Chaque feuille est imprimée en deux couleurs, le texte en noir et les décorations en rouge-mauve. La page de titre et la vignette finale sont dues à mon ami, l'artiste bien connu, Boris Akst. Les feuilles ont été pliées et cousues à la main, avant d'être reliées en maroquin plein. Un livre dont je suis fier, John, et je l'offre à vos amis dans l'espoir qu'ils trouveront autant de plaisir à le posséder que j'en ai eu à l'exécuter.

Radieux, Craig donna l'un des beaux exemplaires à John et distribua les dix autres aux assistants. L'imprimeur barbu serra le dernier sur son cœur.

– Bien sûr, je ne me suis pas oublié!

Infiniment touché, John admirait le volume posé sur ses genoux.

Aux cris d'extase succédèrent des demandes d'autographes. Malgré ses protestations, son poignet foulé rendant l'écriture difficile, John fut propulsé vers la table par Rusty et Ellen, et assis de force. Mr Gardiner lui prêta son stylo. Tous demandèrent des dédicaces et John s'efforça d'en trouver. Il écrivit maladroitement, péniblement, mais il parvint à se tirer d'affaire.

Ellery se dirigea vers le siège où John avait laissé son exemplaire, prit le livre et regarda la justification du tirage. L'exemplaire portait le numéro 12. Un vers oublié revint à sa mémoire : *Le destin se rit des probabilités.*

Payn et Freeman restaient en arrière, Ellery le remarqua lorsqu'il s'approcha de la table pour faire dédicacer son exemplaire. Etant donné les circonstances, néanmoins, les deux hommes ne purent se dérober et, avant qu'il fût trop tard, tous deux, souriant avec difficulté, présentèrent leur livre au jeune poète.

– Mesdames et messieurs, dit l'ordonnateur des divertissements, j'ai l'honneur de vous présenter maintenant le deuxième numéro du programme : notre poète va nous lire certains poèmes de *La Musique et l'Amour.*

Ellery sourit. Le poète fut dignement applaudi, puis se mit à lire, tenant le volume comme s'il s'agissait d'un objet d'art sorti de l'atelier de Benvenuto Cellini.

Il lisait bien, avec du rythme et de la chaleur. Ellery fut très séduit par la qualité de ce qu'il entendit. Etant de la génération du poète, notre héros ne partageait pas l'opinion de Mr Gardiner, pour qui ces vers, très brillants, certes, n'étaient que le produit d'une grande habileté. Au contraire, Ellery les trouva spirituels, bien frappés, teintés d'un charmant cynisme et écrits avec un dédain pour les formes traditionnelles qui trahissait l'influence des cafés littéraires parisiens sur les jeunes expatriés américains en France. Lorsque John eut terminé, Ellery joignit ses applaudissements aux autres avec une sincère admiration.

– Le prochain divertissement est un interlude musical offert par cet ineffable chevalier des touches, ce prodige du piano, notre éminent compositeur et violent virtuose, le maestro Marius Carlo!

Réquisitionnés, le sergent Devoe et Felton poussèrent le piano hors de la salle de musique et lui firent franchir la baie. Marius salua, souleva d'imaginaires basques d'habit et s'assit sur le tabouret.

– A une époque où chacun est son propre distillateur et prend sa matière première autour de lui – le fermier la tirant de son silo, le mineur de sa galerie, le Californien de ses cactus pourris – il m'a paru légitime d'en faire autant.

» Mr Queen ayant souligné récemment l'incidence du nombre 12 sur cette réunion de vacances, je me suis servi de la méthode des douze tons de Schönberg pour une composition inspirée du poème dramatique de Bill Shakespeare, intitulé *La Douzième Nuit* (1). Sans rapport avec le sujet, ce titre a été choisi, comme vous le savez, parce que la pièce devait être jouée à la Cour d'Elisabeth, à l'occasion des réjouissances de la douzième nuit. Ai-je entendu des hourras?

Il les avait bien entendus.

– Le premier mouvement est intitulé *Naufrage en Illyrie*. Du silence, s'il vous plaît!

Marius leva les mains et les abattit ensuite sur le clavier, provoquant un fracas si dissonant que Mabel, écoutant depuis la porte de la salle à manger, poussa un cri d'effroi et s'enfuit pour cacher sa confusion.

Pendant vingt minutes, le jeune compositeur mit son instrument à dure épreuve, accompagnant son jeu d'un joyeux livret de son cru; l'assistance fut donc aussi mystifiée fortement qu'assourdie et les applaudissements à la fin du récital exprimèrent avec violence un grand soulagement.

– L'artiste que vous allez entendre maintenant, annonça Ellery lorsque le piano eut regagné la salle

(1) *La Nuit des Rois (N.d.T.)*.

de musique, est miss Valentine Warren qui va nous donner deux interprétations thespiennes. J'ignore lesquelles, miss Warren!

Valentine surprit son auditoire, au début du moins. Ellery s'attendait à quelque chose de pesant, du Sophocle par exemple, une tirade de Jocaste à Œdipe. Au contraire, Valentine se lança dans un monologue hilarant, tiré d'un mélodrame de la fin du siècle dernier, *Ni fille, ni femme, ni veuve.* Elle eut beaucoup de succès, mais la jeune actrice fut moins bien inspirée ensuite en interprétant le rôle de Nina Leeds, l'héroïne d'*Etrange Interlude* d'Eugène O'Neill; elle sabota une scène. S'il y eut une fausse note dans les applaudissements qui saluèrent la sortie de Valentine, personne, sauf Ellery, ne sembla le remarquer. Valentine ne s'en aperçut certainement pas.

Ellen Craig apporta un chevalet, des feuilles de papier et du fusain. Elle amusa et surprit l'assistance en exécutant rapidement des caricatures très mordantes. Ellery fut particulièrement soigné : une tête de vautour surmontant un long cou, ressemblante néanmoins.

Mr Gardiner lut des passages du Cantique de Salomon, n'oubliant pas de l'interpréter à sa manière : il en fit une allégorie de l'union du Christ et de sa propre église. Rusty lui succéda. Avec du fil de fer et des pinces, elle créa ce qu'elle appelait « des formes libres », représentant des oiseaux et autres animaux. Le Dr Dark lui-même fit un numéro d'imitation qui obtint un grand succès, sa victime étant le chanteur Rudy Vallee, dont il reproduisit à merveille l'accent nasillard.

– Et maintenant, dit Ellery, lorsque le médecin se rassit, nous arrivons à la pièce de résistance, une séance de spiritisme garantie authentique, que nous offre notre amie la célèbre Mrs Olivette Brown.

Prétextant une indisposition, Mr Gardiner se leva aussitôt, s'excusa et partit, pour revenir un moment plus tard en déclarant qu'un homme ayant consacré sa vie à la spiritualité pourrait en user utilement, peut-être, avec les amis que Mrs Brown avait de l'autre côté, quand ce ne serait que pour les exorciser. Il estimait sa présence préférable. Et le vieux prêtre se rassit et croisa les bras, prêt à recevoir le diable en personne.

Trop occupée par ses préparatifs, Olivette Brown ne fit aucune attention à lui.

Tous s'assirent enfin autour de la grande table ronde, réclamée par Mrs Brown, dans une demi-obscurité également imposée, chacun serrant la main de son voisin, sans mot dire... La séance commença.

Au début, des rires étouffés se firent entendre, venant de l'élément féminin, Marius y ajoutant quelques sarcasmes, mais bientôt un silence presque palpable s'établit. Les yeux s'accommodant à la faible lumière, ils voyaient Olivette Brown assise très raide et regardant au loin.

Elle resta longtemps ainsi, si longtemps et dans une telle immobilité, que tous se surprirent à tendre l'oreille. La tension devint insupportable.

Soudain la mère de Rusty se laissa aller sur sa chaise et se mit à gémir; après le silence, l'effet fut saisissant et l'étreinte des mains se resserra.

Les gémissements cessèrent. Dans la pénombre, son visage n'était plus qu'un masque livide.

Elle se mit à parler alors d'une voix de rêve, dépourvue de tonalité, très différente de la nasalité habituelle.

– Je suis dans une grande salle voûtée, obscure mais non obscure, claire et pas claire, qui me contient et néanmoins s'étend dans toutes les directions, à l'infini... Comme une salle vue en rêve, mais plus claire, beaucoup plus claire...

Elle continua dans cette veine, décrivant sans décrire, communiquant à son auditoire le trouble sentiment de ce qu'elle « voyait » sans donner la moindre indication de dimensions, de forme ou de couleur.

Soudain elle dit :

– Il vient... je vois sa faible clarté... Il vient plus près, plus près... Je sais quelquefois, je reconnais... la Mort. Il est mort, c'est un esprit... Je le connais, je le connais. Plus près... Qui est-ce? Qui es-tu? (Puis elle poussa un cri effrayant.) John! C'est John!

Et elle tomba en avant, cognant durement son front contre la table.

Ellery se leva d'un bond et atteignit le commutateur de la lampe en même temps que le sergent Devoe. Le Dr Dark souleva Mrs Brown, Rusty lui tapota les joues vigoureusement.

– Pourquoi l'ai-je laissé faire... Elle est toujours bouleversée ensuite! Dieu sait que je n'y crois guère, mais elle semble s'hypnotiser elle-même... Maman! Maman!

– Permettez, dit le Dr Dark. Arthur, aidez-moi à l'étendre sur ce divan. Il faut que sa tête soit plus basse que ses pieds. Elle est évanouie, c'est tout, mais elle aura une bosse au front... Ouvrez la fenêtre, elle a besoin d'air.

Pendant que le médecin ranimait Mrs Brown, Ellery s'approcha de John qui se tenait à l'écart, une curieuse expression sur son visage.

– Le cri d'Olivette vous a donné des sueurs froides, John. Rencontrer son ombre avant l'heure! Cela doit produire une drôle d'impression?

– Intéressante, répondit John froidement. Beaucoup plus intéressante que vous ne le croyez.

– Que voulez-vous dire?

Observant la mère de Rusty, John se contenta de sourire. Dès qu'elle ouvrit les yeux, il s'avança et lui demanda :

– Comment saviez-vous?

– Quoi? dit-elle faiblement. Oh! John... Ma tête me fait mal. Qu'est-il arrivé?

– Vous étiez en transe, mère, dit Rusty, et vous

avez dit quelque chose au sujet d'une personne qui s'avançait vers nous, un fantôme, un mort, et ensuite vous vous êtes évanouie après avoir appelé John.

– Moi? dit sa mère. John? Mort? Comme c'est bête! Je ne me rappelle rien. Je ne me rappelle jamais rien après.

– Comment saviez-vous? répéta John.

– Assez de mystères, dit Rusty, fâchée. Que savait-elle, ma mère?

– Une seule personne est au courant, dit John, s'adressant à Mrs Brown, une personne absente. Dans cette pièce, je suis le seul à savoir. Je vous pose la question à nouveau, Mrs Brown : comment saviez-vous?

Elle le regarda, de ses yeux vagues.

– Je voudrais bien que ma tête cesse de me faire mal! Je ne comprends rien à vos paroles.

– Assez, John, dit Craig, nerveux. Mrs Brown n'est pas en état d'être importunée.

– D'accord, Arthur, répondit le jeune homme, toujours souriant. Excusez-moi, Mrs Brown. Pourquoi ne montez-vous pas prendre un peu de repos? Au fait, nous pourrions tous en faire autant, pendant une heure ou deux, car nous allons veiller tard cette nuit... (L'auditoire paraissant surpris, John se mit à rire.) Pourquoi attendre le jour? A l'heure des sorcières et, à rebours de l'histoire de Cendrillon, je deviendrai prince, souvenez-vous-en. Dès après minuit, lorsque j'aurai vingt-cinq ans, je prierai Mr Payn de lire le testament de mon père, de citrouille je deviendrai carrosse royal, Mr Gardiner nous mariera, Rusty et moi, pour le meilleur et pour le pire..

– Quel romantique vous faites! dit Rusty, dédaigneuse.

Il l'embrassa.

– Et je vous révélerai ensuite la grande surprise que je vous ai promise.

– Parbleu, j'avais oublié! s'écria Craig. Que diable nous caches-tu, John?

– Vous le saurez après la cérémonie, Arthur, comme les autres! Rendez-vous ici à minuit moins le quart!

Resté seul, Ellery arpenta le living-room, fouinant dans les coins.

– Vous cherchez la douzième boîte, Mr Queen? demanda soudain le sergent Devoe qui l'observait depuis le hall.

– Vaguement, sergent. Nos amis semblent l'avoir oubliée.

– Pas moi. Je suis resté sur le qui-vive. Elle n'est pas ici.

– Probablement dans une chambre, à nouveau.

Dix minutes plus tard, ils attendaient encore qu'un invité descende en courant, tenant la boîte.

– C'est peut-être fini? dit le sergent en riant. Bizarre, néanmoins, de s'arrêter à onze!

– Nous l'aurons avant minuit, sergent, j'en ai très peur, répondit notre héros gravement.

Il prit son exemplaire du livre de John et monta chez lui.

Bœuf. Maison. Chameau. Porte. Fenêtre. Clou. Barrière. Main. Paume. Fouet. Eau. Poisson. Œil. Bouche. Singe. Tête. Dent. Marque (ou Croix?). Poteau.

19 éléments, en 11 paquets et 11 nuits.

Fumant sans cesse, Ellery marchait de long en large.

Un autre paquet arriverait ce soir pour compléter la série de 11. Un autre élément au moins. Donc un minimum de 20.

Il ne cessait de penser au nombre 20. Fallait-il y voir la clé de l'énigme? Il revint au petit bureau où il avait déposé la liste des 19 articles. Bœuf... Maison... Chameau... Ellery secoua la tête. Cent fois, il l'avait relue, cette liste, à la recherche d'un dénominateur commun, qui existait, sans aucun doute, mais combien difficile à atteindre!

20... le nombre le tracassait. Quelque chose d'oublié, quelque chose qu'il avait su ou qu'il avait lu... Puis il se rappela soudain.

Le groupement des chiffres par 5 venait des 5 doigts de la main et des 5 doigts de pied. L'échelle du système quinaire était donc 5, 10, 20. Le groupement des objets par 20 survivait encore dans le « Score (1) » anglais et le système français – quatre-vingts signifiait littéralement « quatre fois vingt ». Dans les pays tropicaux l'échelle de 20, pour compter, fut en grande vogue; en effet, dans un climat chaud, les hommes marchaient pieds nus, ils avaient donc non seulement leurs doigts de mains mais aussi leurs doigts de pieds en évidence. Des Mexicains comptaient encore jusqu'à « Homme fini » et recommençait ensuite.

20... et 12.

Désaxé, Ellery regardait sa liste. Tout ceci était vrai, intéressant, mais inapplicable aux objets reçus par John.

Notre héros vida sa pipe et se laissa tomber dans un fauteuil. Dégoûté, fatigué, il prit le recueil de John et l'ouvrit.

Et il se mit brusquement sur son séant, convulsé de joie, comme par une révélation divine.

Par hasard, il avait ouvert le volume de vers à la page de titre. C'était là, surgissant de la page, atteignant à travers ses yeux un trésor oublié dans son cerveau, le découvrant avec la rapidité de la lumière.

Avidement, Ellery examina ce souvenir, le disséqua, l'exposa dans sa merveilleuse simplicité.

(1) Score = 20 *(N.d.T.)*.

La Musique et l'Amour
par
JOHN SEBASTIAN

S'il est vrai que l'amour se nourrit de musique, jouez, jouez encore...
La Nuit des Rois.

LES PRESSES ABC
NEW YORK, 1930

Il en ressentit de l'humiliation. Comment ne l'avait-il pas compris plus tôt? Cela n'avait rien d'ésotérique ou de fantastique.

« Voilà mon défaut, reconnut-il. Toujours méconnaître l'évidence en faveur de l'abstrus. »

C'était si clair! Bœuf, maison, chameau, porte... Toujours 20. Oui, 20, le nombre essentiel. Son intuition ne l'avait pas trompé.

Revenant au souvenir oublié, Ellery se dit qu'il devait être en mesure maintenant de connaître la nature du vingtième objet.

En esprit, il parcourut la liste.

Et une sensation de froid l'envahit, son cœur ayant momentanément cessé de battre. Le vingtième cadeau, le vingtième objet devait être...

Notre héros laissa tomber le volume et se précipita hors de la pièce.

Le sergent Devoe flânait sur le palier.

– Qu'y a-t-il, Mr Queen?

– La chambre de John!

Malgré son poids, le sergent arriva devant la porte en même temps qu'Ellery. D'un coup d'épaule, Devoe l'enfonça.

Des portes s'ouvrirent dans le couloir, les gens arrivaient en courant.

Ellery entra lentement dans la chambre. Retenant

sa respiration, le sergent resta sur le pas de la porte.

Rusty poussa un cri, terrible.

John tournait le dos à la porte. Assis devant son bureau, en manches de chemise, sa tête reposait sur le buvard, son bras gauche était étendu, sa main droite, au poignet bandé, pendait. Sous les omoplates, un peu à gauche du centre, une fleur rouge dont les pétales avaient légèrement coulé tachait le dos de la chemise. Du milieu de la fleur sortait le manche d'un poignard.

– Sergent, laissez entrer le Dr Dark.

Blême, le gros médecin entra.

– Essayez de ne pas laisser d'empreintes sur le bureau et les vêtements, docteur.

Un moment après, Dark se redressa. Il était épouvanté.

– John est mort.

– Téléphonez au lieutenant Luria, sergent. Je reste ici. Non, Mr Craig, non!... Occupez-vous de Rusty, cela vaudra mieux. D'ailleurs je vais fermer la porte jusqu'à l'arrivée du lieutenant.

Dans le couloir, Mr Gardiner priait.

Resté seul avec le corps, Ellery essaya de mettre de l'ordre dans ses pensées. Un peu trop tard, sans doute.

Du dos de la main, il toucha le cou, la joue, l'oreille de John : encore chauds, comme dans la vie. S'il n'y avait pas eu le poignard, fiché dans son dos, John pouvait être endormi, tout simplement.

« Si seulement j'avais compris le sens des cadeaux cinq, dix, quinze minutes plus tôt! » songea Ellery.

Puis, pour la première fois, il remarqua la carte. Le visage de John était posé dessus, comme s'il la lisait au moment d'être frappé. Entourant ses doigts d'un mouchoir, Ellery saisit le bord de la carte et tira; il tira jusqu'au moment où le texte devint apparent, pas davantage, et ne prit pas la carte en main.

Elle était exactement pareille aux onze précédentes.

La douzième nuit de Noël,
Votre cher amour vous envoie
Ce fatal p o i g n a r d – cette arme
Sertie de pierreries,
Un dernier coup, une note finale
Sur laquelle s'achèvera votre vie
Et ce sera le mot de la fin.

Un poignard, tel était le vingtième objet. Il aurait dû le prévoir.

Oui, c'était clair – *Un dernier coup, une note finale...* Oui, oui, cela se tenait.

« L'ennui, se dit Ellery en faisant une grimace, c'est que cela se tient trop bien. »

Cela se tenait si clairement qu'il faudrait être un imbécile pour accepter l'indication telle qu'elle s'offrait.

15

... Jusqu'à l'Epiphanie : 6 janvier 1930...

Le jeune Mr Queen refuse le gambit, le mort devient vivant, le mystère s'éclaircit, mais une partie plus considérable encore reste dans l'ombre.

Lorsque le sergent Devoe revint, Ellery lui confia la garde du corps et descendit précipitamment.

A l'exception de Mr Gardiner, de Rusty Brown et de sa mère, tous étaient réunis dans le living-room.

– J'ai donné un calmant à Rusty; elle se repose dans sa chambre, murmura le Dr Dark. Mrs Brown et le révérend sont auprès d'elle.

Ellery fit un signe d'assentiment.

– Ce poignard, dit-il. Vous l'avez tous aperçu, je suppose. Une arme ancienne; son manche est serti de pierres semi-précieuses. Appartient-elle à la maison, Mr Craig?

Craig répondit négativement. Il avait vieilli, subitement. Assis à l'écart, le buste très droit, les lèvres serrées au-dessus de la barbe, il donnait le sentiment qu'il se contenait par un grand effort de volonté.

– Personne ne le reconnaît? insista Ellery. (Le silence fut total. Ellery haussa les épaules.) Eh bien, Luria s'en occupera. Ce cadeau fut le dernier, c'est ce qui nous concerne. Le numéro 20, qui complète le série, ajouta-t-il en citant le texte de la carte.

Ellery se tut. Il connaissait maintenant le sens des cadeaux, mais pourquoi le dire? Poursuivre son avantage lui était interdit. Comment expliquer que les indications contenues dans les « vers », le sens du groupe qu'ils formaient – tout le « dessin » de l'affaire – aboutissaient à une addition si caractéristique qu'un seul d'entre eux pouvait être coupable? Comment reconnaître que l'alternative n'existait pas? Comment dire : « Tout condamne cette personne à la peine de mort »?

Accepter la seule, l'unique conclusion équivalait, en effet, à faire de cette personne un être complètement idiot. « Or, c'est impossible », se disait Ellery, morose. Seul un cerveau très brillant pouvait concevoir un crime pareil. Il y avait là antinomie. Capable de tracer une piste aussi subtile, cette personne l'aurait fait dans le seul but d'amener la piste, de jalon en jalon, à la désigner elle-même? C'était inconcevable. Pourtant toutes les indications aboutissaient à cette personne.

Inconcevable. Donc il ne pouvait qu'observer le silence.

Trois victimes désignées dès le début, Ellery le voyait bien : John, la personne qu'indiquaient les indices et lui-même. La mort de John avait toujours été l'objectif. Le rôle assigné à Ellery? Suivre la voie comme un chien bien dressé, se laisser mener par le bout du nez jusqu'à l'incontestable conclusion. *On voulait qu'il attribue, à tort, la mort de John à une certaine personne.*

Boîtes de Noël et leur contenu, indications exprimées en vers de fantaisie : la structure très soignée de l'édifice n'avait qu'un but, faire d'une personne innocente l'auteur du meurtre de John. Désigner cette personne était d'autant plus habile qu'un mobile puissant pouvait, en théorie, la pousser à commettre le crime; Ellery avait des raisons de le croire. Des indices pointés dans sa direction, un mobile fait sur mesure : l'affaire était dans le sac.

« Non, se dit Ellery, je ne peux jouer le jeu que l'on veut m'imposer... je dois décliner le rôle qui m'est assigné. La personne indiquée par les cadeaux-indices n'est pas celle qui a plongé ce poignard dans le dos de John. Par contre, celle qui a réuni les cadeaux, composé les pièces de vers et déposé les paquets, l'est. En observant le silence, peut-être obligerai-je le vrai coupable à se découvrir... »

Accompagné d'une équipe de spécialistes, le lieutenant Luria arriva. S'il ne dit presque rien, l'expression de son visage était éloquente. Il monta directement.

Impitoyable, Luria exigea l'évacuation du premier étage, donc de la chambre occupée par Rusty et où se trouvaient sa mère et Mr Gardiner. Puis arriva le médecin légiste, le Dr Tennant, retardant encore l'action du policier. Tous furent obligés d'attendre dans le living-room, abattus par l'incompréhension, par le chagrin ou par le sentiment de culpabilité, mais unis par la commune misère. Freeman, l'éditeur, et Payn, l'avoué, paraissaient franchement malades. Ellery comprenait leurs sentiments : que Luria apprenne la conduite de John envers eux...

Les trois domestiques furent menés dans la pièce, et on les pria de rester dans un coin éloigné.

Effondré dans un fauteuil, comme ses compagnons, Ellery se rongeait les ongles en se demandant ce qui se passait en haut. L'attente se prolongea, indéfiniment. Au cours de cette infinité, quelqu'un lança joyeusement, depuis la porte :

– Il est exactement minuit moins un quart. Que font toutes ces voitures dehors? Hé, tout le monde!

Un curieux phénomène se produisit. Quatorze corps sursautèrent, quatorze têtes se tournèrent, comme mues par une seule ficelle, quatorze paires d'yeux exprimèrent une incrédulité horrifiée... Rusty se leva péniblement, essaya de parler, porta sa main à sa gorge. Sa mère hurla :

– Son fantôme! Son fantôme!

Puis les six femmes s'évanouirent.

L'homme portait un bandage à son poignet.

C'était John. *John!*

C'était John et il entra dans le living-room à la manière d'un vivant. Un fantôme, peut-être, mais très surpris. Il s'empressa auprès de Rusty, la prit dans ses bras, l'installa sur un divan et se mit à lui réchauffer les mains tout en lançant des regards troublés autour de lui, comme s'il était égaré dans le monde inconnu de l'espace-temps où les êtres familiers eux-mêmes sont déformés.

– Qu'y a-t-il? demanda-t-il. Pourquoi me regardez-vous ainsi?

– John, murmura son tuteur, la gorge sèche. John?

– Je ne comprends pas, dit John. Je viens de me promener dans les bois, pour me recueillir avant le grand saut. J'avais promis d'être ici à 11 h 45, me voici. Qui a fait cette sotte plaisanterie au sujet d'un fantôme? On croirait que je suis mort ou...

– Vous l'êtes! rugit Marius Carlo.

– Quoi?

– Je veux dire que vous l'étiez. Je veux dire...

– Qui êtes-vous? demanda Craig dont la barbe tremblait.

– Qu'avez-vous tous? s'écria John. Que signifie cette question, Arthur?

– Etes-vous John, ou... qui êtes-vous?

– Je suis le Petit Poucet, dit John, avec colère. Alors, si on s'occupait de ces femmes? Est-ce de la comédie, aussi? Rusty, assez! Réveillez-vous!

Il se mit à la gifler.

– Nom de...

C'était le lieutenant Luria, complètement décontenancé. Son rude visage était exsangue.

– Attendez, dit Ellery. Attendez...

Il n'avait jamais été aussi secoué. Mais le premier choc passé, un vestige de bon sens vint irriguer son cerveau. C'était John, certainement; même corps, même visage, même boucles à la Byron, même voix, mêmes vêtements, pansement à la même main. *En somme, le but de ses recherches... un double de John.*

– ... Si vous êtes John... qui est cet homme, là-haut, dans votre chambre?

Une lueur éclaira les yeux sombres de John.

– Dans ma chambre?

– Oui, dit Luria. Un homme mort qui vous ressemble au point d'être vous. Qui est-ce, Sebastian?

– Un mort? répéta John. Mort?

– D'un coup de poignard dans le dos.

John cacha son visage dans ses mains et se mit à pleurer.

Plus tard, lorsqu'ils le menèrent en haut et le confrontèrent avec le corps, John s'effondra. Mais rien, ni son émotion, ni l'effet de la mort violente sur le corps ne pouvaient altérer la stupéfiante ressemblance de ces deux êtres. Un passage de la *Nuit des Rois* revint en mémoire à Ellery : *Un seul visage, une seule voix, un même vêtement et deux personnes... Une pomme, fendue en deux, n'est pas plus jumelle...*

Ce qui expliquait beaucoup de choses qui l'avaient mystifié, certes. Une explication à laquelle il était parvenu depuis longtemps, en théorie : des jumeaux identiques. Néanmoins et malgré l'actuelle corroboration, Ellery ne parvenait pas à comprendre. Le jumeau était mort vingt-cinq ans plus tôt, âgé de deux semaines, Velie n'ayant pu être mal renseigné, trop d'attestations confirmant le décès. Mort depuis un quart de siècle, le jumeau était devenu ce corps fraîchement tué, un jeune homme de vingt-cinq ans. Une impossibilité. Malgré l'exacte ressemblance, le mort n'était pas le jumeau de John.

Mais alors... qui?

A peine formulée par le cerveau d'Ellery, la question reçut sa réponse, non sans que notre héros se fût reproché sa stupidité.

Il était le triplé de John.

– Cette nuit-là, ma mère mit au monde des triplés, dit John avec lassitude lorsque le calme revint et qu'ils se retrouvèrent tous dans le living-room. Je vins le premier. Ma mère expira en donnant la vie au second, celui qui mourut deux semaines plus tard et fut enterré à Mount Kidron. Le Dr Hall dut tirer le troisième du corps de ma mère. Le frère... qui est là-haut.

– Mais... commença Luria.

– Permettez-moi d'abord d'expliquer, lieutenant, comment personne ne sut l'existence du troisième. Ne pouvant avoir d'enfants, le Dr Hall et sa femme en voulaient un à tout prix. Là-dessus, mon père eut cet accident d'automobile devant leur maison, blessant ma mère et provoquant l'accouchement avant terme : une chance inespérée que le destin offrait au ménage Hall.

» Pleins d'amertume par suite du vide de leur vie et de leurs difficultés financières, voici qu'une femme riche mettait au monde plusieurs enfants dans leur propre demeure. Resté dans le salon, à aucun moment mon père n'était entré dans la chambre à coucher. Un sentiment de révolte s'empara des Hall : trois enfants sans mère, que leur père ferait élever par des étrangers! Alors qu'ils étaient là, désirant en avoir un... et se trouvant être les seuls au monde à savoir qu'un troisième bébé venait de voir le jour. Sur le corps de ma mère, les Hall discutèrent en murmurant, sans parvenir à prendre une décision : fallait-il avouer à mon père l'existence du troisième, ou non?

» Lorsque le Dr Hall sortit de la chambre pour annoncer la venue du second enfant, la question fut résolue d'elle-même : à la stupéfaction du médecin, mon père refusa d'accepter le *deuxième* bébé : il n'en voulut pas. Ecrasé par le remords, se reprochant d'avoir causé la mort de ma mère par son entêtement stupide, inconsciemment il opéra un transfert de sa culpabilité propre à l'enfant dont elle accouchait au moment de son décès. Franchissant le Rubicon, le Dr Hall ne parla pas du troisième et demanda le second. Mon père se déclara d'accord, dit qu'il prendrait les mesures financières nécessaires et partit.

– Oh, John! murmura Rusty, mais Ellery remarqua qu'elle était assise un peu à l'écart de lui, comme si elle ne pouvait encore réconcilier sa proximité bien vivante avec la réplique morte, là-haut.

– Les Hall se sentirent à la fois effrayés et ravis. En ne parlant pas du troisième bébé, en le gardant, le Dr Hall risquait d'être rayé de l'ordre des médecins, sa femme et lui pouvaient être emprisonnés. D'autre part, ils avaient les deux bébés, dont l'un avec le consentement oral de mon père. Comment résoudre cette situation compliquée? Puis, une semaine plus tard, le Dr Hall apprit la fin de mon père par les journaux. Renseignements pris, il sut que mon père était mort sans avoir placé une somme d'argent sur la tête du second fils, comme il l'avait promis, et sans avoir pris les mesures légales réclamées par le Dr Hall, pour se protéger lui-même ainsi que l'enfant. Il fallait faire enregistrer les naissances par la mairie de Mount Kidron, dans le cas où il serait nécessaire un jour d'établir l'authenticité des naissances, la paternité des deux autres enfants, et l'égalité de leurs droits légaux d'héritiers avec ceux de l'enfant reconnu. Pour compliquer les choses encore, le second enfant mourut d'une pneumonie, une semaine plus tard. Les Hall l'enterrèrent à Mount Kidron et déménagèrent, emmenèrent le troisième enfant dans l'Idaho, en prenant soin de cacher leur destination. Jamais ils ne laissèrent personne à Mount Kidron connaître l'existence de mon frère, même le médecin appelé par le Dr Hall pendant la pneumonie et la mort du second bébé ne sut rien de lui. Mrs Hall le tint caché, son mari et elle le dissimulèrent même dans un panier de linge lorsqu'ils partirent pour l'Idaho.

John se leva et se versa une grande rasade de whisky. Il but d'un trait et ne regagna pas son siège, près de Rusty, comme s'il avait senti son mouvement de recul et en était blessé.

– Ils emmenèrent donc John dans l'Ouest, reprit-il, qui jusqu'à l'âge de quatorze ans se crut leur fils...

– John? demanda Ellery. Pourquoi l'appelez-vous John?

– Parce que c'est son nom. C'était, veux-je dire. Avant leur départ de Mount Kidron, en parlant entre eux des triplés, les Hall se surprirent à les appeler par des numéros. Un, deux, trois. J'étais le numéro un, le bébé mort était le deux... le frère, là-haut, le trois. Le Dr Hall déclara les naissances ainsi – le fils un, le fils deux, le fils trois. Lorsque deux mourut et qu'il fallut trouver un nom pour trois, le Dr Hall découvrit que j'avais été nommé John, d'après mon père. Il décida d'appeler mon frère John III, avec la vague idée de le rattacher plus étroitement à la fortune Sebastian en lui faisant porter le même prénom que moi. Donc il est... il fut John III, je suis John I.

John se dirigea vers la cheminée et contempla les flammes.

– En septembre, poursuivit-il, il vint me voir à mon appartement de Greenwich Village. N'ayant jamais soupçonné que j'avais un frère triplé, sa visite m'abasourdit.

– C'est... c'est stupéfiant! dit Arthur Craig, d'une voix faible.

– Imaginez mes sentiments, Arthur. A elle seule, sa fantastique ressemblance avec moi confirmait ses dires mais, en outre, il me montra les originaux des trois actes de naissance. Je vous les communiquerai, lieutenant. Il avait aussi une déclaration du Dr Hall, faite sous serment, une autre de Mrs Hall dictée par elle avant sa mort en 1921, ainsi que d'autres documents qui écartèrent définitivement toute possibilité d'escroquerie. Certes, je lui ouvris mes bras. Vous savez, Ellen, comme j'avais toujours regretté de n'avoir pas de frère.

– Oui, murmura Ellen.

– John me raconta tout. En lui révélant le secret

de sa naissance, les Hall ne cessèrent de lui répéter avec insistance qu'il avait autant de droits à l'héritage de mon père que moi-même et que, lorsque j'aurais hérité – le Dr Hall s'était renseigné sur les termes du testament de mon père – leur John devrait se montrer et demander sa part. John grandit avec cet objectif. Sa vie fut dure, parce que les Hall restèrent pauvres, et John III dut s'instruire lui-même et travailler d'arrache-pied pour se débrouiller. Vous imaginez ma confusion en entendant cet aveu, moi qui avais été élevé dans le luxe! Je donnai l'assurance à mon frère qu'il recevrait la moitié de la fortune, et qu'il ne rencontrerait aucune difficulté à ce sujet.

– Bien sûr, bien sûr, gémit Craig. Mais pourquoi ne m'en avoir rien dit, John?

– J'allais le faire, Arthur. Mais je pensais alors qu'il serait amusant de garder le secret pendant quelques mois. Vous vous en souvenez, c'est au début de novembre dernier que nous avons projeté cette réunion de Noël. Or, je devais hériter le 6 janvier, épouser Rusty, voir mes poèmes publiés : quelle belle occasion de vous présenter John III! Une surprise de taille, pour vous tous!

» John trouva l'idée magnifique. Aussi nous courûmes les magasins, je lui achetai des vêtements identiques aux miens, je le renseignai sur toutes mes relations; pendant des mois, il vécut secrètement avec moi à New York, nous nous substituâmes l'un à l'autre, pour voir si la blague prenait. Elle prit comme un charme. Un soir, il me remplaça même auprès de vous, Rusty, à l'occasion d'un rendez-vous : le test irréfutable. Si nous parvenions à vous duper, Rusty, nous duperions n'importe qui.

– Comme vous aviez raison, dit Rusty, très calme. J'ai été bien roulée... Je me demande quelle nuit c'était.

– Et moi? demanda Craig, lourdement. Tu m'as

roulé aussi, John? En me dissimulant l'existence de ton frère...

– Oui, Arthur, je voulais vous ménager une surprise. Vous vous rappelez ce week-end de novembre? Il était ici, avec moi. Je ne sais pourquoi vous me regardez ainsi, tous les deux! Bien sûr, cela semble enfantin maintenant, mais à cette époque le stratagème paraissait drôle. Bref, j'ai apporté ici la garde-robe où tout figurait en double, en venant pour Noël, et j'ai réussi à faire entrer John III en cachette...

– Et vous avez commencé à vous amuser, dit Ellery. L'intermède matinal du Père Noël, par exemple.

John sourit.

– Oui. C'était John III, vêtu d'un déguisement acheté à New York. Notre idée? Mystifier tout le monde et donner du piquant à la réunion. John resta caché dans ma chambre, je lui portais sa nourriture ou encore il faisait des raids vers le frigidaire, pendant la nuit. Nous dormions dans mon énorme lit et il lui suffisait de se glisser dans un des grands placards si quelqu'un approchait. Nous portions des vêtements identiques, nous prenions soin de nous trouver en des lieux différents, à point nommé. Voilà pourquoi vous ne l'avez jamais découvert au cours de vos recherches. En fait, vous avez « rencontré » John III une douzaine de fois en ces derniers douze jours, mais vous le preniez pour moi.

– John, dit Freeman en toussotant, j'ai eu une conversation avec l'un de vous, ici, dans le living-room, il y a huit jours. Une conversation assez particulière... Etait-ce vous?

John parut surpris.

– Non. Mon frère, sans doute. L'esprit de la blague prenait parfois le dessus et il faisait cavalier seul. De quoi s'agissait-il, Mr Freeman?

– Rien, rien d'important, John, murmura l'éditeur qui s'enfonça dans son fauteuil.

– Moi aussi, dit Roland Payn, j'ai eu une conversation du même ordre. Jeudi dernier, dans ma chambre avec... Etait-ce votre frère, aussi?

– Ce devait être lui.

– Il ne vous en a pas parlé?

– Non.

Payn se détendit et prit son verre d'une main tremblante.

– Cette bagarre dans le kiosque, dit Marius Carlo, soudain. C'est pourquoi vous – ou lui – ne vous souveniez de rien. C'était l'autre! ajouta-t-il en engloutissant une énorme lampée de whisky.

– Nous étions dans le coup tous les deux, cette fois-là, répondit John en souriant.

– Et la conversation que j'ai eue dans l'écurie? demanda Val Warren, les narines frémissantes. Lequel de vous était-ce? Je ne veux même pas le savoir. Quel sale procédé!

– Je suis tout à fait d'accord avec vous, Val, dit Rusty, froidement.

– Bon, bon, dit John. Ce fut une erreur, je le reconnais maintenant.

– Et les paquets de Noël, murmura Ellery, faisaient-ils aussi partie du jeu?

– Dieu, non! répondit John avec irritation. Nous n'y fûmes pour rien, mon frère et moi. Chaque soir, au lit, nous en parlions sans parvenir à comprendre. Je n'ai toujours pas compris.

– N'empêche que votre frère a reçu le dernier cadeau dans le dos, dit le lieutenant Luria.

Ayant oublié la présence du policier, tous sursautèrent.

– Oui, murmura John. Une drôle de plaisanterie!

– Vous ignorez qui l'a poignardé?

– Evidemment. Mais j'aimerais bien le savoir.

– Maintenant, dit Luria qui s'avança un peu,

parlons du vieillard trouvé dans la bibliothèque, poignardé dans le dos, lui aussi. Lequel de vous deux l'a introduit dans la maison? Vous ou votre frère?

– Que voulez-vous dire? bégaya John. Je ne sais rien à son sujet, je vous l'ai dit des douzaines de fois.

– Je sais ce que vous m'avez dit. Mais je vous le demande *maintenant*, Sebastian : vous ne l'avez pas fait entrer en cachette?

– Non.

– Vous ignorez comment il est entré ici? Vous ne savez même pas qui il était?

– Non! Je n'en ai pas la moindre idée.

– Je vais peut-être vous éclairer. Nous venons d'en avoir la confirmation. Ce soir, j'allais partir pour venir ici lorsque je reçus la communication de Devoe. Voulez-vous savoir le nom de ce bonhomme?

– Ecoutez, lieutenant, dit John dont le visage s'empourpra. Je ne joue plus. Certes, je voudrais connaître son nom! Qui était-il?

– Le Dr Cornelius F. Hall.

– Mon frère a dû le faire entrer, murmura John I. Personne ici ne connaissait Hall. Et il ne m'a rien dit! Il ne s'est jamais coupé. Je comprends maintenant son désarroi, lorsque je lui ai permis de prendre ma place ici, ce jour-là, afin qu'il puisse voir le cadavre. Pourquoi ne m'a-t-il rien dit? Parce qu'il a pris peur...

– Ou parce qu'il était coupable, dit Luria, sévèrement. Puisque personne ici ne connaissait Hall, pourquoi l'assassiner? Le fait semble indiquer que votre frère l'a tué. Votre opinion?

– Je ne sais pas, répondit John, absent. Cela ne me paraît pas possible. A quel mobile aurait-il obéi? Il parlait toujours de Hall en termes très affectueux.

– Oui, dit Luria. Mais le vieux a pu réclamer une part du gâteau ou peut-être étaient-ils toujours convenus de partager. Ayant changé d'avis, votre frère s'en est débarrassé. Qu'en pensez-vous, Sebastian?

– Je ne sais pas, répéta John. Il serait donc une sorte de monstre! Je ne puis le croire.

– Lieutenant! dit Ellery.

– Oui.

– Si John III a tué le Dr Hall, qui a assassiné John III?

– Vous me tenez là, je le reconnais, dit Luria. Je le sais bien, je ne suis qu'un pauvre flic qui essaye de résoudre une énigme dans une maison de fous! Rien n'explique rien! Jamais! Autre chose encore, dit-il en revenant à Sebastian. D'après vos déclarations, vous vous amusiez beaucoup, ici, à mystifier vos amis. Là-dessus, un vieillard inconnu se fait charcuter sur la carpette de la bibliothèque... Or, vous avez néanmoins continué à vous amuser de vos blagues, tous deux! Deux personnes innocentes auraient cessé ces plaisanteries sur-le-champ. Vous espérez me faire croire le contraire?

– Nous avons parlé d'y mettre fin, lieutenant, dit John, gêné. Mais mon frère préféra continuer, au moins jusqu'au moment où l'on y verrait plus clair... Ces boîtes reçues chaque nuit... le meurtre...

– Votre frère, dit Luria. Toujours lui, chaque fois que l'un de vous a commis une action vilaine ou prêtant au soupçon. Je ne vous le fais pas dire.

– Je n'admets pas vos paroles, Luria! cria John. Vous allez bientôt m'accuser d'avoir tué mon frère!

– Pourquoi pas? répondit le lieutenant, sans se troubler. En apprenant qu'il prenait rang pour toucher la moitié des millions de votre père, vous avez pu jouer la comédie à John III, le faire marcher, l'amener ici, sous le prétexte de monter une blague à deux pour amuser les invités et, au moment propice, vous lui avez réglé son compte.

– Pourquoi l'aurais-je fait? Si j'avais voulu me débarrasser de mon frère, je l'aurais tué à New York. Une ruelle sombre, un dock désert et le tour était joué. Jamais je ne l'aurais amené ici!

– Qu'avez-vous à répondre, lieutenant? demanda Ellery, très aimablement.

D'un geste d'impuissance, Luria leva les bras.

– Au fait, continua John fiévreusement, je viens d'y penser... Qui aurait voulu tuer mon frère ici? Personne ne connaissait son existence. Ne comprenez-vous pas? Ces cadeaux, ces vers de mirliton m'étaient adressés, c'est *moi* qui étais menacé dès le début des vacances. La personne qui se glissa dans ma chambre, ce soir, a vu mon frère assis, me ressemblant, portant les mêmes vêtements que moi. Il a planté son poignard dans ce qu'il croyait être *mon* dos!

Luria tressaillit et regarda Ellery.

– Je serais volontiers d'accord avec John, lieutenant. L'argument est très probant, mais une curieuse possibilité en découle, néanmoins.

– Laquelle?

Ellery revint à John Sebastian.

– Vous dites être John... celui que Mr Craig éleva, que Rusty aima, le poète publié par Mr Freeman, celui que nous avons tous connu... John I. Vous déclarez que le mort, là-haut, est votre triplé, le frère élevé par le Dr Hall en Idaho. Venu à New York il y a quelques mois, il s'est révélé à vous comme étant John III.

– Et alors?

– Alors je voudrais savoir, dit Ellery sur un ton de bonne humeur, ce qui empêcherait d'envisager l'inverse?

– Quoi?

– Vous affirmez être John I : nous sommes obligés de vous croire sur parole, car rien ne le prouve. Je vous pose donc la question : comment nous assurer que le mort n'est pas John I? Qui nous prouve que vous n'êtes pas John III?

La stupeur envahit tous les visages. John parvint à dire :

– Vous êtes fou!

– Un grain de folie ne me desservirait pas, dans cette affaire, répondit Ellery. Mais l'absence de preuves rend cette spéculation intéressante. Vous voyez les conséquences du petit jeu que vous avez joué, votre frère et vous?

» Car si vous êtes John III, vous aviez un excellent motif de tuer le frère, là-haut, un motif puissant et facile à comprendre. Privé des biens laissés par son père, John III en était profondément ulcéré, depuis des années, vous nous l'avez dit vous-même. Etat d'esprit qui pouvait engendrer la conviction suivante : puisque le frère reconnu profitait d'un luxe exclusif depuis vingt-cinq ans, la simple équité n'exigeait-elle pas maintenant que le frère sacrifié jouisse à son tour de tous ces avantages, non moins exclusivement? Ne pas partager le capital avec son frère, mais se l'approprier. Aussi John III tue John I... et ensuite prétend être John I qui n'avait aucune amertume... Pouvez-vous dire quelque chose, John, qui infirme mes paroles ou qui en fasse les divagations d'un cerveau déréglé?

16

Beaucoup de bruit pour rien (et pourtant?), les Peines d'Amour sont Perdues et Tout n'est pas Bien dans la Tragédie des Erreurs.

– Mais je peux le prouver, bien sûr, que je suis *moi*, bredouilla John. Tenez! ajouta-t-il en levant la main, triomphalement. Voici la preuve irréfutable!

J'ai foulé mon poignet vendredi dernier, n'est-ce pas? Docteur Dark, enlevez ce bandage!

Le médecin obéit, en silence. John regardait Ellery avec le ressentiment orgueilleux d'un cheval de course outragé. Et le poignet parut, enflé, teinté d'iode.

– Est-ce le poignet que vous avez soigné, docteur Sam? demanda John.

– Certes... on le dirait, du moins, répondit le docteur en lançant un regard à Ellery.

– Pour l'amour de Dieu, assez! Lieutenant, veuillez examiner le poignet de mon frère, vous constaterez que son bandage n'est qu'un trompe-l'œil, son poignet droit est en parfait état.

– C'est exact, murmura Luria. Je le savais, le Dr Tennant a enlevé le bandage, le poignet est normal et ne porte pas trace de teinture d'iode, comme le vôtre.

– Voilà! dit John avec un regard victorieux à Ellery. Etes-vous enfin satisfait?

– Non, dit notre héros, et voici pourquoi. Vous affirmez être John I?

– Evidemment!

– Vous avez eu un accident de cheval, vendredi, entraînant cette foulure? Résultat de votre imprudence, un poignet foulé, alors que celui de votre frère là-haut est indemne?

« C'est bien cela? Qu'avez-vous prouvé? Il faut démontrer que vous êtes John I et nous sommes encore obligés de nous contenter de votre affirmation. Il ne s'agit pas de savoir qui, de vous deux, a foulé son poignet, mais si l'homme au poignet accidenté est John I ou John III. Vous êtes le frère qui tomba de cheval, c'est tout ce que vous avez prouvé, mais nous ne savons pas encore *qui* vous êtes.

John s'assit pesamment. Puis il dit :

– Et les empreintes digitales? Elles ne mentent

pas! Docteur Sam, mes empreintes doivent être différentes de celles de mon frère?

– Certes. Les empreintes de jumeaux ou de triplés se ressemblent, mais comportent néanmoins d'appréciables différences.

– Bien. Veuillez prendre les miennes et celles de mon frère...

– Et après? demanda Ellery, froidement. Pour les comparer? Soit. Elles présenteront des caractéristiques différentes, mais la question restera encore sans réponse : quelle série d'empreintes faudra-t-il attribuer à John I et quelle autre à John III?

– Mais mon appartement à New York... bégaya John. Ma chambre, là-haut...

– Porteront les empreintes de vous deux, répondit Ellery, sans qu'on puisse distinguer les unes des autres, parce que vous et votre frère avez vécu ensemble pendant des mois dans cet appartement; ici, vous avez manipulé les mêmes objets depuis votre arrivée. Avez-vous jamais été arrêté?

– Certainement pas! répondit John, indigné.

– Votre frère?

– Pas que je sache.

– A-t-on jamais pris vos empreintes, pour une raison quelconque?

– Non.

– Votre frère?

– Il ne m'en a jamais parlé...

Ellery poussa un soupir.

– Voyez-vous, les empreintes digitales ne seront d'aucun secours. Ah, j'y pense! avez-vous jamais été opéré?

– Non.

– Si! dit le Dr Dark. J'ai enlevé les amygdales de John – de notre John – lorsqu'il avait cinq ans... Vous permettez, lieutenant?

– Dépecez-le, si vous voulez, dit Luria avec lassitude, mais donnez-moi un renseignement précis!

Tirant un crayon-torche de sa poche, le Dr Dark s'empressa autour de John.

– Ouvre la bouche, tire la langue... (Il abaissa la langue de John avec son crayon et son visage s'épanouit...) Pas d'amygdales! C'est bien notre John!

– Dieu merci! dit Craig en s'épongeant le front avec son mouchoir.

– Un instant, dit Ellery. Lieutenant, le médecin légiste est-il encore là-haut?

– Il a terminé son travail, mais il n'est pas encore parti.

– Voulez-vous lui demander si le corps a des amygdales?

Avec un juron, Luria sortit précipitamment. Il revint au bout de trois minutes.

– Pas d'amygdales, lui non plus.

Notre héros recommença à se ronger les ongles.

– Le Dr Tennant a-t-il relevé des cicatrices d'opérations, des signes particuliers sur le corps, lieutenant?

– Il n'a rien vu d'apparent.

– Et vous, John, en avez-vous sur le corps?

– Je n'ai pas cette chance, grommela John.

– Toujours au même point, alors, dit Ellery qui réfléchissait profondément. Bien sûr! Les dents. Votre dentiste, celui de John I, ici, et celui de John III en Idaho, devraient pouvoir éclaircir la question immédiatement.

– Mes dents sont intactes, dit John d'une voix sourde. A moins que mon frère...

– Les siennes le sont également, dit le lieutenant d'une voix aussi caverneuse... Tennant a regardé sa bouche.

– Cela n'a rien d'étonnant, dit le Dr Dark, avec une grimace. Dès l'enfance, mon John a eu des dents exceptionnellement solides et saines. Que son triplé les ait aussi bonnes est normal, la structure dentaire étant semblable dans ces cas-là.

– Le type sanguin serait identique aussi, je suppose? demanda Ellery. Ainsi que la structure du squelette, les mesures du crâne?

– Si semblables en tout cas qu'une fiche signalétique indiscutable de John III, si elle existe en Idaho ou ailleurs, ne vous permettrait pas encore de les distinguer l'un de l'autre. A ma connaissance, mon John n'a jamais été passé aux rayons X.

Un silence s'établit. A la surprise générale, il fut rompu par Dan Z. Freeman.

– Puis-je me permettre une suggestion? Après les empreintes, une des meilleures méthodes pour départager les individus, est l'écriture. L'influence de milieux très dissemblables doit provoquer des différences graphologiques importantes, n'est-ce pas?

– Je le crois, Mr Freeman, bien que nous connaissions assez mal l'influence de milieux différents sur des individus semblables.

– Comparons les écritures. Des spécimens authentiques de l'écriture des deux frères doivent exister, datant d'avant leur réunion, dit l'éditeur. John n'a qu'à...

– Ecrire avec un poignet foulé, comme il l'a fait pour dédicacer ses exemplaires? dit Ellery, sceptique. Vous avez vu le résultat? C'est presque illisible. L'un des frères ne peut écrire par suite de la rigidité cadavérique, l'autre par suite de rigidité vivante, si j'ose dire... De bien mauvaises conditions pour comparer leur écriture, pour le moment du moins. Et j'ai besoin d'être fixé ce soir. Pour de nombreuses raisons, la principale s'appelant Rusty Brown.

– Ne vous en faites pas, Ellery, dit Rusty. Mes sentiments actuels...

– Oui? lui lança John. Comment sont-ils, ces sentiments? Vous ne me croyez pas non plus, je suppose!

– Les deux jeunes Sebastian ont décidé de me rendre ridicule, ils y sont parvenus. Vous l'avez proclamé avec fierté tout récemment, rétorqua Rusty, violemment. Je ne crois rien, je ne *sais* rien. Jusque-là...

John dit, entre ses dents :

– Vous avez changé d'avis? Le mariage... vous n'en voulez plus?

– Je n'ai pas dit cela. Et je n'ai pas l'intention d'agiter une question aussi intime devant tout ce monde. D'ailleurs, je me sens désemparée, je ne sais plus que penser. Laissez-moi tranquille!

Rusty éclata en sanglots et sortit de la pièce en courant.

– Laissez-la tranquille! cria Olivette Brown qui suivit sa fille.

Val Warren lança une apostrophe désagréable à John et sortit, elle aussi. Mr Gardiner l'imita, mais en silence.

Furieux, conscient de son impuissance, Luria les regarda passer. Ellery lui frappa sur l'épaule :

– Calmez-vous, lieutenant. Vous ne pouvez rien faire jusqu'à la guérison du poignet foulé.

Il lança un regard à John qui, d'un air glacial, remplissait un verre de whisky.

– Le degré de rapidité avec lequel guérira votre poignet sera intéressant à observer, John, reprit Ellery. Il guérira très vite si vous êtes John I, comme vous l'affirmez, mais si vous êtes John III déguisé en John I, je ne serais pas surpris de vous voir victime d'une série d'accidents, chacun d'entre eux immobilisant votre main droite.

– Vous et moi, Mr Queen, sommes des hommes finis. Dorénavant, les relations diplomatiques sont rompues entre nous, je vous le signifie officiellement. Allez exercer vos talents ailleurs. Je vous em...

Là-dessus, il avala un verre de whisky sans sourciller. Ellery prit l'algarade avec philosophie. S'adressant au lieutenant :

– Un jour ou l'autre, l'identité de ces deux garçons sera établie. Et alors...

– Oui, répondit Luria. Et alors mes ennuis ne feront que commencer. Savez-vous ce que je pense de cette affaire, Queen?

Ellery jeta un coup d'œil en direction d'Ellen, assise près de son oncle. Elle se tenait raide comme un piquet.

– Pouvez-vous le dire devant une dame?

– Non! rugit Luria qui sortit d'un pas lourd.

Les invités furent retenus pendant trente-six heures encore dans la maison d'Arthur Craig. Par équipes, des policiers les interrogèrent; une fatigue exténuante et générale en fut le seul résultat. Le lieutenant se montra aussi dur pour les autres que pour lui-même, mais il dut s'avouer battu et il les laissa partir.

Ellen prit congé d'Ellery, assis au volant de la Duesenberg dans l'allée d'accès. Elle avait décliné son offre de la ramener au collège de Wellesley.

– Dommage que tout ait raté, Ellery.

– Oui, je vous comprends...

La jeune fille sourit comme Mona Lisa.

– Vraiment?

A mi-chemin de New York, Ellery saisit enfin le sens de ses paroles.

Il ne fut pas nécessaire d'attendre que le poignet du frère survivant guérît pour déterminer son identité. Dans cette étrange affaire, le dilemme fut résolu par deux coiffeurs établis à 2 000 milles de distance l'un de l'autre. Le coiffeur borgne de Missoula (Montana), près de l'université de l'Etat de Montana, parla de John III avec autorité; et le coiffeur moustachu, père de onze enfants, qui tenait boutique dans McDougal Street à Greenwich Village (New York), trancha la question en ce qui concernait John I.

Tout le mérite en revint au survivant lui-même

(Ellery apprit ces détails par les journaux, comme tout le monde) en inconsciente collaboration avec une jolie infirmière, Winifred Winkle qui, par hasard, se trouva être de service dans la salle des urgences de l'hôpital du Haut Westchester à Guildenstern, Etat de New York, lors de l'arrivée du blessé.

Voici ce qui s'était produit. Après le départ de sa fiancée, Rusty Brown (les yeux rougis par les larmes), John I se rendit dans sa chambre (le corps de son frère étant parti pour la morgue) avec une bouteille de whisky; il en but une telle quantité qu'il fit ensuite une chute spectaculaire dans l'escalier : décrivant une jolie trajectoire, il acheva son vol plané en atterrissant sur la tête, au bas dudit escalier.

Après les premiers soins donnés par le sergent Devoe et Mr Craig, le moderne Icare fut rapidement transporté à l'hôpital du Haut Westchester, à neuf milles d'Alderwood, où son aspect (comme le sergent devait le dire ensuite aux journalistes) évoqua davantage un bouvillon récemment découpé qu'un être humain. Un interne l'examina, déclara qu'une grave coupure au crâne avait déterminé l'hémorragie et donna ordre à l'infirmière Winkle de raser les cheveux autour de la plaie pour lui permettre de faire les points de suture. A ce moment, le Dr Dark et le lieutenant Luria étaient arrivés, chacun de son côté. Pendant que Dark interrogeait l'interne, le lieutenant entendit l'infirmière dire gaiement : « Oh, il ne va pas aimer ça! C'est qu'on la voit, maintenant, cette vilaine marque! »

Le reste appartient à l'histoire. En revenant à lui, le patient, dont l'état fut déclaré satisfaisant, apprit par Luria l'existence du signe particulier qu'il portait à la tête; il jura ses grands dieux n'en avoir jamais eu connaissance, excipant de l'épaisseur de sa chevelure. Le Dr Dark, son médecin depuis toujours et Mr Craig, son tuteur, affirmèrent la même chose. Le lieutenant Luria téléphona alors au Dr Tennant et se rendit d'urgence à la morgue où le médecin légiste le rejoignit. Celui-ci se fit montrer le corps de John (I ou III) Sebastian, examina le crâne à l'endroit précis et proclama, triomphant : « Celui-ci n'a pas de signe particulier! »

Plus tard, lorsque l'état de la blessure le permit, le Dr Dark examina le crâne de John (le survivant) et déclara que l'enfant n'avait probablement pas été conçu avec un vrai naevus, tache qui aurait pu exister chez les deux autres triplés, mais qu'il s'agissait sans doute d'une marque faite par le forceps du médecin au moment de l'accouchement.

Le chapitre suivant fut écrit par Faustino Quancchi, le coiffeur prolifique de Greenwich Village, que le lieutenant s'en fut quérir, mû par une heureuse inspiration. Quancchi avait été le coiffeur personnel de John I depuis quatre ans, lorsque l'héritier Sebastian s'était installé au Village en 1925. Une marque sur la tête? Oui, Mr Quancchi l'avait observée, dès la première coupe. Il en décrivit exactement la forme et l'emplacement.

Ergo, le John vivant était bien John I.

Ensuite Luria fit opérer une enquête officielle dans l'Etat d'Idaho. La piste mena les enquêteurs à Missoula (Montana) où John III avait passé quatre années de sa vie. Une photo de John III, prise pendant ses années d'étudiant, fut montrée aux coiffeurs du lieu. Le coiffeur Clarence R. Pick, qui avait perdu son œil gauche dans la forêt d'Argonne, se souvint immédiatement de John, qui avait failli attirer de sérieux ennuis à sa plus jeune sœur, Marybell. Il venait toujours se faire couper les cheveux chez lui, courtisant la fille. Lorsque le coiffeur comprit le manège, il mit le jeune séducteur à la porte, agrémentant son geste de quelques menaces précises, comme celle de lui trancher la gorge, au besoin, et John se fit servir ailleurs. Une marque sur son crâne? Ciel, non! Le coiffeur n'avait jamais rien remarqué; or, il le surveillait de près, le sagouin! Et qu'on ne s'y trompe pas, la vision de son œil unique était impeccable!

Ergo, que la question soit envisagée positivement ou négativement, le John décédé était John III.

Lorsque le poignet du survivant eut repris sa forme normale, des comparaisons d'écritures furent faites entre la sienne et celle de John III, comparaisons qui prouvèrent sans conteste que le John vivant avait dit vrai, au moins en ce qui concernait son identité.

Sur le moment, les forces de l'ordre semblaient avoir remporté une éclatante victoire mais, après l'enthousiasme du début, il fallut déchanter et l'on vit que différencier John I de John III ne servait qu'à John I. Le lieutenant Luria n'en tira nul bénéfice, pas plus que son successeur ou leurs supérieurs, lorsque Luria se vit péremptoirement octroyer un autre poste. Qui poignarda le vieux Dr Cornelius Hall dans la bibliothèque d'Arthur Craig, qui réserva le même sort à John (III) Sebastian dans la chambre, dix jours plus tard? Les deux assassinats restèrent entourés d'un mystère impénétrable. En l'absence de tout indice, les théories elles-mêmes moururent d'inanition.

En temps voulu, John (I) Sebastian hérita. (Ellery l'apprit aussi par les journaux.) Aucune difficulté ne surgit car il était bien le vrai, l'authentique John (I) Sebastian, « mon seul fils », selon les termes du testament de son père. Un fait inattaquable, devant quoi la vie et la mort de son frère ne comptaient pas. Comme le dit Payn, l'avoué, à Arthur Craig, au cours d'une conversation, même si John I avait tué John III, et qu'on l'eût prouvé, le droit à l'héritage de John I n'en subsisterait pas moins. Le testament n'accordant aucun droit à John III, ce dernier ne pouvait en être privé. Par rapport au testament, ou à son père, John III aurait aussi bien pu rester dans les limbes : Payn le fit remarquer avec une joie sauvage. (Comme Mr Freeman, il avait décidé depuis longtemps que le maître chanteur était John III.)

Un effet secondaire de la catastrophe, que Ellery suivit avec une sympathie attristée, fut le sort réservé au roman de John Sebastian et de Yolande (Rusty) Brown. Accompagnée par sa mère, miss Brown partit pour la Californie en voyage d'agrément, sans limitation de durée. Avant son départ, elle eut une conversation à huis clos de douze minutes avec John Sebastian. Quand elle sortit de la pièce, pâle mais fière, les reporters remarquèrent l'absence du diamant, qualifié une fois « d'anneau de l'amitié ». Il n'étincelait plus au quatrième doigt de sa main gauche. Malgré le mutisme de miss Brown et de Mr Sebastian, la presse en conclut que les fiançailles étaient rompues et lorsque la jeune fille partit pour Los Angeles, il devint clair que le mariage n'aurait pas lieu. En quoi la presse ne se trompait pas.

Quant au double meurtre (on admit l'existence d'un lien entre l'assassinat du Dr Hall et celui de John III, bien que par suite de l'étrange complication de l'affaire, personne n'eût été étonné d'apprendre que ce lien n'existait pas), aucune solution ne fut officiellement proposée, la police n'opéra aucune arrestation et le dossier fut classé.

Officiellement, l'affaire n'a jamais été résolue.

Quant au jeune Mr Queen, la période qui suivit l'affaire Sebastian fut une des plus noires de sa vie.

Même l'amour d'un père ne put dissiper ces ténèbres. Nuit et jour, Ellery marchait de long en large, ou contemplait les murs. Il mangeait à peine, maigrissait à vue d'œil au point que ses amis ne le reconnaissaient plus.

L'expérience professionnelle de l'inspecteur elle-même se trouva en défaut. Interminablement, le père et le fils parlèrent de l'affaire. Qui avait tiré les ficelles, qui avait voulu faire arrêter un innocent? Comment démasquer le vrai coupable? Ils n'arrivèrent à rien.

Eventuellement, l'horizon s'éclaircit, celui de Mr Queen en tout cas, grâce à de nouvelles affaires qui sollicitèrent ses talents. Il les résolut, écrivit des livres qui le rendirent célèbre. Mais il n'oublia jamais l'échec de sa seconde... en réalité, de sa première affaire criminelle. Longtemps après que les détails eurent déserté sa mémoire, l'échec resta sensible, comme une maladie de peau non encore complètement guérie et qui provoque toujours des démangeaisons.

TROISIÈME PARTIE

Défi au lecteur :

Cher lecteur,

Vous connaissez les faits, maintenant.
Par une succession de déductions logiques et d'observations psychologiques, vous devez être en mesure de trouver la solution; vous en savez assez, du moins, pour désigner le coupable infailliblement.
A vous de jouer!

17

27 ans plus tard : Eté 1957.

Atteint d'une crise aiguë de nostalgie,
Mr Queen cède à la fatale tentation
de ressusciter le passé.

Une chaude journée d'été à New York, rafraîchie par la brise. Des pigeons volent devant la fenêtre, des gosses jouent dans la rue avec un bâton et une balle... de futurs champions de base-ball, peut-être! Qu'il serait bon de se promener dans Central Park! Le bruit du fleuve, à l'est et à l'ouest, le murmure des eaux sur la plage, au nord et au sud... Une journée orchestrée par Dame Nature pour exaspérer les sédentaires, les écrivains, notamment, claustrés dans leur logis avec une machine à écrire...

Assis depuis deux heures devant sa merveilleuse machine électrique, Ellery n'avait produit qu'une seule page de mauvaise prose : cinq lignes et demie, souillées de mots raturés.

« Je n'ai pas d'énergie, je manque de vitamines... Qu'on me donne une harpe! J'ai écrit trente romans, pourquoi en pondre trente et un? Neuf symphonies ont suffi à Beethoven! »

« La vieillesse arrive », soupira-t-il. Inquiétante pensée qui provoqua un sursaut : il tapa deux lignes et demie supplémentaires. Mais alors, la futilité de l'effort lui apparut; il se laissa aller de nouveau et se surprit à souhaiter qu'il fût bientôt midi, heure décente pour confectionner son cocktail préféré, un *Bloody Mary* (1).

A cet instant, la sonnerie du téléphone retentit. Il saisit le combiné :

– Ici, Ellery Queen.

Une voix de basse, vibrante d'émotion.

– Mr Queen, je parie que vous ne devinerez pas qui je suis?

Ellery poussa un soupir. Un exorde qui l'exaspérait toujours.

– Je ne parie jamais, mon ami. Qui êtes-vous?

– Stanley Devoe, dit la voix. Vous vous rappelez...?

– Devoe, Devoe... Non, franchement pas. Je vous connais?

– Cela remonte loin. Peut-être vous souviendrez-vous du sergent Devoe?

– Le sergent... Devoe! Je crois bien! s'écria Ellery. Comment vous oublier? Avez-vous encore grandi?

– Non...

– Comment allez-vous?

(1) « Marie la Sanglante », surnom de Marie Ire Tudor, reine d'Angleterre *(N.d.T.)*.

– On fait aller... Et vous?

– Moi aussi, répondit notre héros, tristement. Pourquoi avez-vous pensé à moi, sergent?

– Je ne suis plus sergent, Mr Queen. Une vacance s'étant produite ici, je suis devenu chef de la police.

– Qu'entendez-vous par « ici »?

– A Alderwood.

Alderwood! De lointains souvenirs revinrent à la surface de sa conscience.

– Qu'est-il arrivé au chef Brickell?

– Brickell? répondit Devoe avec un léger rire. Le temps n'existe donc pas pour les romanciers? Alderwood a eu deux chefs de police depuis le vieux Brickell qui est mort en 1937.

Mort depuis vingt ans! Ellery n'avait connu Brickell que pendant cinq heures environ, mais il se sentit démoralisé.

– Eh bien...

Que dire? Devoe resta silencieux, lui aussi, puis il reprit :

– Je vais vous expliquer mon coup de téléphone, Mr Queen. Vous vous souvenez de cette invraisemblable affaire, ces deux meurtres dans la maison du vieux Craig?

– Oui? répondit Ellery dont les narines commencèrent à frémir.

– Comme vous le savez, aucune solution ne fut trouvée. La semaine dernière, j'ai fait débarrasser une pièce du sous-sol, ici, au bureau central de la police...

– Bureau central? J'ai connu un petit réduit, à la mairie.

– Nous avons un bâtiment à nous, maintenant. Ce fatras n'est pas seulement dû à une accumulation de vingt-cinq ans, depuis que le bâtiment existe, mais comprend aussi ce qu'on a amené ici de l'ancienne mairie. Quoi qu'il en soit, nous avons trouvé une caisse, ce matin, portant l'inscription « Affaire Sebastian ». Elle contenait le dossier complet.

– Ah! (L'évocation de ce souvenir provoqua chez Ellery une sensation déplaisante, presque pénible.) Comment est-elle venue à Alderwood? L'enquête dépendait du comté.

– En effet. Comment est-elle venue là? Personne ne paraît le savoir. Bref, j'allais la faire brûler avec le reste, lorsque je me suis dit soudain : « Cela pourrait intéresser Mr Queen... » Me suis-je trompé?

Ellery ne répondit pas immédiatement. Puis :

– Vous avez bien fait, dit-il. Tout est là? Les boîtes de Noël, les cartes...?

– Tout ce sacré barda. Je suis content d'y avoir pensé... O.K. Mr Queen, je vous l'enverrai par rail.

– Non, ne vous donnez pas cette peine, répondit Ellery, avec vivacité, cette fois. Je vais venir la chercher. Oui, aujourd'hui même, si cela vous va, chef?

– Vous plaisantez! Le simple fait de vous téléphoner a déjà révolutionné mes services! Mes hommes vous feront une ovation!

– Tous les quatre? dit Ellery en riant.

– Quatre? J'en ai trente-deux sous mes ordres, outre le personnel de bureau.

– Oh! dit Ellery, avec humilité.

– Vous trouverez beaucoup de changement. Moi aussi, j'ai changé. N'espérez pas revoir l'homme mince que vous avez connu. J'ai un peu engraissé depuis les années 30, ajouta Devoe avec un rire sonore.

Le chef Devoe pesait trois cents livres. Ellery dut faire appel à son imagination pour retrouver le beau Devoe d'antan à travers les couches de lard. Son visage n'était presque plus reconnaissable.

– Hein, Mr Queen, j'ai un peu changé? demanda Devoe.

– Comme nous tous.

– Je vous aurais facilement reconnu, vous êtes resté en bonne forme.

« Pas intellectuellement », songea notre ami... Tout était changé, partout. La voiture modèle 57 l'avait mené dans une ville inconnue jusqu'à un bâtiment de marbre déjà âgé, entouré de zones de stationnement; des immeubles occupés par des bureaux s'élevaient dans toutes les directions. Ce qu'il voyait ne ressemblait en rien à l'Alderwood qu'il avait visité en 1929.

Une gêne régna pendant tout l'entretien. Le chef Devoe la ressentit, lui aussi. Les deux hommes parlèrent de la carrière du policier, de l'expansion de la ville, de la délinquance juvénile, de la défense passive, même du lieutenant Luria qui, selon Devoe, avait donné sa démission quelques années après le fiasco Sebastian, pour prendre un portefeuille d'assurances, quelque part dans une ville du Centre. Manquant d'assises, la conversation languit et après un troisième silence Ellery faillit embrasser Devoe lorsqu'il se leva pesamment et proposa de visiter le sous-sol.

– Votre visite me vaut un surcroît de considération, dit l'énorme policier en descendant l'escalier bétonné. Vous êtes très célèbre, Mr Queen! J'ai lu tous vos livres...

– Sauf un.

– Lequel?

– Le *Mystère de la Douzième Nuit.*

– Oh! Je ne savais pas que vous en aviez écrit un sur l'affaire Sebastian. Je ne l'ai pas lu...

– Parce que je ne l'ai jamais écrit, dit Ellery d'un ton sombre.

– Vous ne pouviez imaginer la solution, sans doute? dit Devoe en riant, ce qui provoqua un tremblement général de sa corpulente personne.

– Quelque chose de ce genre.

Devoe lui lança un regard étrangement perçant. Puis il lui montra la caisse, dont on avait arraché le couvercle, et alluma l'électricité. Ellery regarda.

Ils étaient là de nouveau, les témoins fossiles de son échec de jeunesse, en parfait état de conservation. A croire que les dernières vingt-sept années n'avaient pas existé. Le petit bœuf en bois de santal... la maisonnette... le poignard serti de pierres... ainsi que le paquet de cartes blanches. Un morceau de ruban en caoutchouc desséché était collé à la carte du dessus. Quelqu'un les avait liées avec une ficelle pour les maintenir ensemble... Et le petit agenda noir.

Agenda noir? *Le journal!*

Il l'avait complètement oublié.

Ellery s'en empara. L'agenda était couvert de poussière. Il l'ouvrit avidement, contempla une écriture juvénile... la sienne, vieille de plus d'un quart de siècle. Le lieutenant Luria lui avait confisqué le journal et on ne le lui avait jamais rendu.

Tendrement, Ellery remit la poussiéreuse petite relique dans la caisse.

– Pouvez-vous faire transporter cette caisse dans le coffre de ma voiture, chef?

– Bien sûr!

– Je n'ai guère le temps de vous dire ce que tout ceci représente pour moi.

– Oui, Mr Queen, je comprends.

Parole qui réchauffa le cœur de notre héros, car Devoe paraissait sincère.

Poussé par une impulsion, il se dirigea vers l'ancienne propriété de Craig, longeant pour y parvenir des rues inconnues. Il passa devant à deux reprises sans la reconnaître. La troisième fois, il vérifia, grâce à un poteau indicateur, qu'il se trouvait bien sur les lieux. Il y était, en effet, mais la maison Craig n'existait plus. Disparus aussi, les bois sur lesquels elle se détachait, ainsi que les pelouses seigneuriales. Des douzaines et des douzaines de petites demeures identiques s'élevaient là, maintenant, flanquées chacune d'un minuscule garage, agrémentées d'une pelouse de la taille d'un timbre-poste, d'une antenne de télévision et d'un arbre miteux.

Ellery fit marche arrière et repartit pour New York, avec le sentiment d'avoir beaucoup vieilli.

Tiré d'un profond sommeil, l'inspecteur Queen se demanda ce qui l'avait réveillé. Consultées, les aiguilles lumineuses de sa montre le renseignèrent : 4 h 20.

Quelqu'un parlait encore. Voilà... cela recommençait. Une voix de ténor, intense, pleine de dégoût de soi, et triomphante aussi.

– Que le diable m'emporte! Nom de...

Dans l'appartement, une lumière brillait. Le vieillard sortit du lit, seulement vêtu d'un pantalon de pyjama. Bâillant et frottant son torse décharné, il traversa le living-room obscur et se dirigea vers le bureau d'Ellery, d'où provenait la lumière.

– Tu es fou, mon fils? Pas encore couché?

Vêtu simplement d'une chemise, d'un pantalon, de chaussettes, Ellery était accroupi sur son bureau, à la manière hindoue. Il contemplait le contenu de la fameuse caisse, répandu sur le sol, en demi-cercle. Sur le bureau, l'agenda noir, ouvert.

– Papa, j'ai trouvé.

– Tu crois que c'est une heure pour faire joujou, à ton âge? dit l'inspecteur qui s'assit sur le canapé et prit une cigarette.

– L'énigme Sebastian. Je tiens la réponse, maintenant.

– Sebastian? Qui est-ce?

– Une vieille histoire, père...

Ellery semblait baigner dans une ambiance rafraîchie, comme s'il venait de plonger dans un lac. Mais son air triste, la mélancolique sagesse répandue sur ses traits intrigua son père.

– Alderwood, reprit Ellery. Ce garçon qui vivait à Greenwich Village et écrivait des poèmes. La scène se passe en 1929. Vous et Velie m'avez fourni certains renseignements...

L'inspecteur se donna une claque sur la cuisse.

– Bien sûr! Ces objets, par terre...? Mais c'est de l'histoire ancienne, Ellery. Où as-tu trouvé ça?

Notre héros s'expliqua et prit l'agenda noir.

– J'ai passé la nuit à relire mon journal. J'étais très jeune, à cette époque...

– Ce n'est pas un défaut.

– C'est même une qualité, mais qui comporte des inconvénients. On est suffisant, on sait tout... Vous ai-je beaucoup exaspéré?

– J'étais beaucoup plus jeune, aussi, répondit son père en riant. Tu as résolu l'énigme, après toutes ces années?

– Oui, dit Ellery qui croisa les mains sur ses genoux. J'étais le Cerveau. Mes pouvoirs étaient absolus et lorsqu'ils heurtèrent les faits, ce furent les faits qui en pâtirent. Voilà pourquoi la vérité m'échappa. Je l'ai tenue dans mes mains, la solution, je l'ai flairée, je l'ai examinée en tous sens et, enfin, je ne l'ai jamais bien vue.

– Tu veux m'en parler? demanda son père.

– Non, papa, allez vous coucher, je regrette de vous avoir réveillé.

– On n'en parle pas? répéta le vieillard.

Alors Ellery s'exécuta.

Cette fois-ci ce fut l'inspecteur qui répéta, dix fois de suite : « Nom de...! Que le diable m'emporte! »

18

Le lendemain.

Où il est traité, aussi brièvement que possible, de faits historiques concernant des personnes mortes et vivantes et où Ellery projette un voyage.

Depuis presque trente ans, Ellery voyait Dan Z. Freeman assez fréquemment : relations normales entre auteur et éditeur. Mais aujourd'hui, comme l'éditeur se levait pour l'accueillir, Ellery eut le sentiment de le voir pour la première fois. Toujours la théorie de la relativité, selon Einstein : deux trains roulent dans la même direction, sur des voies parallèles, à même vitesse : un voyageur, assis dans l'un ou l'autre train, jurerait que les deux trains sont immobiles. Seule différence : regarder par la fenêtre, du côté opposé, et voir filer le paysage.

Le vieil agenda lui avait servi de référence en lui remettant en mémoire des impressions vieilles de vingt-sept ans, concernant les personnes autrefois réunies chez Craig. Freeman? Il voyait maintenant un vieux monsieur au crâne chauve, avec de rares cheveux gris. Encore beaux, les yeux bruns s'enfonçaient dans de vieux écrins de chair, comme des bijoux anciens exposés dans un musée. Les épaules étroites étaient voûtées, le corps tassé, les gestes plus lents...

Ellery en ressentit une impression pénible. Il se demanda ce que Freeman pensait de lui.

– Non, cette fois, il ne s'agit pas de best-sellers, Dan, dit Ellery en souriant. D'abord parce que mon nouveau bouquin n'avance pas, ensuite parce qu'il m'est arrivé, récemment, quelque chose d'assez étonnant. Vous vous souvenez de notre réunion de fin d'année, chez Craig, pendant l'hiver 1929-1930?

L'éditeur resta immobile. Un gel momentané, comme un film dont on arrête le déroulement. Puis le mouvement fut rétabli et il murmura :

– Comment vous êtes-vous rappelé cela, Ellery? J'avais oublié, depuis des années...

– Moi aussi, mais hier, un incident m'a fortement remis en mémoire les événements de ces deux semaines. Vous connaissez ma mentalité, Dan : qu'une question surgisse à la surface de ma conscience, et je commence à m'agiter. Je me sens soudain très curieux d'apprendre ce que sont devenues les personnes qui nous entourèrent pendant cette période de vacances. C'est bête, sans doute, mais je ne vaudrai rien tant que ma curiosité ne sera pas satisfaite. Avez-vous quelque idée là-dessus?

Son éditeur lui lança un regard pénétrant. Puis il murmura dans son téléphone intérieur : « Pas de communications, ni de visites, Henriette », et il parla ensuite pendant une heure.

Après avoir pris possession de son héritage, John Sebastian quitta les Etats-Unis. Le jeune milliardaire avait acheté une villa dans le Midi de la France, près de Cannes, sans esprit de retour. On parla au début de fêtes princières, de femmes étonnantes; il fut aussi le héros d'escapades plus douteuses, mais apparemment ce temps ne dura pas. Il mena ensuite une vie tranquille, recevant ses amis à l'occasion, mais consacrant son temps à écrire des vers, à élever des pinsons et à réunir une collection de tableaux. Pour autant que Freeman le sache, John ne s'était jamais marié.

– Oui, ses poèmes ont été publiés, mais pas par moi. Trois ou quatre plaquettes ont paru à Paris, les vers étaient écrits en français. Après la guerre, j'ai entendu dire qu'il avait collaboré avec les nazis, mais je ne sais si c'est vrai; en tout cas les autorités françaises ne l'ont pas inquiété à la Libération. Il doit encore habiter le Midi. Je n'ai eu aucune nouvelle de lui depuis dix ans ou plus.

– Ellen Craig?

– Vous flirtiez avec elle, dit l'éditeur en riant. J'ai cru que vous alliez vous marier. Vous êtes resté en relations?

– Pendant quelques mois, répondit notre héros, en rougissant. Nous nous sommes perdus de vue ensuite, lorsqu'elle quitta Wellesley avec son diplôme. Il me semble avoir entendu dire qu'elle s'était mariée.

– Ellen a épousé un brillant jeune homme du Département d'Etat, dit Freeman. Vous connaissez cette vie, d'une ambassade à l'autre, tous les deux ou trois ans, de nouveaux pays, de nouveaux visages. Elle a cinq enfants. Aux dernières nouvelles, elle était en Afrique, quelque part. Je l'ai rencontrée il y a deux ans, son mari étant revenu chez nous pour se documenter sur les problèmes d'Afrique, avant son affectation. Elle a grossi. Très réservée, la femme idéale pour un diplomate.

« Voilà qui est définitif », songea Ellery. Il s'enquit ensuite de Rusty Brown. Selon Freeman, Rusty avait fermé sa boutique de Madison Avenue, pendant la « dépression », la vogue de ses « créations » ayant passé. Il n'en avait plus entendu parler pendant longtemps. Des années s'écoulèrent. S'étant rendu à Hollywood pour des questions de droits d'auteur, il l'avait rencontrée dans une soirée à Beverly Hills. Décoratrice d'intérieur à Los Angeles, le succès était venu. Quatre fois mariée, pas d'enfants : une femme profondément malheureuse, à en croire Freeman. Elle habitait toujours sur la Côte. Quant à sa mère, Rusty n'en dit rien et l'éditeur ne lui en parla pas.

Le révérend Gardiner? Freeman ne savait rien de cette autre personnalité du groupe, mais il le croyait décédé; vivant encore, il aurait plus de cent ans.

Le Dr Samson Dark était mort d'une crise cardiaque en 1935.

Quant à Roland Payn, il s'était suicidé en 1937 pour une raison inconnue. Quelques minutes avant de se tuer, il s'entretenait avec un client de questions testamentaires, avec sa douceur habituelle.

– Je me souviens d'avoir parlé de sa mort avec son fils, le critique littéraire, bien des années plus tard. Wendell n'avait pas la moindre idée des raisons qui poussèrent son père à une telle extrémité. Le sujet lui étant pénible, je n'insistai pas.

– Mais vous savez, néanmoins. Une histoire de femme, évidemment?

– C'est possible. Payn était un de ces hypocrites dont la vie au grand jour est impeccable mais qui se dévergondent la nuit. Une sale histoire de mœurs, sans doute, et il a préféré la mort à l'inévitable scandale.

Valentine Warren avait épousé Marius Carlo. Un mariage orageux, suivi d'un retentissant divorce. Aucun d'eux ne s'était remarié, aucun d'eux n'avait réussi, professionnellement. Ayant renoncé aux ingénues, Val jouait maintenant des rôles de caractère et gagnait sa vie, comme jadis, en faisant des tournées; on lui confiait parfois de petits emplois à Broadway. Marius tenait une école de musique à Chicago, une assez lamentable institution. Il vivait avec une vieille danseuse dont il semblait apprécier les charmes. Freeman était allé les voir l'hiver précédent à propos d'un livre sur la musique que Carlo désirait voir éditer par ses soins.

– Inutile de vous dire que le titre en était : *Chants Insonores dans le mode de la Huitième Eglise,* ajouta Freeman. Le texte était aussi formidable. Ils vivent dans un appartement-atelier qui a l'air d'avoir été conçu par Dali après une nuit d'orgie. Certainement, le logement le plus sale que j'aie jamais vu.

Fait incroyable, Arthur Craig vivait encore.

– Mais il doit avoir quatre-vingt-dix ans ou même plus! s'étonna Ellery.

– Il est tenace, le vieux bonhomme. Il colle à la vie comme un mollusque à son rocher!

Peu de temps avant le départ de John Sebastian pour la France, Craig avait décidé de se retirer des affaires et avait offert son imprimerie à Freeman. Celui-ci l'avait achetée pour son fils aîné qui, à cette époque, faisait son apprentissage chez Craig. Pendant quelques années, l'imprimerie avait été dirigée pour les Freeman par un vieil employé de Craig en attendant que le jeune Freeman soit qualifié pour le remplacer à la barre. Maintenant, c'était chose faite et l'imprimerie continuait à sortir des éditions de luxe aussi soignées que par le passé.

Dans le même temps qu'il vendait son imprimerie, Craig avait vendu sa propriété d'Alderwood, réalisé ses autres biens et quitté la région. Il s'était installé à San Francisco et y vivait encore. Freeman lui écrivait de temps en temps, lui envoyait même des spécimens sortis de l'imprimerie, en souvenir du bon vieux temps, mais Craig ne répondait pas aux lettres et n'accusait pas réception des livres.

– En vieillissant, il est devenu un peu bizarre, dit l'éditeur. Il vit dans une horrible maison, fait sa cuisine lui-même, s'habille comme un ermite bien qu'il doive tirer un considérable revenu de tout ce qu'il a réalisé ici. En fait, il est devenu avare; la dernière fois que je l'ai revue, Ellen m'a dit qu'il lui écrit régulièrement des lettres en criant misère et elle lui envoie de l'argent depuis des années! Lorsque mes affaires m'appelaient à San Francisco, j'allais le voir, mais il m'a tellement démoralisé la dernière fois que j'ai cessé de lui rendre visite, je vous l'avoue franchement!

Ellery dit, soudain :

– Vous avez donc son adresse?

– Certes. Je lui écris encore.

– Pouvez-vous me la donner?

Freeman parut surpris. Il parla à sa secrétaire qui apporta l'adresse, un moment après.

– Vous allez lui écrire aussi, Ellery?

– Je vais aller le voir.

– Pourquoi donc, grands dieux? s'écria Freeman.

– Je dois à ce vieux gentleman une explication, depuis vingt-sept ans. Merci, Dan...

Le soir même, il prenait l'avion de 11 h 30 pour San Francisco.

19

Le jour suivant...

Pour atteindre son but, Mr Queen fait un voyage à travers l'espace de plus de 2 500 milles et de plus de 3 000 ans à travers le temps.

Située sur un monticule broussailleux, flanquée de deux monstrueux entrepôts, la maison de Craig s'élevait près du front de mer. Un petit cottage galeux auquel on accédait par des marches à demi effondrées, pratiquées dans le monticule. Comment avait-il échappé à la démolition, comment avait-il survécu à la croissance de la ville? Ellery ne le sut jamais, ni comment Craig en était devenu propriétaire.

A condition d'en admettre le côté sordide, l'emplacement ne manquait pas d'un certain charme. Au bas des marches, la vue n'était plus gênée par les deux entrepôts et Craig pouvait contempler Telegraph Hill. Le cri lointain des mouettes était plaisant à entendre et en poussant un peu plus loin, on apercevait des navires de toutes tailles et de tous genres amarrés aux quais. Un homme pour qui le confort comptait peu pouvait s'accommoder d'une telle installation pour y vivre sa vieillesse.

Un petit porche délabré s'élevait devant le cottage. Sur un vieux rocking-chair, une pipe dans sa bouche édentée, était assis Arthur Benjamin Craig.

Méconnaissable, physiquement. Tassée, la grande structure dont Ellery se souvenait avait fondu pour se durcir à nouveau et former une masse noueuse plus petite et informe. Serrée sur la pipe, la main n'était plus qu'une griffe, tavelée de brun. Lorsque la griffe retira la pipe de la bouche, les mâchoires s'emboîtèrent comme un bec. Flétri, éclairé par le regard de deux yeux vifs et sans paupières, le visage lui-même évoquait une tête d'oiseau. Le crâne? Un vieil os brillant. L'abondante barbe n'était plus.

En montant les marches avec précaution, Ellery réajusta rapidement ses impressions. Les épaves ne se rasent pas. A première vue, le vieillard semblait vêtu de haillons, mais à y regarder de plus près c'était un vêtement de bonne coupe, usé, déchiré et raccommodé cent fois mais, en somme, assez propre.

Ellery s'arrêta devant le porche, auquel on accédait autrefois par trois marches; celles-ci manquaient maintenant. Le vieillard devait être agile encore, pour monter et descendre de son perchoir sans se briser une jambe.

– Mr Craig? dit Ellery.

Les yeux vifs l'inspectèrent de la tête aux pieds.

– Je vous connais, déclara Arthur Craig soudain, d'une voix cassée mais vive, et sans aucune trace de sénilité.

– En effet, dit Ellery en souriant, nous nous sommes rencontrés il y a fort longtemps.

– Quand?

– A Noël en 1929.

D'innombrables rides creusèrent le visage du vieillard, il se donna une claque sur la cuisse et commença de caqueter.

– Vous êtes Ellery Queen! dit-il, haletant.
– En effet, monsieur. Puis-je monter?
– Bien sûr! (Ecartant les protestations d'Ellery, Craig se leva d'un bond d'oiseau.) Non, prenez le fauteuil, je vais m'asseoir par terre, sur le rebord. J'ai l'habitude. Alors, vous avez fait tout ce voyage pour voir le vieux Craig? En avion? Je n'aime pas voler, il y a trop de risques. Je savais bien que vous viendriez un jour. Je ne vois plus personne de ces époques lointaines. Dan Freeman venait quelquefois, mais je ne reçois plus ses visites; il n'apprécie pas ma façon de vivre.

Le vieillard se donna une nouvelle claque sur la cuisse. Il ne pria pas Ellery d'entrer dans la maison et notre ami en conclut que son bavardage avait pour but, en partie du moins, de masquer sa répugnance à le faire.

– Dan vous a donné mon adresse, je suppose?
– Oui, Mr Craig. Pourquoi dites-vous que vous attendiez ma visite?

Le vieillard pivota sur lui-même pour s'adosser au pilier délabré, soulevant sa jambe gauche et laissant pendre la droite le long du rebord de la maçonnerie. Il prit une boîte d'allumettes de cuisine, en frotta une sur le sol et alluma sa pipe avec application. Entouré d'un nuage de fumée, il avait l'air d'un vieux Peau-Rouge.

– Parce que vous n'avez jamais terminé cette affaire d'Alderwood, répondit-il en tirant vigoureusement sur sa pipe. Comme moi, vous n'aimez pas le travail mal fait. (Il lança un regard curieux à Ellery.) Vous avez mis longtemps à résoudre le problème, il me semble?

– Je n'y ai pas travaillé continuellement, répondit Ellery en riant. (Il commençait à s'amuser. L'entretien prenait un tour très différent de ce qu'il avait prévu.) Pendant un quart de siècle, j'y ai pensé à peine. Mais hier...

Ellery expliqua alors comment il était revenu à l'affaire.

– Tout était là devant moi, sur le tapis de mon bureau. Les douze cartes, les vingt cadeaux. Vous savez, Mr Craig, j'avais découvert le sens de ces cadeaux, à Alderwood.

– Ah? dit le vieillard, surpris. Vous n'en aviez rien dit, cependant, si mes souvenirs sont exacts.

– En effet.

– Pourquoi?

– Parce qu'on espérait justement ma déclaration. Quelqu'un essayait de faire endosser l'assassinat de John à une autre personne et j'étais censé tomber dans le panneau. Mais, commençons par le commencement, voulez-vous?

– D'accord, dit Craig, dont la bouche édentée grimaça un sourire. C'était donc un coup monté? Je vous écoute, Mr Queen. A la prochaine Epiphanie, il y aura vingt-huit ans que j'attends.

Ellery sourit.

– Je me perdis longtemps en spéculations numériques. Le nombre douze me tracassa beaucoup. Une réunion composée de douze personnes, douze jours et douze nuits de Noël, douze signes du Zodiaque, douze cadeaux nocturnes, etc. Certains éléments étant certainement des coïncidences, d'autres, non moins certainement, faisant partie d'un plan. J'étais convaincu de l'importance du nombre douze et, bien entendu, on voulait me voir en arrêt devant ce nombre; c'était l'obstacle placé sur ma route pour que j'atteigne le but avec d'autant plus de satisfaction. Le nombre douze? Une attrape, tout simplement, mais de taille.

» Au contraire, le nombre vingt était d'une tout autre qualité. C'était celui des *cadeaux* individuels ou du moins des mots dont on avait souligné l'importance, dans les messages, par l'espacement des lettres. Un nombre relié à des concepts précis, un assemblage de vingt *objets*, bœuf, maison, chameau, fouet, etc. Une série? Dans quel contexte vingt objets peuvent-ils se présenter en série? Série signifie *ordre*, un premier suivi d'un second, suivi à son tour par un troisième et ainsi de suite. J'étudiai les objets. Bœuf – le premier. Maison – le second. Chameau – le troisième. Porte – le quatrième... jusqu'à un vingtième objet *différent*. J'ai failli comprendre, plusieurs fois, mais le nombre vingt fut toujours ma pierre d'achoppement : impossible de penser une série ordonnée composée de vingt objets consécutifs et différents. L'énigme résolue, je compris la raison de mon échec : le nombre vingt était encore une attrape, comportant un sens, mais pas pour notre époque. Aujourd'hui – étant donné la culture qui détermine mes pensées – ce nombre est tout autre.

– En effet! dit le vieillard avec une sorte de joie.

– Je fis la découverte accidentellement, la nuit du 5 janvier. Je montai dans ma chambre, emportant avec moi les vers de John, l'exemplaire de son recueil qu'il m'avait offert. Par hasard, j'ouvris à la page de titre et la vérité m'éclaira soudain : je la tenais, la clé qui ouvrait la porte, au delà de laquelle se trouvait la réponse!

– Laquelle? demanda le vieillard.

– L'alphabet, dit Ellery.

– L'alphabet, répéta Craig qui prononça le mot presque avec affection. L'alphabet de base.

– Le mot est exact, Mr Craig, dit Ellery, car l'alphabet, tel que les Phéniciens nous le léguèrent, *se présentait à l'origine sous forme d'une collection d'images représentant des objets familiers*, des objets de base, indispensables à la vie des peuples primitifs, nourriture, abri, transport, parties du corps humain et ainsi de suite. Je n'avais qu'à penser au concept « alphabet » pour comprendre instantanément ceci : on désirait me voir interpréter ainsi les objets familiers contenus dans les paquets. Foin des nombres! Pour nous l'alphabet comprend vingt-six lettres. C'est exact, mais il n'en comprenait pas vingt-six, de mille trois cents à mille ans avant notre ère, alors que l'alphabet phénicien était en cours d'élaboration. Il consistait alors en vingt-deux « images », vingt sont parvenues jusqu'à nous, les six autres provenant de différentes souches, plus tardives.

» Me taquinait-on avec l'alphabet phénicien primitif? Sans aucun doute. Le bœuf, ou plus exactement, la tête du bœuf, qui nous est parvenue à l'envers – était l'objet-nourriture de base, choisi par les Phéniciens pour devenir la première lettre de leur alphabet, *alef* ou A. Le second cadeau fut une maison : maison ou *beth*, c'est-à-dire B, étant la représentation plastique originale de la seconde lettre de notre alphabet. Le troisième cadeau fut un chameau. Or, le chameau phénicien, *gimel* ou *gamel*, devint notre C. D vint de porte, E de fenêtre, F de crochet ou de clou. Jusqu'au troisième siècle avant notre ère, le G n'exista pas, et le C servit à rendre le son G. Notre H vint du phénicien *cheth* qui signifie barrière et ce fut une barrière que John reçut immédiatement après le clou ou crochet. I, c'est la main. J, qui fut un allongement d'origine romaine pour obtenir une valeur de consonne au lieu de la voyelle d'origine, ne devint une lettre distincte qu'au XVIe siècle; aussi John ne reçut aucun objet. K, la paume; L, le fouet; M, l'eau; N, le poisson; O, l'œil; P, la bouche; Q, le singe; R, la tête; S, la dent; T, une marque ou une croix; U, V et W vinrent plus tard; X, le poteau; Y nous vint des Grecs; et enfin Z, dérivé de *zayin*, poignard... le *coup final* qui termine la vie du triplé de John. Vingt objets, coïncidant précisément avec les vingt sources de base de l'alphabet phénicien.

– Oui? dit le vieillard, avec intérêt. Et vous en avez conclu?

– Que le cerveau responsable de cette macabre

comédie connaissait les sources de l'alphabet. D'autres événements avaient prouvé que le donateur était présent dans la maison. Or, qu'avions-nous? Un poète dilettante, une dessinatrice de bijoux et de tissus, une occultiste amateur, un ministre protestant, un homme de loi, un médecin, une actrice, un musicien, une jeune étudiante, un éditeur, et un imprimeur, également... Je ne mentionne pas le personnel; d'emblée, je l'avais mis hors de cause.

» C'était clair : j'avais à choisir entre Mr Freeman et vous. Un choix? C'est beaucoup dire, car si l'éditeur connaît la langue sous l'angle professionnel et commercial, l'imprimeur en possède une connaissance technique. Or vous n'étiez pas un imprimeur quelconque, vous étiez un créateur de belles œuvres, un maître, pour qui la typographie et l'art graphique n'avaient pas de secrets. Aucun doute n'existait plus dans mon esprit : basés sur l'alphabet phénicien, les cadeaux en série vous désignaient, Mr Craig. L'expéditeur, celui qui projetait l'assassinat de John, c'était vous.

– Ah! dit le vieillard, songeur. Et vous ne l'avez pas cru.

– Non, parce que j'étais certain aussi que personne ne donnerait une série d'indications aussi soigneusement conçues dans le seul but de s'accuser soi-même. C'est pour cette raison que je ne vous ai pas dénoncé à la police ou à vos invités. On cherchait à vous faire passer pour coupable? Je refusai de jouer le jeu de l'inconnu.

» La question importante, celle que j'avais à résoudre au cours de cette nuit de janvier 1930 et qui m'a tracassé de temps à autre pendant plus de vingt-sept ans, était la suivante : qui voulait vous faire passer pour coupable?

Le vieillard lui lança un regard de côté.

– Vous le savez maintenant?

– Oui.

20

... Suite et Conclusion.

Mr Queen avoue la folie de sa jeunesse et, bien qu'un peu tard, termine l'Histoire des Douze Nuits.

– Je sais, maintenant, continua Ellery, car je viens d'opérer la synthèse de trois indices, que ma pensée n'avait pas assez dominés, en cette lointaine veille d'Epiphanie.

» D'abord, un lot de bizarres petits dessins. Vous vous souvenez, Mr Craig? Au dos de certaines cartes, l'auteur des « vers » avait tracé quelques dessins à l'aspect primitif. Toutes les cartes n'en portaient pas : quatre seulement, sur douze. Leur caractère même de croquis faits au hasard évoquait un geste involontaire, comme si dans le cas de ces quatre cartes, le dactylographe, profondément absorbé par ses pensées, avait joué avec un crayon.

» Ces dessins pouvaient être significatifs, représenter un indice important me permettant d'atteindre le moi inconscient du versificateur-dactylographe-machinateur-assassin-dessinateur qui laisse aller sa main, en contradiction avec les vers et autres créations de son moi conscient. Malheureusement, ces petits dessins ne me dirent rien. Ils semblaient n'être seulement que des représentations ultra-simplifiées des objets décrits dans les vers dactylographiés au recto des cartes en question.

Le vieillard écoutait avec une attention très soutenue, presque critique.

– Oui, oui? dit-il. Continuez, Mr Queen.

Ellery tira une feuille de papier de sa poche et la déplia.

– J'ai copié ces dessins l'autre soir. Peut-être vous rafraîchiront-ils la mémoire, Mr Craig? Regardez-les.

La griffe de l'homme saisit le papier. Le voici :

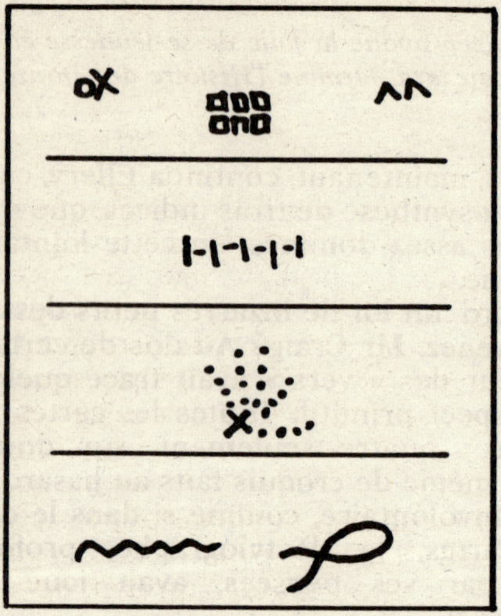

– Sur le moment, dit Ellery, nous reconnûmes tous que ces croquis illustraient les sujets décrits au recto de la carte sur laquelle ils se trouvaient. La carte où il était question du bœuf, de la maison et du chameau portait au verso un « O X (1) », griffonné; une maison également griffonnée, avec un toit, cinq fenêtres et une porte, et la caractéristique du chameau, ses bosses. La carte qui mentionnait la barrière portait au dos une barrière succinctement indiquée. La carte mentionnant la main et la paume – fort intéressante, ma foi – portait au dos une sorte de main en pointillé, composée de cinq doigts écartés, avec une marque en forme de croix :

(1) En anglais, *ox* signifie bœuf *(N.d.T.)*.

l'emplacement de la paume. Et, au verso de la carte mentionnant l'eau et le poisson, on voyait une ligne ondulée; de l'eau, évidemment, ainsi que la représentation abstraite d'un poisson.

» Me renseignèrent-ils alors sur le compte du dessinateur, ces griffonnages? Non. Je viens seulement de comprendre, il y a trente-six heures environ. Que vous apprennent-ils sur son compte, Mr Craig?

Le vieillard regardait les dessins avec stupéfaction.

– Incroyable! s'écria-t-il. Je viens seulement de le voir.

– Oui, le moi inconscient joue des tours inattendus, dit Ellery avec un signe d'assentiment. La main qui dessina les originaux de ces petits croquis dessinait consciemment, bien que négligemment, les objets nommés, au recto des cartes en question, *mais au moyen d'une technique inconsciente qui le trahissait.* La preuve de son inconscience? Le fait même qu'il laissa les cartes portant les griffonnages nous parvenir. S'il avait pensé à un danger, quoi de plus simple que de les détruire et de taper à la machine d'autres cartes dont le verso serait resté vierge?

» Quelle était donc cette technique qui le trahit et que je mis plus de vingt-sept ans à découvrir? Mais tout simplement le fait que chaque élément de ces croquis correspond à un système de signes dont se sert le correcteur d'épreuves, système qui n'a pas de secrets pour les éditeurs et les imprimeurs. Lorsqu'un correcteur trouve dans le texte d'un manuscrit ou sur des placards un chiffre ou un nombre qui devrait être énoncé en lettres, il mettra en marge un petit « O », signe dont le sens est « en toutes lettres ». S'il trouve sur un placard des caractères brisés ou défectueux, il inscrira un petit « X » dans la marge et le typographe comprendra le sens de la rectification nécessaire. Voilà pour le « O » et le « X » de « OX ».

» Pris isolément, ce pourrait être une coïncidence. Mais voyez la « maison ». Elle est composée de sept éléments. Les cinq petits carrés sont la marque du correcteur signifiant « que les caractères ne sont pas du bon " œil " ». Le petit signe en forme de porte signifie, en langage de correcteur, « déplacer dans la direction indiquée ». Le petit signe en forme de pic est un signe d'omission, signifiant « composer ici ». Les deux petits pics desquels le dessinateur se servit pour évoquer les bosses d'un chameau sont tout simplement deux signes d'omission placés côte à côte.

» La barrière est composée de lignes verticales, et d'horizontales plus courtes. Pour le correcteur d'imprimerie et le typographe, la ligne verticale a au moins deux sens; bien entendu, les horizontales ne sont que de simples traits d'union.

» Les points composant les doigts de la main? Placés sous les mots, des points signifient, en langage de correcteur, « rétablir les mots supprimés »; le « X » de la paume est, de nouveau, l'indication de défectuosités. Le trait ondulé, l'eau? Placé sous le texte, il signifie « Redresser les caractères ». Et le poisson abstrait est une manière, parmi d'autres, de dire « supprimez ».

» *Tous* les éléments utilisés étaient donc des signes conventionnels d'imprimerie et le dessinateur les connaissait si bien qu'il s'en servit inconsciemment. Vous êtes d'accord, Mr Craig?

– Absolument, répondit le vieillard, fasciné.

– Ce fut mon premier indice à retardement. Le deuxième fut également intéressant.

Ellery alluma une nouvelle cigarette.

– ... Vous vous rappelez que les mots clés des « vers », sur les cartes, étaient espacés – le mot « maison » par exemple, au lieu d'être écrit comme les autres mots, était composé de lettres séparées par un espace. Oh! je compris : je fis aussitôt remarquer que le but était de souligner l'importance du mot. Mais je ne vis pas, avant l'autre soir, que cette méthode contribuait encore inconsciemment à trahir le dactylographe.

» Que fait le commun des mortels, désireux d'accentuer un mot dactylographié? Il le souligne ou, s'il s'agit d'un texte destiné à l'imprimerie, il écrit dans la marge « En italique ». Mais, il y a déjà longtemps, en 1931, un fameux artiste anglais, Eric Gill, graveur et créateur de caractères d'imprimerie, réclamait avec insistance pour l'imprimerie l'universelle adoption d'une méthode que seuls les puristes de la typographie employaient jusque-là – espacer les lettres d'un mot pour l'accentuer, au lieu de le souligner ou de l'imprimer en italique. Usage qui n'a pas encore été adopté dans tout l'univers – *mais beaucoup de puristes parmi les typographes continuent d'espacer les lettres pour mettre l'accent sur un mot.*

– C'est vrai, c'est vrai, marmonna le vieillard.

– Deux indices aussi précis rendaient la conclusion inévitable, continua Ellery. Mais j'en ai trouvé un troisième, l'autre soir; il m'avait échappé lors de notre réunion de Noël et ce dernier indice a été déterminant.

» Mr Craig, vous vous souvenez des dernières lignes de la dernière carte reçue par John, la carte sur laquelle John III s'était écroulé, un poignard dans le dos? On y lisait :

Un dernier coup, une note finale
Sur laquelle s'achèvera votre vie...

» A première vue, cela peut sembler un peu tiré par les cheveux, mais il n'en est rien si l'on pense aux cheminements détournés de l'inconscient.

» " Note finale " se trouve être la définition – dérivant de l'ancienne cité ionienne de Kolophon, dont la célèbre cavalerie était censée donner le coup de grâce, terminer victorieusement une bataille – du mot « colophon (1) », qui est la « note finale » d'un livre reproduisant ou complétant les énonciations du titre, noms de l'imprimeur, de l'auteur, lieu et date de publication, etc.

» A quel point l'inconscient de notre dactylographe-machinateur-meurtrier l'a-t-il trahi! En tuant le frère qu'il prenait pour John, il « achevait » son œuvre; or, il employa les termes de l'imprimeur qui agit de même! *Note finale* est caractéristique.

D'un geste aussi définitif que sa démonstration, Ellery jeta sa cigarette.

– ... Voilà. Dans notre groupe, qui connaissait les signes du correcteur d'imprimerie au point de s'en servir inconsciemment comme éléments de dessin? Qui se servirait, par habitude, du procédé consistant à espacer les lettres d'un mot pour l'accentuer, procédé réservé aux puristes de la typographie? Dans ce groupe, qui aurait utilisé l'expression « note finale »? Un seul d'entre vous était un typographe, un imprimeur, un homme dont on disait qu'il avait élevé son métier à la hauteur d'un art. C'est donc vous, Mr Craig, qui avez dactylographié ces cartes, griffonné ces croquis, envoyé ces cadeaux. Un coup de poignard a été le mot de la fin, vous avez tué l'homme que vous preniez pour votre pupille. *Votre machination vous désignait : le criminel, c'était vous.*

Tenant à la main sa pipe éteinte, le vieillard gardait le silence. Il balançait sa jambe droite dans le vide et ruminait. Ses mâchoires remuaient. Puis il dit, presque malicieusement :

– A vous entendre, je me serais accusé moi-même. Pourtant, vous venez de dire qu'une personne intelligente ne donnerait pas une série d'indications aussi soigneusement conçues dans le seul

(1) Inusité en France *(N.d.T.)*.

but de se désigner soi-même. Et vous en aviez donc conclu que j'étais l'innocente victime d'une machination.

– En janvier 1930, Mr Craig, dit Ellery, j'étais très jeune et mon raisonnement ne manquait pas de logique, n'est-ce pas? Oui, un homme intelligent ne se livre pas à des actes qui risquent de le faire soupçonner. Mais il m'a fallu plus d'un quart de siècle pour le comprendre : un homme intelligent peut se faire soupçonner, pour la bonne raison que personne ne le croira.

Le vieillard se mit à rire si longtemps et si fort qu'il faillit s'étouffer. Ellery se leva et lui donna des tapes dans le dos, doucement. Craig se calma enfin et Queen se rassit.

– Vous êtes intelligent, mon garçon, très intelligent, dit le vieillard, dont la respiration était sifflante.

– Moins intelligent que vous, Mr Craig. Vous aviez lu mon livre, vous vous étiez évidemment renseigné à fond sur mon compte auprès de John, vous avez enfin découvert de quoi mon intelligence était capable. A ce moment, vous avez tiré vos plans en conséquence. Vous m'avez offert les évidences, certain que je les rejetterais, et le calcul était juste. Un magistral double bluff qui me trompa complètement. Je ne peux que vous offrir ma tardive admiration.

– Mais quel risque, hein? dit le vieillard, secoué par un rire spasmodique. Stupide, n'est-ce pas, de prendre un tel risque?

– Non, parce que vous couriez un risque beaucoup plus considérable. Vous vouliez tuer John. Mais si vous l'assassiniez franchement, même sans laisser le moindre indice compromettant pour vous, vous deveniez néanmoins le principal suspect. Car vous aviez un mobile puissant pour désirer la mort de John avant le 6 janvier 1930, un mobile impossible à dissimuler. Selon le testament de son père, *si*

John mourait avant son vingt-cinquième anniversaire, vous, Arthur Benjamin Craig, héritiez la fortune Sebastian. La seule façon dont vous pouviez *détourner* l'attention de ce mobile était de l'attirer ailleurs, de façon théâtrale et dramatique. Si l'on parvenait à me convaincre d'une machination ourdie contre vous, j'envisagerais votre mobile comme un élément dont le véritable criminel avait simplement profité. Je n'en tiendrais pas compte. Ce que je fis.

– Pourtant une telle action ne correspondait guère à mon personnage. Comment n'y avez-vous pas songé? (Une pointe d'amertume colorait maintenant la vieille voix.) Pourquoi un homme riche voudrait-il s'approprier la fortune Sebastian? Vous ai-je jamais donné l'impression d'être cupide, Mr Queen?

– Non, certes, dit Ellery, mais cela se passait en 1929, à Noël. Deux mois plus tôt, seulement, le 29 octobre, le marché des valeurs s'était effondré, ce fut le plus grand krach de son histoire. Vous avez dû être emporté par la débâcle, comme des centaines de milliers d'autres. Mais je ne vous crois pas capable de commettre un meurtre dans le seul but de vous « refaire ». Vous étiez l'administrateur de la fortune de John l'aîné, une gérance de portefeuille, en somme, qui a duré presque vingt-cinq ans. A mon avis, c'est avec ces fonds surtout que vous avez dû faire d'imprudentes spéculations en Bourse, profitant des couvertures insuffisantes que l'on admettait à cette époque pour attirer la clientèle. Or, votre faute pouvait vous mener en prison. Un seul moyen vous permettait de dissimuler votre mauvaise gestion : supprimer John avant qu'il entre en possession de son héritage. La fortune, ou ce qu'il en restait, vous revenait alors, et passez muscade! L'alternative? Ne pas tuer John, lui confesser qu'il n'hériterait que peu de chose et vous jeter à ses pieds pour implorer son pardon. Vous avez eu raison, je crois, de ne pas compter sur sa clémence; il est dur, parfois, j'ai pu m'en rendre compte. John ne se serait pas contenté de vous faire réaliser vos biens pour les lui remettre, il vous aurait fait arrêter. Et pour éviter la prison vous étiez disposé à commettre un crime.

– Oui, marmonna le vieillard, et tout marcha de travers... De la fortune, il ne restait rien. J'ai préparé mon coup pendant les deux mois qui suivirent le krach, j'ai réuni les cadeaux, tapé les vers sur une machine cachée dans mon imprimerie... tout était prêt pour vous, jusqu'au dernier détail... et, après avoir tué, j'ai compris que je m'étais trompé sur la personne.

Sa voix n'était plus qu'un murmure, un gémissement.

– ... Je ne savais pas que John avait un frère vivant, un « triplé »! J'ignorais tout de ces naissances multiples... que John tenait son frère caché chez moi... Lorsque je compris ce que j'avais fait – que John vivait encore – il était trop tard. Cette nuit-là, à minuit moins le quart, quand John entra dans la pièce où nous étions tous réunis, la police étant dans la maison, il ne me restait aucune chance de corriger mon erreur. Dans quinze minutes, il serait minuit, John aurait vingt-cinq ans selon la loi, il serait devenu l'héritier légal de son père, je n'avais plus aucun droit à l'héritage, impossible de couvrir la banqueroute du patrimoine... J'étais ruiné.

– Vous avez donc réalisé tous vos biens, dit Ellery. Votre imprimerie, votre maison, vos valeurs, ce qui vous mit en mesure de remettre à John l'équivalent de ce qui lui revenait de son père. Ainsi personne ne soupçonna que c'était votre fortune que vous lui donniez, non la sienne. C'est bien cela, Mr Craig? C'est pour cela que vous vivez dans cette masure, grâce aux libéralités d'Ellen?

– Oui, dit le vieillard avec dignité, je me suis ruiné complètement. Pauvre, je parvins néanmoins à gagner ma vie ici en reprenant mon ancien métier, pendant quelques années du moins. Puis on m'a trouvé trop vieux... Ellen me prend pour un avare, un cinglé qui est très riche en réalité. Mais elle m'envoie de l'argent : que Dieu la bénisse! Privé de son secours, je serais mort de faim depuis longtemps.

Sa tête tomba sur sa poitrine. Ellery resta silencieux. Longtemps après, voyant que le vieillard avait oublié sa présence, il dit, doucement :

– Mr Craig?

La tête fut agitée d'une secousse.

– Eh?

– Vous avez tué le Dr Hall, également?

– Qui? Hall? Oui, oui, c'est vrai.

– Pourquoi? Vous ne saviez rien au sujet des triplés. J'avoue ne pas avoir compris votre geste.

– Ce fut un effroyable imbroglio... A mon insu, l'autre John, celui que vous appeliez John III, le fit entrer subrepticement dans la maison. Je le trouvai soudain dans ma bibliothèque, où il m'attendait. Hall se présenta. Il était le médecin qui avait mis John au monde en 1905, mais il ne mentionna aucun autre John. Sachant probablement la surprise que les garçons comptaient me ménager, il leur avait promis le secret.

» Bref, il ne cessa de parler de « John », je crus qu'il s'agissait du mien, alors qu'il était question du sien. Hall nourrissait des soupçons à mon égard, il s'était renseigné et avait découvert que le krach avait englouti la fortune. Depuis des années, il s'était juré que son John obtiendrait la moitié de l'héritage et sa colère contre moi éclata. Il me menaça de me dénoncer, de m'envoyer en prison si je ne remboursais pas les pertes. Mon plan était prêt, j'étais déjà décidé à tuer John pendant la nuit du 5 janvier, et cet individu allait tout gâcher avant même que j'eusse commencé! Il fallait le supprimer. Ce que je fis.

» Si j'avais pu transporter furtivement le corps hors de la pièce et l'enterrer quelque part, je l'aurais fait. Mais les invités allaient et venaient sans cesse dans la maison et au-dehors. On me verrait sûrement. Aussi, je pris le seul parti qui me restait : j'ai enlevé tous les indices qui pouvaient l'identifier, je les ai brûlés dans la cheminée et je me suis fié à la Providence. (Le vieillard ne manifestait plus aucune gaieté. Sa tête retomba sur sa poitrine, mais il la releva vite.) Qu'allez-vous faire de moi, Mr Queen, maintenant que vous savez tout?

– Je l'ignore. (Ellery chercha une cigarette, la retourna entre ses doigts. Puis il regarda le vieillard dans les yeux.) Au fond, je le sais peut-être, Mr Craig. Ces crimes ont été commis il y a vingt-sept ans. Ma solution est sans doute très intelligente, selon vos propres paroles, mais pourrait être taxée de futilité du point de vue légal. Légalement, les preuves manquent pour vous arrêter et engager un procès. Elles existeraient même... Quel âge avez-vous, monsieur?

– J'aurai quatre-vingt-douze ans bientôt.

– Quatre-vingt-douze ans, répéta Ellery qui se leva. Je crois que je vais vous dire adieu, Mr Craig.

Le vieillard le dévisagea fixement. Les doigts tremblants fouillèrent ensuite quelque caverne dans ses vêtements et en tirèrent une antique blague à tabac. Il commença à bourrer sa pipe. Ellery sauta du porche et se mit à descendre les marches en ruines.

– Attendez, s'écria Arthur B. Craig. Un instant!

– Oui? dit Ellery, s'arrêtant.

– J'ai une tournure d'esprit assez particulière, dit le vieillard qui cherchait ses allumettes. Active, dirons-nous. Et curieuse. Comme la vôtre, en somme.

– Oui? répéta Ellery, avec un léger sourire.

Le vieillard alluma sa pipe et en tira une profonde bouffée.

– Il y a une heure environ, Mr Queen, vous me parliez de la façon dont vous aviez enfin compris le sens de ces vingt objets que j'ai envoyés à John. Vous m'avez dit avoir ouvert son recueil de poèmes, le tirage limité que j'avais imprimé, et qu'un détail de la page de titre vous avait révélé que les vingt objets représentaient les lettres de l'alphabet. J'essaye de me rappeler ce qui, sur cette page, a pu vous l'apprendre, demanda Arthur Benjamin Craig. Qu'était-ce donc, Mr Queen?

– Mais le nom de votre imprimerie, dérivé, je pense, de vos propres initiales! dit Ellery. « Les Presses A B C. »

Achevé d'imprimer en Europe (France)
par Brodard et Taupin à La Flèche (Sarthe)
le 23 avril 1998. 1067U-5
Dépôt légal avril 1998. ISBN 2-290-01797-3
1er dépôt légal dans la collection : mars 1985

Éditions J'ai lu
84, rue de Grenelle, 75007 Paris
Diffusion France et étranger : Flammarion

1797

